그림자를 벗는 꽃 3

이 책은
《글을낳는집》《연희문학창작촌》《21세기문학관》《에버딩문학의집》에서 집필하였으며
《한국장애인문화예술원》의 '2021년 장애인문화예술사업 지원금'을 받아 펴냅니다.

안학수 3부작 청소년 역사소설

그림자를 벗는 꽃 3 분단 이후

2021년 11월 22일 초판 제1쇄 발행

지은이   안학수
펴낸이   강봉구

펴낸곳   작은숲출판사
등록번호   제406-2013-0000801호
주소   10880 경기도 파주시 신촌로 21-30(신촌동)
전화   070-4067-8560
팩스   0505-499-8560
홈페이지   http://www.littleforestpublish.co.kr
이메일   littlef2010@daum.net

©안학수

ISBN 979-11-6035-117-0   44810
ISBN 979-11-6035-118-7   44810(세트)
값은 뒤표지에 있습니다.

안학수 3부작 청소년 역사소설

작은숲
청소년

그림자를 벗는 꽃 3

분단 이후

안학수 글

그림자를 벗는 꽃 3 분단 이후

차례

그림자를 벗는 꽃 1 해방 전후

그림자를 벗는 꽃 2 한국 전쟁

모든 꽃들은 꿈을 품고 피어난다.

꿈 없이 피어나는 꽃은 없다.

현 시대의 청년 천인겸도 과거의 청년 천도윤도

모두 꿈을 지닌 꽃다운 나이였다.

포로 탈출과 석방

반공 포로에 끼어 이남에 남게 된 도윤은 인천 쪽 부평 포로수용소로 이감되었다. 한 막사에 있던 포로들이 많이 함께 해서 든든했다. 그중엔 김도상과 황주태도 끼어 있어 더 좋았다. 황주태는 이북 출신 공산 포로였으나 남아서 도윤을 도우라는 대장의 특명을 받고 남게 된 것이다.

거제 포로수용소에서 이감된 반공 포로는 총 35,000명 이라고 했다. 미군은 그 반공 포로들을 부산, 대구, 영천, 마산, 광주, 부평 수용소로 각각 5~7,000명씩 분산 수용하였다. 그중에 부평 수용소가 다른 곳에 비해 반의 반밖에 안 되는 1,486명을 받았다. 부평 수용소는 거제도와 달리 미군과 한국군이 함께 수용소 경비를 맡고 있어 말이 통해 좋았다.

유엔의 개인 면담 심사를 거쳐 이감되었으나, 그 1952년 봄은 불투명한 미래 때문에 불안하고 혼미한 계절이었다.

부평 포로수용소엔 이남 군이 주간 근무에 두 명만 있고 야간엔 미군들만 경비했다. 이북 출신인 황주태가 반공 포로 쪽에 남은 까닭은 도윤과 같은 이유에서였다. 그는 이남에 있을 아내를 만나야 했고 이승만 정권에 투쟁하기 위해서였다. 그러나 반공 포로들 속이니 도윤처럼 자신의 뜻을 철저히 묻어 두어야 했다. 김도상도 모르는 둘만의 비밀이었다.

어느덧 수용소 밖으로 보이는 들판에 하얀 억새꽃이 바람에 나부끼는 가을이다. 그동안 휴전을 두고 줄다리기하던 협상은 진전이 없었다. 10월이 되니 아예 회담은 무기한 휴회되고 말았다. 전쟁이 하루라도 빨리 끝나 귀향하길 바라는 포로들에겐 안타까운 일이었다.

미래가 불확실하고 불안한 남자들끼리 수년간 몸을 맞대고 지내다 보니, 포로들의 감정과 정서에 이상 현상도 나타났다. 서로 헐뜯고 얼굴 붉히는 자들이 있는가 하면, 서로 좋아서 연애라도 하는 사이처럼 붙어 사는 자들도 있다. 도윤도 마찬가지로 별로 친하지도 않은 포로 하나를 볼 때마다 잠깐씩 하경을 떠올리곤 한다. 그때마다 자신의 정신이 이상해지고 있는 것 같아 생각을 털어 버리곤 했다. 한 막사에서 자주 마주치는데 자신도 모르게 서로 눈을 마주쳐 응시할 때가 종종 생겼다. 그와 대화도 한번 한 적이 없는데, 그 포로도 관심이 있는지 도윤에게 자주 눈길을 주고 있다. 그때마다 뭔가 생각하는 표정이 잠깐씩 비친다. 도윤도 관심이 더 발전하여 자꾸 그를 보게 되었고, 어느새 그를 생각하고 있는 자신을 깨닫고 체머리로 생각을 털어 버릴 때가 잦다. 배식을 받다가도 그가 안 보이면 무리 속을 둘러보며 그를 찾고, 잠자리에 들다가도 그가 자리에 들었는지 그의 자리를 쳐다보고, 막사 밖으로 그가 나가면 왜 나갔는지 궁금하고, 자신이 막사를 나가려면 한번 그를 쳐다보는 자신을 느낄 정도다. 그에게 왜 그리 끌리는지 자신을 짚어 봐도 알 수 없었다. 조용하고도 사려가 깊고 진보적이며 온순한 성품이 마음에 들 만하다. 그의 외모도 곱상하고 착해 보이는 얼굴에서 여성의 느낌이 조금 있긴 하다. 또, 할아버지나 아버지 같이 온화한 기운도 약간 느껴지게 한다. 그러한 것 때문에 마음에 드는 정도라기엔 도가 지나치다.

그를 좋아하는 포로들이 많아 도윤과 친해질 기회는 오지 않을 것이다. 그 반면에 키 크고 다부지고 날렵한 몸을 가진 도윤을 은근히 좋아하고 친해 보려는 포로들도 많아졌다. 그들을 물리치고 그 포로에게 노골적으로 접근하기엔 이상한 행동으로 두드러질 것이다. 또 그렇게 무리하면서까지 그를 찾을 마음은 없었다.

포로수용소에서 용변 보는 것 다음으로 가장 불편한 것이 목욕과 면도다. 그래도 거제 포로수용소의 샤워장보다는 괜찮다. 막사마다 순차적으로 일주일에 한 번씩 단체 목욕 시간을 준다. 그때 서로 비누질해 주며 씻어 주면 좋다. 문제는 자주 자라는 수염이다. 이발할 때 한 번 면도를 해주지만, 이틀만 지나도 텁수룩한 수염을 자주 깎기가 어렵다. 이발용 면도칼을 가진 포로 몇이 있으나 사람이 하도 많아 차례를 기다려야 한다. 도윤은 다른 포로들보다 더 빨리 수염이 자라는 편이다. 그래서 취침 시간에 몰래 샤워장을 이용할 때가 많다. 면도날은 거제 포로수용소에서 쟁기를 벼릴 때 대장간에서 생철을 벼리고 갈아서 만든 것이다. 면도날답게 제법 예리해서 혼자 집중해야 상처를 입지 않고 면도할 수 있다.

취침 시간에 움직이는 것은 화장실 갈 때만 허용되는데, 남의 수면을 방해하지 않게 최대한 조용히 움직여야 한다.

밤이 깊어지고 코골이 합주가 한창 무르익자 잠자리에

서 살금살금 일어났다. 눈의 조리개가 열려 어둠 속이 번하게 보인다. 초저녁에 수건에 쌓아 준비해 둔 것과 막사 벽에 걸린 거울하고 남포를 떼어 들었다. 텅 빈 줄 알았던 샤워장엔 먼저 나온 누군가 한쪽 구석에 남폿불을 밝혀 놓고 있다. 그 포로를 등에 두고 반대쪽 구석으로 거울을 세우고 남폿불을 밝혔다. 윗도리를 벗어 탈의 벽 말코지에 걸어 놓고 거울 앞에 앉으려는 순간이었다.

"면도하려고?"

다짜고짜 반말을 해서 누군가 돌아보았다. 늘 마음 쓰이던 그 포로였다.

"어? 어어 누구신가 했네. 수염이 너무 쉽게 자라서."

조금 놀랐지만 별일 아닌 듯이 몸을 되돌렸다.

"우리 통성명이나 하지? 난 민호경일세."

그가 먼저 손을 내밀었다. 도윤은 두근대는 걸 감추려고 손을 살짝 잡아 주었다.

"그래 난 천도윤."

민호경은 완전 나체로 앉아서 혼자 목욕 중이었다. 도윤도 곁에서 물이 튀면 젖을 것 같아서 바지마저 벗었다. 둘이 벌거벗고 있으니 도윤은 본의가 아니게도 묘하고 야릇한 느낌이 들었다. 남폿불 아래 얼굴을 들이밀고 거울 속의 코밑과 턱과 볼에 난 털에 비누를 칠하고 불렸다. 비누라고 해 봤자 돼지기름에 소다를 부어 굳힌 것이다. 생철 칼을 군복 혁대에 문질러 갈았다. 몇 번 뒤집으며 갈아 칼날을 세웠다. 살갗을 당기며 칼끝으로 살살 털을 밀어 나갔다. 민호경은 도윤이 면도하는 것을 보고 더 말을 붙이지 않았다. 초집중해야만 베이지 않는 다는 점을 배려한 것이다.

"고향이 어디신가?"

면도를 다 끝낸 도윤이 먼저 물었다.

"서울… 면도 다 했으면 등 좀 밀어 줘."

몸에 물을 퍽퍽 뿌리며 대답한 민호경이 도윤에게 등을 돌려 댔다. 도윤은 얼른 비누칠을 하고 모시 수건으로 등을 문질러 주었다. 그의 등이 아직 젖살이 빠지지 않은 소년처럼 뽀얗고 부드럽다. 거제 포로수용소에서 거친 생활로 고생한 포로 같지 않았다. 민호경도 도윤을 돌려 앉히고 등을 밀어주었다.

"야 단단하니 근육 좋다. 거긴 고향이 어딘데?"

"충남."

"그런데 사투리 안 하는 편이네."

"아뉴~! 지두 헐라면 아주 많이 허쥬~! 안 헐라니께 그러지."

"하하하 그렇군… 그런데 왜 안 하려는데?"

"학당에서 공부할 때 선생 따님이 서울 말씨를 써서 그
따님 사귀느라고."

"그럼 결혼했어?"

"아니, 결혼을 약속하려는 찰나 이 전쟁이 터져 버렸지."

"그랬군. 그 따님이란 분이 많이 보고 싶겠네."

"그럴 경황도 없다네. 이 전쟁 통에 그도 나도 아버지를
잃었으니."

등을 다 밀고 물을 뿌려 씻은 다음 옷을 입으며 도윤이
물었다.

"호경 씨는 결혼했어?"

"나는 내 인생에 결혼이란 없을 것 같아. 나도 이 전쟁
통에 어머니도 누나도 다 잃었거든. 아버진 이미 나 핏덩
이일 때 일제 징용으로 전사하셨고. 지금은 내 주변에 아
무도 없어."

초면이나 다름없는데 자연스럽게 몸을 보여 주고 등을
밀어준 것도 있지만, 동병상련과 같은 서로의 처지라는 것
이 둘 사이를 더 당겨 주었다. 그 뒤로 아주 오랫동안 알고
지내던 사이처럼 자주 만나는 다정한 사이가 되었다. 얼마

뒤 민호경은 아예 도윤의 곁으로 자리까지 옮겼다. 애초부터 그에게 끌렸던 도윤도 마다할 이유가 없었다. 김도상과 황주태가 도윤과 민호경을 눈꼴시게 보는 것 같았다. 그것은 도윤을 자신들이 먼저 알았고, 도윤을 따라 여기까지 왔다고 해도 억지가 아닌데, 민호경에게 자신들의 자리를 빼앗긴 것 같았을 것이다. 그것을 느낀 도윤은 도상과 주태를 불러 놓고 제대로 호경을 소개했다.

"여기는 김도상, 이쪽은 황주태, 둘 다 착하고 순수해서 누구보다 내가 좋아하는 친구들이야. 그리고 여긴 어저께 처음 알게 되었지만, 내가 배울 것이 많은 민호경, 대학 재학 중이래. 서로 잘 사귀어서 나와의 사이처럼 가깝게 지내 주면 좋겠다."

"도윤과 내는 거제서부터 친했데이."

김도상이 도윤을 독점해 온 것처럼 어깨에 힘을 넣었다.

"나는 수용소보다 전에 같은 부대에서 생사를 나눈 전우지."

황주태도 역시 도윤이 자신의 영역 안에 있음을 과시했다.

"역시 보던 대로 셋이 삼총사처럼 아주 가까운 사이였군. 나는 겨우 며칠 전에 둘이 벌거벗고 서로 문지르고 비비고 했을 뿐이야 앞으로 잘 좀 부탁해."

민호경이 빙긋이 웃음을 머금고 붙임성 있게 말했다. 도상과 주태는 어이없는지 둘 다 눈을 크게 뜨고 입을 벌린 채 도윤을 보았다. 그 모습에 도윤이 웃음이 나왔다.

"흐흐흐 그래 우린 그런 사이다 왜?"

그렇게 소개하고도 그들 셋이 친해지기까지는 여러 날이 지나야 했다. 어쨌든 도윤에겐 답답하고 미래가 불투명한 포로수용소 생활에 민호경의 출현은 약이 되었다. 그렇게 서로 의지하고 힘이 되며 지내다 보니 어언 여름이 가까워졌다.

민호경이 경비하는 이남 군인 하나를 구워삶아 간단한 광석 라디오 하나를 마련했다. 수용소 내의 스피커 방송을 믿지 못하는 도윤은 그 라디오가 매우 좋았다. 민호경은 날마다 이 라디오로 듣는 뉴스를 통해 포로 교환 협상이 어떻게 되는지 파악하고 있었다. 북미 간 회담이 활력을 띠고 곧 휴전을 할 분위기였다. 포로들의 근심은 커졌다. 북의 요구대로 포로를 모두 북으로 보낼 것이란 걱정이다. 연일 미군 측이 북에 잡힌 미군 포로를 전원 귀환시키는 데만 집중하고 있다는 내용만 방송하기 때문이다. 미리부터 낙심하고 포기하는 포로도 생겼다.

민호경이 경비하는 이남 군인으로부터 미군이 알면 안 될 비밀 정보를 얻어 냈다. 이승만 정부가 곧 반공 포로 구출을 위해 어떤 조치를 할 것이라는 정보였다. 확실한 정보망의 귀한 정보라고 했다. 포로들은 부푼 기대로 기다렸다. 도윤의 생각엔 의심되는 점이 하나 있다. 그 정보로 이승만 정권의 계략이 무엇인지 짐작한 것이다. 정상대로면 미국에게 맞서서 반공 포로들을 석방시키기를 감행할 이승만 정권이 못 된다. 미군 산하의 이승만 정부니 미군이 하면 그냥 따를 수밖에 없다는 점이다. 만약 실제로 그렇게 한다면 이미 미군과 짜고 하는 것으로 보면 맞을 것이다. 그 노력을 확대 부각시키면 이승만이 한강 철교를 폭파한 일로 국민을 저버린 대통령이라는 비난을, 우리 국민을 사랑한 우리 대통령으로 탈바꿈시킬 수 있다는 계산일 것이다. 미군도 자신들이 세운 이승만 정부가 나쁜 여론으로부터 벗어나게 할 충분한 이유가 있다. 그렇다면 반공 포로를 그냥 석방시켜선 드러나지 않을 것이다. 저절로 드러나 널리 알려질수록 좋다. 그러기 위해 석방을 그대로 하지 않고 무엇인가 큰 사건이 되도록 요란하게 할 것이다. 이번 정보의 그러저러한 조짐에 도윤은 불안하고 그리 반갑지 않았다.

석방시키겠다는 정보가 들어온 지 일주일이 지난 6월 19일 아침이었다. 민호경은 언제 일어났는지 이미 라디오를 켜고 뉴스를 듣고 있다.

'어젯밤 자정에 이승만 대통령께선 각 포로수용소에 수감되어 있던 반공 포로를 일제히 석방시켰습니다. 부산, 마산, 대구, 영천, 논산, 광주 등에 수용된 반공 포로를 미군의 저지에도 불구하고 이승만 대통령의 의지의 특별 조치로 일제히 수용소에서 탈출시켰습니다. 미군은 포로들을 모두 북으로 송환할 계획이었습니다. 미군 포로들을 귀환시키기 위해 북과의 협상도 포로 전원 북송을 조건으로 하고 있었습니다.'

방송을 듣는 순간 도윤은 큰일 났다는 생각이 앞섰다. 부평 수용소에선 특별 조치만 기다리고 있었지 아무도 석방되지 않았기 때문이었다. 도윤의 걱정대로 흥분한 포로들이 가만히 있지 않았다. 순식간에 1,486명의 포로 전원이 다 알고 여기저기서 아우성치고 난리였다.

"왜 우린 그냥 둔거야? 뭐야? 언젠 기다리게 해 놓고 뭐냐고!"

"와? 이런 일이 다 있노? 우린 와 빼 놓은 기가?"

황주태와 김도상도 흥분해서 나섰다. 포로들은 이내 다

모여 국군에게 항의하러 나갔다. 이미 나가서 따지며 소리치는 포로도 있었다. 군인은 그런 명령 받은 적 없다 하고, 미군은 소요 사태인 줄 알고 포로들에게 총을 겨누며 소리쳤다.

"Stop it and go!, or they'll all know it's a riot and shoot!"

"멈추고 들어가라고? 안 그러면 모두 폭동으로 알고 쏘겠다! 으름장이네."

민호경이 유창하게 통역을 했다.

"다른 수용소에선 석방했다는데 왜 우린 안 보내 주는 거야?"

"데이어 아웃 오프 프리즌 웨이 돈트 데이 레트 어스 아웃?"

황주태가 소리치자 민호경이 받아서 영어로 소리쳤다.

"We don't know that! We're in!"

"우린 그런 것 몰라! 어서 들어가!"

포로들이 아무리 아우성쳐도 미군은 어림도 없다는 듯이 요지부동이다. 포로들은 일단 논의해 보고 다른 방법을 모색하자고 한 막사에 모여 들었다. 1,400명이 넘는 인원이 막사가 미어질 듯 들어서고도 밖에 서 있는 인원도 절반이 넘었다. 그렇게 모였어도 웅성대거나 옥신각신할 뿐 포로들은 논의가 잘 되지 않았다.

"딴 방법이 옳잖어 기냥 우덜두 석방시켜 달라구 대이 꾸 난리쳐 대는 수배끼 옳잖어."

성격 급한 충청도 출신 포로가 답답한지 격앙된 목소리 로 말했다. 잠시 조용히 듣던 포로들은 다시 웅성댔다. 답 답했던지 민호경이 벌떡 일어서며 큰 목소리로 말했다.

"아니야! 내가 좀 전에 조선 군인에게 들었는데, 딴 수용 소도 석방이 아니고 탈출이래."

모두 조용해졌다.

"얼래? 래지오선 석방이랬잖여? 석방 아니면 오치기 여 러 군디서 동시루다 탈출을 헌댜?"

충청도 출신 포로도 자기 생각이 옳다고 생각되는지 끝 까지 우기며 따져 댔다.

"그건 미군이 석방하지 않고 우리 모두를 북송하려 한 다고, 이승만 정부가 군대를 동원해 동시 작전으로 도왔 대. 말이 석방이지 사실상 탈출이라는 거야. 우린 그 작전 을 듣지 못해 시간을 놓쳐 탈출이 어렵다 하네."

민호경의 말을 들은 포로들이 다시 웅성대기 시작했다. 지금까지 듣고만 있던 김도상이 벌떡 일어나 큰 소리로 말했다.

"우리도 탈출합시더. 시간 놓쳤따고 못 할 기 모 있십니꺼?"

다시 모두 조용해졌다.

"그러려면 지금부터 우리 말이 새 나가지 않도록 조용히 계획합시다."

민호경이 검지를 입술에 대며 조용히 하라는 표시를 했다.

"우선 탈출할 사람과 안 할 사람을 나눕시다. 탈출할 사람은 왼쪽, 탈출 안 하고 계속 석방을 요구할 사람은 오른쪽으로 모이세요."

포로들이 우왕좌왕 움직이며 부딪치며 양편으로 갈라졌다. 탈출파가 석방파보다 압도적으로 많았다. 도윤은 어느 쪽에 서야 할지 판단이 서질 않았지만 탈출파로 섰다.

"탈출파는 당장 오십 명씩 조를 짜서 각 조장만의 모임을 가집시다."

도윤도 도상과 주태의 성화에 본의 아니게 조장이 되어 나섰다. 목소리를 한껏 낮추어 조장들에게 전하는 민호경의 계획은 치밀하고 침착했다.

"밤 아홉 시가 취침 시간이니 밤 열한 시에 행동을 시작합시다. 여기 부평 수용소는 미군 제 44공병단 부대의 북쪽 공터에 있는데, 이 북쪽과 서쪽이 허허벌판이니 그쪽으로 탈출하면 성공할 가능성이 높습니다. 참고하시기 바랍니다. 행동을 시작하면 탈출 방향의 외등 전선만 끊어야합니다. 철조망은 끊어선 안 됩니다. 끊으면 비상 사이렌이 터지니 절대로 끊지 말고 타고 넘어야 합니다. 각자가 깔고 있던 가마니와 거적을 들고 나와 철조망을 덮고 넘으면 됩니다. 그래야 눈치도 채지 못하게 무사히 탈출할 수 있습니다. 모두에게 그렇게 전하시고 계획이 새 나가지 않도록 입단속하시길, 그럼 모두의 성공을 빌며 오늘은 되도록 저녁을 일찍 먹고 잠을 자 둡시다.”

조장 회의는 의외로 간단히 끝났다. 석방파는 종일 국군과 미군 사이를 오가며 항의를 했다. 다른 수용소에서 했듯이 우리도 석방하라는 요구였다. 탈출 준비를 하는 동안 나머지 탈출파도 석방파를 도와 항의에 동참했다. 그것은 미군을 피곤하게 하고도 남았다.

“It's not my job to do! You know we have to do what we say. Why are you making a mess with us?”

“내 맘대로 할 일이 못 돼! 너희도 알잖아 명령대로 한다는데 왜 우리에게 난리야?”

민호경이 도윤 곁에서 통역을 해 댄다. 신경이 날카로워진 미군은 공포탄까지 쏘아 댔다.

"타탕! 탕!"

"Fucking shit, you want to die? Get out or I'll shoot you!"

"망할 것들아 죽고 싶어 환장했나? 꺼지지 않으면 쏴 버리겠다"

이젠 협박이다. 포로들은 총소리에 주춤했으나 계속 물러서지 않았다. 한 팀이 물러서면 또 다른 팀이 나서고 그렇게 한밤중까지 포로들은 항의를 이어 갔다. 미군 경비병들도 교대 근무를 한다지만 신경이 날카로워질 만큼 지겨운 상황이었을 것이다.

탈출파는 조별로 탈출 순번을 가려야 했다. 한꺼번에 나가면 노출되어 들통난다. 한 조에 간격 2분씩 22조가 나가는 데 시간만 잘 지켜지면 50분 안에 완전 탈출이었다. 제비뽑기로 조 순번을 정했다. 도윤의 조는 불행도 요행도 아닌 12번이었다. 조의 순번을 정하자 잠을 청했다. 초저녁부터 잠자리에 들어야 밤새도록 달려서 탈출에 성공할수 있다. 미군이 생각할 땐 종일 시위하느라고 지쳐서 잠든 줄 알았을 것이다.

고요한 수용소 마당 철조망을 따라 가장 날렵한 포로들이 재빠르게 움직였다. 우선 외등의 전선을 찾아 잘랐다. 북쪽 편과 서쪽 편 외등만 꺼져야 하는데 다른 쪽 외등도 모두 꺼졌다. 당황한 포로들은 서둘렀다. 조별 순번을 어기고 너도나도 다 나와 거적을 철조망에 덮고 그 위로 타고 넘어 들판으로 내달렸다. 도윤의 조는 북쪽 철조망을 넘을 준비를 하고 있었다. 정전이 되자 미군 경비병이 탐조등을 켜고 철조망 주변을 살폈다. 그 사이 포로들은 상당수가 철조망을 넘고 있었다. 북쪽 철조망을 스쳐 지나갔던 탐조등 빛이 다시 되돌아와 걸쳐진 거적을 비추었다.

"A prisoner escape!"

포로 탈출이라고 소리치고 있다. 탐조등이 이리저리 주변을 비춰 보며 긴급하게 비명을 지르듯이 소리쳐 댔다.

"Over the north barbed wire!"

북쪽 철조망 넘고 있다고 하는 것을 보니 완전 발각된 것이다. 그때 도윤의 조도 넘고 있었다. 뒤에 넘어야 할 조가 새치기로 먼저 넘으려고 아우성치는 바람에 늦어진 것이었다.

"Stop it!"

미군이 멈추라고 소리치지만 그 말을 순순히 들을 포로

는 없었다. 도윤이 철조망을 넘고 보니 도상과 주태가 아직 넘지 못하고 있다. 도윤은 그들이 넘는 쪽 철조망을 조금이라도 낮춰 주려고 잡아 매달렸다. 주태가 먼저 올라 앉고 도상을 잡아 올려 주었다. 둘 다 무사히 넘은 듯 했을 때 총소리가 났다. 반사적으로 땅에 엎드리며 내달렸다. 뒤에 아무도 쫓아오지 않아 이상한 생각에 돌아보았다. 도상이 맞았는지 주태가 어깨에 메고 오느라고 총탄 속에서 비틀거리는 것이 보였다. 도윤은 다시 되돌아 달렸다. 도상을 같이 을러메고 달렸다 총소리는 더 많아지고 달리던 포로들이 픽픽 쓰러졌다. 순식간에 사격 타킷이 되어 버린 포로들은 비명도 제대로 지르지 못했다. 어둠 속에서도 보였다. 젊음의 끓는 피가 마지막 죽음의 절규가 되어 천지 사방 뿌려지고 있었다. 등부터 가슴까지 관통한 치명적 총상을 입은 김도상도 죽음의 마지막 말을 하고 있었다.

"고마 내리 노. 쉬고 싶대이."

평소 같으면 절대 내려놓지 않고 끝까지 도상을 메고 갈 황주태인데, 말이 떨어지기 무섭게 도상을 땅에 뉘었다. 그리고 자신의 옆구리를 움켜쥐었다. 황주태도 이미 옆구리에 총상을 입고 피를 흘리는 상태였다. 총알이 옆구리를 관통한 중상이었다. 도윤은 가시철망에 매달리느라 가시에 긁힌 상처만 조금 있을 뿐 말짱했다. 민호경이 궁금했으나 알아볼 수 없다. 황주태가 도윤에게 얼른 가라고 손짓했다. 하지만 차라리 잡혀서 북으로 송환되는 한이 있어도 부상한 둘을 놓고 혼자만 갈 수 없었다.

"이봐! 정신 차려!"

황주태가 도상에게 소리쳤다. 도상은 이미 눈동자가 흐려지고 숨을 거칠게 몰아쉬었다.

"어머이!⋯."

마지막으로 어머니를 크게 부르며 팔과 다리를 부르르 떨더니 축 늘어뜨렸다. 그의 눈을 감기는 도윤은 가슴과 눈이 뜨거워지며 앞이 보이지 않았다. 참담한 이 상황을 어떻게 감당해야 할지 망연했다. 그럼에도 아픔에만 빠져 있을 겨를이 없었다. 황주태의 상처를 살펴 주어야 했다. 도윤은 우선 허리에 차고 있던 베수건을 둘로 갈라 잇고, 상의 팔뚝 하나를 찢어 접어서 황주태의 옆구리 상처에 대고, 이어 놓았던 베수건으로 둘러 묶어 임시 지혈을 했다.

"걸을 수 있지? 내가 부축해 줄게 가자."

"그러긴 이미 늦은 것 같다. 가려면 아까 가랄 때 갔어야지."

주태가 턱짓한 쪽을 보니 탈출한 포로들을 잡으러 나온

미군이 바짝 다가오고 있었다. 이내 그들의 랜턴 빛이 도윤의 얼굴에 뿌려졌다. 그렇게 도로 체포되고 말았다.

수용되었던 반공 포로 1,486명 중, 석방을 요구하는 포로 500여 명 빼고, 나머지 1,000명 가까이가 탈출하려 했지만 400여 명은 시도조차 못했다. 그나마 538명이 탈출에 성공했고 47명 사망, 60명 부상, 39명이 잡혔다. 방송은 부평 포로수용소 탈출 사건과 반공 포로 석방을 위한 이승만의 노력을 크게 부각시켜 보도했다. 이때껏 도윤이 걱정했던 것이 바로 이와 같은 결과였다.

이승만은 반공 포로를 탈출시킴으로써 완전히 고마운 우리 대통령이 되었다. 풀려난 30,000명이 넘는 반공 포로들은 전국으로 흩어져 반공 정신을 다지는 요원이 되었다. 공산당의 악행에 대한 살아 있는 증인 겸 홍보 요원이었다.

"'미국이 이북 군에 잡힌 미군 포로를 모두 송환받기 위해 모든 공산 포로를 북송하려는 상황이었다. 35,000명이라는 반공 포로를 북으로 보낼 수 없어서, 미군의 경비 속에서 탈출시키는 작전을 폈다.'며 '영국의 처칠 경이 이승만을 체포하라고 요구했다.'"

라디오 방송에 이어 신문들이 다 대서특필하고 있었다.

살인마가 우리 국민을 위해 모든 것을 감수한 영웅적 대통령으로 둔갑하는 순간이었다. 포로들을 이용해 자신의 과오인 한강 인도교 폭파로 많은 피난민을 죽게 했던 일을 실수로 덮고도 남게 했다. 부천 포로수용소 사건은 도윤의 생각처럼 교활하게도 보다 큰 사건이 되어야 확실히 알릴 수 있다는 계산의 각색이었다. 부천 포로수용소에는 탈출시키겠다는 정보만 주고 동시 탈출할 땐 일부러 빼놓았다는 결론이다. 나중에야 알고 흥분한 포로들이 무리하며 탈출하도록 유도해 놓고, 탈출할 때 수십 명이 사살되면 큰 뉴스가 되리란 계산을 했다는 것이 도윤의 생각이다. 희생자 수만 발표했지 부천 포로수용소만 하루 늦게 탈출하게 된 내막은 일체 보도하지 않았다. 그것만으로도 도윤이 이승만과 미군정을 의심할 만한 정황은 충분하다. 자신의 영달에 또 젊은 생명들을 희생시킨 이승만이라고 생각하니 그 원한이 하늘을 뚫고도 남을 지경이다. 자신도 그 희생자가 될 수 있었다는 생각을 하면 치가 떨렸다.

도윤은 탈출하다 잡힌 38명과 함께 격리 수용되었다. 탈출하다 잡힌 것이 문제가 되어 포로 송환할 때 어떻게 작용할지, 자신의 앞날이 더 암담해졌음을 통감하게 되었다.

경찰의 해찰

"걔들이 그럴 땐 네가 뭔가 걔들에게 잘못한 것이 있으니 그랬겠지? 아니면 왜 그래?"

경장은 부드럽게 표정을 풀고 말했지만 인겸인 그러는 경장에게 불쾌감을 감출 수 없었다.

"경장님 저는 그자들이 누군지도 몰라요. 생명의 위험을 느끼고 두려울 뿐이에요. 그들이 내게 왜 그러는지 까닭을 알고 싶어도 몰라요. 난 그저 학생이고 축구 선수라는 것뿐이어요. 고아라서 용돈 벌이로 아르바이트를 한다는 것이 제 생활의 일부구요. 그런 제가 그자들에게 무엇을 잘못했겠어요? 만약 잘못이 있다면 그들을 만나야 사과를 하든 보상을 하든 하지요. 어서 그자들을 잡아서 누군지 왜 그러는지 밝혀 주세요."

간밤에 괴한들로부터 습격을 당한 인겸이는 칼날에 조금 베인 허벅지 말고는 크게 다치지 않아 다행이다. 칼까지 든 세 명의 괴한을 몽둥이 하나로 막아 냈다. 축구로 단련된 빠르고 끈질긴 인겸이 냉정한 기지와 필사적인 저항으로 위기를 벗어난 것이다.

"거기 앉아서 처음부터 다시 말해 봐."

그제야 경장은 인겸이에게 자리를 권하고 고소장 접수를 시작했다. 모터사이클 사건으로 거슬러 올라가서 이야기 했다. 그 전에 이상한 일이 자꾸 생기는 것도 이번 일과 무관하지 않은 것 같다는 이야기도 했다. 큰 힘을 가진 누군가가 자신을 해치려는 것 같아 불안하다는 말까지 하고 싶었다. 그러나 경장은 인겸이를 더 이상하게 보고 정신과 치료부터 받으라고 할 것 같아서 그 말은 뺐다.

"오토바이 사건은 범인을 잡았는데 밝히지 못한 이유가 뭐야?"

"증거가 부족하대요. 당한 것은 전데 다친 건 그자가 더 다쳤다면서요. 제게 그자 얼굴도 보여 주지 않았어요. 사건 당시에 그놈이 헬멧에 선글라스와 마스크를 쓰고 있어서 얼굴을 보지 못했거든요. 하지만 분명히 그놈이 뒤에서 저를 받으려다가 실패하자 다시 돌아서 제게 정면으로 질

주해 왔어요. 제가 몸이 빨라 피하며 발로 차 냈어요. 저도 나가떨어졌지만 찰과상 정도였는데 그자는 어깨뼈가 나갔대요. 현장에 오토바이를 두고 그대로 내뺐고, 그 오토바이 때문에 이내 잡았더군요. 그런데 그자가 오히려 저 때문에 난 사고라고 우기더래요. 그 주장을 누를 만한 증거가 제겐 없대요. 제 짐작엔 엊저녁에 습격한 괴한들 중에 오토바이로 치려했던 자도 있는 것 같아요. 두 번 다 얼굴을 가려서 보지는 못했지만요."

경장은 처음과는 대조적으로 태도가 달라져서 인겸이의 고소를 진지하게 받아 주었다. 몸조심해야 할 상황 몇 가지를 적어 주며 언제든지 혼자 있지 말라는 당부도 했다.

조서를 마치고 학교에 돌아오니 시간이 너무 흘러 팀 훈련 시간에 늦었다. 감독에게 꾸지람을 들었지만 다친 이야기는 하지 않았다. 또 다친 줄 알면 주전은커녕 출전 기회조차 얻지 못할 것이다. 이번 전국체전에서 좋은 모습을 보여 기필코 실력을 인정받아야 한다.

인겸이는 기숙사에서 곰곰이 생각해 보았다. 누가 자신을 해치지 못해 안달일까? 그럴 만한 사람이 누굴까? 자신을 해쳐야만 될 사람이 누가 있단 말인가? 이번 습격을 두고 생각해 보면, 자신이 그 창고에서 그 시간에 일한다는 것과 파트너가 결근한 것까지 알고 그날 그 시간에 습격한 것이다. B.YOUNG의 고위급 인사인가? 몹시 불안하다. 얼굴 없는 적을 늘 주변에 두고 산다는 것이 얼마나 무서운지, 경험하지 않고는 그 누구도 절대로 모를 것이다. 저절로 자신을 위해 몸에 지니기 시작한 것들이 있다. 무릎, 발목, 팔꿈치 보호대를 하고 손바닥 보호용 장갑도 지녔다. 하지만 무기는 지니지 않았다. 모든 신경을 세우고 주변을 경계하며 다니려니 매우 피곤하다. 어디든 가서 혼자 조용히 쉬고 싶다.

겨우 다섯 바늘 꿰맨 상처인데 생각보다 많이 아프고 오래 치료했다. 허벅지가 욱신거리는 아픔은 있었지만, 상처가 팬티 속으로 감춰져 아무도 부상인 줄 몰라 훈련은 물론 연습 게임에도 충실할 수 있었다. 팀원들과 호흡도 정상 궤도에 오를 수 있었고 개인 실력도 더 나아진 셈이다.

실밥을 뽑을 무렵에 전국체육대회가 열렸다. 실밥을 뽑고 나니 상처가 가렵지도 않고 기분이 좋았다. 펄펄 날것같이 몸도 가벼웠다. 예선 세 게임과 준결승과 결승까지 치르는 동안 풀 게임을 다 뛰었다. 골도 두 골이나 넣고 팀이 고등부 금메달을 따냈으니 체전에 출전한 보람을 얻고 목적을 다 이룬 것이다. 이쯤에서 프로 팀으로부터 러브

콜이 있으면 얼마나 좋을까? 그러면 알바도 때려치우고 오로지 축구에만 전념할 수 있는데, 알바 하랴 축구 하랴 너무 힘들다. 더구나 괴한들이 습격한 뒤로 긴장하고 지내다 보니 더 어렵다.

출근 준비 중인데 휴대폰이 자꾸 문자가 왔다는 신호를 했다. 열어 보니 이주동 회장이었다.

'시간 되는 대로 나 좀 보자.'

말은 지독한 충청도 말씬데 문자는 표준어로 보낸다. 되도록 만나고 싶지 않지만 취직을 시켜 주었으니 그럴 수도 없다.

'출근하기도 바빠요. 주말엔 수업이 없으니 낮에 찾아뵐 수 있어요.'

만약 체육 특기생으로라도 대학에 진학할 것이면, 수능을 준비해야 하니 주말도 시간이 없을 것이다. 진학을 포기했으니 수업 없는 주말에는 시간을 낼 수 있다.

'묻고 싶은 말이 있어서 그러니 잠깐이면 된다. 출근할 때 시간을 조금만 내 다오.'

문자로 물으시면 안 되겠냐고 문자를 보내려다 너무 당돌한 것 같아 그만 두었다.

'6시 30분쯤 뵐게요. 장소만 정하세요.'

'회사로 와.'

무슨 말을 할지 궁금했다. 천도윤 할아버지와 이주동 회장의 인품을 생각해 보면 비교도 안 될 만큼 다르다. 비록 가난하지만 늘 남을 배려하는 인정 많은 천도윤 할아버지와, 욕심도 많고 사람의 신분을 따지며 가난하다고 깔보는 이 회장은, 정신 수준에서 하늘과 땅 차이다. 천도윤 할아버지는 늘 정신이 그 사람의 알맹이라고 했다. 바른 정신을 가진 사람이 사람다운 사람이라고 가르쳤다. 그 정신을 돈이나 힘으로 눌러 버리려는 것은 폭력이다. 돈이 많은 것보다 인정이 많아야 한다고 했던 할아버지의 말씀을 인겸은 곱씹었다. 인정 많은 사람들의 세상이 좋은 세상이라고 생각하기 때문이다.

회장 비서실엔 남자 한 사람만 남아 있었다. 인겸인 처음 보는 남자였다. 그 남자가 인겸이를 기다렸던지 벌떡 일어나서 회장실 문을 열어 주었다. 회장에게 공손히 인사했다.

"앉아."

소파에 앉아서 기다리던 회장은 인겸이에게 의외로 부드럽게 대했다. 비서실에 있던 남자가 음료수를 내 놓고 나가자 회장은 인겸이의 얼굴을 빤히 들여다보았다.

"왜 저를 보자 하셨어요? 출근 시간 맞추려면 시간이 별로 없어요."

회장은 인겸이의 말을 듣고 있는지, 처음보다 더 그윽해진 눈으로 인겸이의 얼굴을 뚫어져라 들여다보았다. 무슨 말을 하려고 저러나 싶어 몸을 뒤로 젖히며 눈쌈하듯이 회장을 째렸다.

"지난번이 니가 나헌티 갖다 준 애기 사진허구 똑같은 거 한 장 또 있다구 혔지?"

"똑같진 않고 거의 닮은 거지요."

"그 사진 나 즘 보여 줘라."

인겸이는 가슴이 뜨끔해서 하마터면 딸꾹질을 할 뻔했다.

"왜 보시려고요? 싫어요. 그건 우리 아버지 사진이라 아무도 안 보여줄 겁니다."

"증말루 똑같은 거 두 장 아니구 닮은 거라는 겨?"

"그렇다니까요."

"그런디 말여 니가 준 사진은 분멩이 내 아들 사진 맞긴 맞는디, 내가 갖구 있던 사진이 아니란 말여. 그건 내가 맨날 끄내서 들여다 봐 갖구 모탱이가 쬐끔 헐었는디 이건 말짱혀."

"아녀요. 그 사진 맞아요."

"그려? 그럼 그렇다 허구, 가만히 있자… 이봐 그 서류 가져와."

남자를 불렀다. 남자가 이내 서류 봉투를 가져와서 이 회장에게 건넸다. 이 회장이 서류를 봉투에서 느릿느릿 꺼내는 동안이었다.

"잠깐 웬 세치가 하나 있어서 보기 안 좋은데 뽑아 줄게요."

남자가 갑자기 인겸이의 머리를 들여다보며 말했다. 인겸이는 싫다고 머리를 피하려다 회장 앞에서 남자를 무안 주는 것 같아 참았다. 세치가 뽑혀 나가는 아픔이 생각보다 무척 따끔했다. 남자가 하얀 세치를 인겸이 손바닥에 올려놔 주었다. 굵고 뻣뻣해서 자신의 것이 맞나 싶다.

"고맙습니다."

"이 서류나 써. 너 지난번이 워떤 늘들헌티 습격당했다메, 거기 있으면 온제 또 오떤 일이 터질지 물르니께 내가 니 일자리 더 편헌디루다 옮겨 줄라구 그려."

서류에 가족 사항을 적는 란이 있는데 쓰기 싫었다. 그러나 어쩌랴 그냥 쓰라 해도 써야 할 텐데 일자리를 옮겨 주겠다는데 얼른 써야지. 펜으로 정성들여 써 나갔다.

'父 : 천요섭(사망) 母 : ? 본인 : 천인겸'

어머니 이름을 기억하지 못해 머뭇거리다 적어 놓은 수첩을 뒤져서 찾아냈다.

'父 : 천요섭(사망) 母 : 지선화(행방불명) 본인 : 천인겸'

다 써서 회장 앞에 내밀었다. 서류를 찬찬히 들여다보더니 주머니에서 지갑을 꺼냈다. 무엇을 하려는가 싶은데, 지갑에서 그 아기 사진을 꺼내 엎어 놓고 뒷면을 서류와 대본다. 순간 인겸이 눈이 휘둥그레졌다. 아기 사진 뒷면에 적힌 글씨가 눈에 들어왔기 때문이다.

"천요섭."

'아뿔싸 이 일을 어째?'

인겸이는 속으로 놀라 가슴이 털썩 내려앉는 것 같았지만 애써 침착했다. 자신이 지녔던 사진과 바뀐 것이었다. 이주동 회장은 둥근 돋보기를 대고 인겸이가 써서 내민 서류 글씨와 사진의 글씨를 비교해 보더니, 인겸이를 올려다보았다.

"암만 봐두 말여 니가 쓴 글씨는 아닌디, 이 사진이다가 오째서 누가 니 아버지 승함을 적은겨? 말혀 봐. 너두 아니구 누가 뭐 때미 넘의 사진이다가 오떻기 니 아버지 존함을 알어갖구 썼냐구?"

사진을 내밀며 인겸이를 닦달하듯이 물어 왔다.

"어? 이거 누가 썼지? 아~! 죄송해요. 친구 녀석이 누구 사진이냐고 묻기에 설명하기 싫어서 그냥 아버지 사진이라고 말했는데, 그때 녀석이 써 놨나 봐요. 그 친구가 낙서를 좋아해서요. 알았으면 말렸을 텐데… 죄송해서 어쩌죠?"

침착하게 변명하는데 거짓말을 하려니 다리가 떨렸다. 이주동 회장은 말하는 인겸이 표정을 말없이 째려보더니 다시 사진을 지갑에 넣었다 .

"전 출근 시간 늦을까 봐 그만 가야겠어요."

인겸이는 속으로 안도의 숨을 쉬며 일어섰다.

"안녕히 계세요."

"안녕히 기시긴 뭘? 나두 그 공장 가 볼 텐디 기왕 가는 거 너두 내 차루 가."

인겸이는 자신의 귀를 의심했다. 평소 같으면 가거나 말거나 자신을 무시할 이주동 회장이다. 자기 차에 아무나 태워 줄 회장이 아닌데 갑자기 왜 그러는지 불안하다.

"나 때미 퇴근 시간 많이 늦었구먼. 기왕 늦은 김이 시킨 거나 즘 해 주구 가. 게다는 내 즌화해 뒀으니 부탁 즘 험세."

회장은 뭔가 약속해 둔 일을 단단히 시키느라고 남자에

게 언질을 했다. 인겸이가 회장실을 나오자 회장도 인겸이를 놓칠세라 따라와 함께 엘리베이터를 탔다.

주차장에는 이미 운전기사가 차를 대기해 놓고 있었다. 조수석에 타려는데 회장이 뒷문을 열어 주며 뒷좌석에 타라고 턱짓을 했다. 웬일로 자기 옆에 태우려는 것일까? 부담이 배로 가중되었다.

"니 아버진 뭐 헌 사램인디 일찍 사망했다냐?"

아버지를 함부로 하는 이 회장의 말투에 불쾌했다.

"회사 다니셨대요. 제가 한 살 때 돌아가셔서 아버지에 대한 기억이 없어요."

자꾸 물을 것 같아 기억 없다는 말을 강조했다.

"사망 원인두 물러?"

"할아버지께서 자세히 말씀 안 해 주셔서 잘은 몰라요. 그냥 갑자기 의문사 하셨다는데 심장마비 같은 그런 거셨겠죠."

이 회장은 말없이 고개를 끄덕이고 공장에 닿을 때까지 더 이상 묻지 않았다.

이 회장이 공장에 닿자 유 과장이 달려와 허리를 굽혀 인사를 했다. 인겸이가 차에서 내리자 유 과장의 눈이 동그래졌다.

"자네 나 즘 보세나."

"예, 회장님."

유 과장이 회장과 따로 이야기하는 동안 인겸인 사무실로 가서 청소를 대강 했다. 그리고 지난번보다 단단하고도 가볍고 긴 나무로 준비해 두었던 몽둥이를 꺼내 놓았다. 잠시 후 회장이 떠나고 파트너가 오자 유 과장도 퇴근했다. 어떤 놈들이든 오면 이번엔 단 한 놈이라도 꼭 잡으리라고 바짝 긴장하고 대기했다.

벽시계의 시곗바늘이 열 시를 훌쩍 넘긴 시간이었다. 경찰서 담당 경찰로부터 전화가 왔다.

"예 경장님…. 저 지금 일하고 있습니다…. 거기 그 창고요… 아 예 그러세요."

잠깐 알아볼 게 있어서 오겠다는데 무슨 일인지 궁금했다. 창고를 둘러볼 시간이다. 바짝 긴장하고 몽둥이를 든 채 창고를 한 바퀴 돌았다. 이상 없어서 다행이었다. 경장은 약속한 지 20분 뒤에 경찰용 오토바이를 타고 왔다.

"천인겸 학생, 혹시 B.YOUNG사 회장하고 무슨 관계야?"

갑작스런 질문에 잠시 황망히 서서 대답을 못 하고 머뭇거렸다.

"회장께 크게 잘못한 거라든지 손해 끼친 일이 있는지. 예를 들면 회사 상대로 불법 시위를 했던가?"

재차 질문을 듣고서야 아기 사진에 얽힌 내용이 아니라서 안도의 숨을 내쉬었다.

"아뇨, 전에 아는 분을 부당 해고 해서 시위하려 했었죠. 당사자가 말려서 안 했어요. 그 뒤로는 전혀 그런 일 없었어요. 회장을 좋아하지도 않지만 원수진 일도 없어요."

"그래 알았어."

"근데 이 사건이랑 회장님이 무슨 연관이 있나요?"

"그건 수사상 아직은 비밀이고 아무튼 범인을 검거하면 밝혀지겠지."

경찰이 가고 난 뒤 퇴근하기까지 내내 생각에 잠겨 있었다. 어쩌면 이주동 회장과 관련이 있을지도 모르겠다는 의문 때문이었다. 만약 그랬다면 이 회장은 왜 자신을 그리도 해치지 못해 안달이었을까? 단지 자신의 손자 이민철과 가까이 지내는 것이 못마땅한 것만으론 그럴 수 없다. 할아버지 천도윤과도 마찬가지다. 할아버지는 오히려 이주동 회장을 위기에서 구해 준 것으로 일기에 기록되어 있다. 생명의 은인에게 그럴 수 없을 것이다. 인겸이를 해하려는 범인이 이 회장이 아니고 누군가가 따로 있을 것이다.

다시 찾은 고향집

미군은 이북 군에 잡힌 미군 포로들을 받는 수보다 몇 배가 많은 이북군 포로를 북송했다. 제네바 협약에 따른 북송을 원하는 포로들이었다. 탈출하다 잡힌 신세인 도윤은 휴전하고도 포로수용소에 갇혀 지냈다. 미군은 이듬해 도윤을 포함, 나머지 포로들을 판문점까지 데리고 갔다. 강제 북송당하는 줄 알고 그대로 북으로 갈 각오를 하고 있었다. 그러나 미군은 나머지 포로들도 제네바 협약을 지켜서 바라는 곳으로 보내 주었다. 중공군과 이북 출신 포로 중에 북으로 가지 않고 제삼국을 택하는 포로들이 생각보다 많았다. 도윤과 함께 탈출하다 검거된 반공 포로들까지 원하는 대로 석방했다. 도윤도 그 제네바 협약 덕으로 귀향하게 되었다. 1954년 1월 27일 음력 계사년 섣달 스무사흘, 사납게 눈보라치는 날이었다. 석방하는 포로들을 군용 트럭에 태운 미군은, 도윤을 상감마을로부터 5km 떨어진 장소에 떨쳐 주었다. 알아서 가라는 뜻이지만 그래도 마냥 좋았다. 엄동설한의 매서운 눈보라쯤이야 귀향을 축하하는 꽃바람이었다. 고향 상감마을까지 10리가 넘는 길을 어머니 만날 마음에 가슴 벅차올라 내달렸다. 어머니, 할아버지, 할머니 모두 어찌 지내시는지, 건강하신지 꿈에 그리던 고향이다. 어머니 품에 안겨 무사히 살아 돌아왔노라 실컷 응석하고 울어 보리라고, 상감마을 입구부터 목이 먹먹해지며 눈물 그렁그렁 달고 집으로 단숨에 달렸다.

집에 가까워지며 도윤의 낯빛은 점점 하얗게 질렸다. 이게 웬 낯선 그림이던가? 있어야 할 집은 간데없고 빈터에 눈발만 휘날리고 있었다.

"어머니!니!니!니!니!니니니."

메아리도 함께 목청껏 불러 주지만 아무 대답이 없다. 사방을 둘러보았지만 할아버지도 할머니도 가신 데 없다. 아버지가 짓던 밭으로 논으로 눈길을 돌려 보지만, 삭막한 빈터였다. 더러는 우거진 억새만 바람에 흔들릴 뿐이다. 일단 당황한 마음을 가라앉히고 가장 친절했던 화가네 집으로 향했다. 날씨 때문인지 마을 전체가 빈 것처럼 고요하니 몰아치던 눈발조차 잦아들었다. 눈발처럼 들뜨던 마음은 차분히 가라앉았다.

화가네는 열어 놓은 사립문이 여전히 옛날 모습이다. 방금 눈을 말끔히 쓸어 내어 잘 정돈된 마당을 조심스럽게 들어가며 작은 소리로 불렀다.

"계십니까?… 계세요?"

두 번 불러서야 천장이 검게 그을린 부엌의 나무 문이 삐끄끄 열리고 화가의 부인이 얼굴을 내밀었다.

"안녕하세요. 저 여기 천가네 도윤인데요."

처음엔 누군지 어리둥절하니 바라보던 부인은 놀란 표정으로 바뀌었다.

"허이구! 그려! 천 씨 아들 맞네. 이렇기 살아왔구면. 허이구~! 잘헷구면 자네라두 살아서 잘헸어~! 을마나 고생헸댜 에구~."

부인은 반갑게 맞으며 얼른 도윤의 팔을 잡아 부엌 안으로 들이고 주변을 살폈다.

"에구~ 무슨 말부텀 헤 줘야 허나…. 어서 피신허란 말이 젤 급허구면. 빨갱이라구 동네 사람들이 자네 보면 또 해코지헐 텐디, 일단 어여 여길 피허야 되여."

"그보다 저희 어른들 모두 어디 계신지 아세요?"

도윤은 집이 없어졌으니 이사한 곳만 물어서 이내 마을을 나갈 생각이었다. 부인은 머리를 가로저으며 도윤을 애달픈 눈으로 바라보다 손을 어루만졌다.

"나헌티는 그런 거 묻지 말어 난 말 못 허여."

도윤은 답답했다. 부인의 두 손을 꼭 잡고 흔들며 부탁했다.

"괜찮으니 아시는 대로 다 말씀해 주세요. 네? 아주머니 ~ 저는 알아야 하잖아요."

"그려~ 알으야 허긴 허지… 허이구 오쩐댜…. 으르신덜 다 돌어가셨구먼…."

도윤은 앞이 캄캄해지고 어지러워 부뚜막에 주저앉았다. 일단 심호흡으로 마음을 추스르고 간신히 입을 열었다.

"어떻게 돌아가셨는지 아시는 대로 다 말씀해 주세요."

"그러야지 지왕 이냥 된 것 말해 주야 것지. 이가네, 잉 바로 자네 또래 주동이가 말여, 특수 부대라구 데꾸 와서 자네 으른들을 웬수 집안이라구 몽댕이질을 혀 댔지. 이가네처럼 양반이라면 그렇기까진 못 헷을껴, 그 바램이 할아버진 메느리 때리는 꼭꽹이 자루를 막다가 대신 맞구 그 자리서 운명허구 자네 엄니는 온몸의 뼈가 도막나더락 맞구두 자네 올 때까장 살으야 헌다구 인분까장 마시메 애

썼지먼 닷새두 못 되서 명줄 놓지. 망령 든 할머니만 남었
는디, 눈보라 살랭이 치던 날 안 뵈더니 담 날 저 아랫뜸이
서낭댕이 밑이서 시신을 찾었지. 저 말둥구리 고개 넘어
있는 츤강암 주지승이 으른들을 모셔 갔은게 다비식허구
서 위패 모셨을겨. 거기나 어여 가 보구 빨리 이 부근서 떠
나 딴 디서 살어. 여긴 다 이씨 집성촌인게 살 수 읋을겨.”

부인은 조용하고도 침착하게 놓치는 부분 없이 자상히
설명해 주었다. 이야기를 듣는 동안 도윤은 땅이 꺼지고
하늘이 뒤집어졌다. 눈물 범벅 콧물 범벅 간이 으깨지고
창자가 난도당하는 아픔에 절규도 뜻대로 되지 않았다.

“우우 으아아아아아아아아~!”

무릎 꿇고 주저앉아 오열을 했다.

“주둥이 이놈 내가 저를 살려 주었는데… 도대체 왜 내
게 은혜를 원수로 갚은 거야? 으흐흐아아아~!”

부인은 몸부림치며 통곡하는 도윤을 안절부절못하고 바
깥을 살피며 불안해 했다.

“자네랑 자네 아버지가 빨갱이라구, 빨갱이는 다 지네
원수라구 생각허여. 특히 할머니랑 삼촌을 자네 부자가 죽
게 헌거루 알구 있거던, 게다가 부인두 빨갱이들헌티 죽었
다잖여.”

"아~뇨! 절대로 그 어느 누구도 죽이지 않았고 주동 할머니를 구하려고 저로선 최선을 다했어요. 그 때문에 냉혹하게 집행하는 인민해방군이 원망스럽기도 했어요. 아~ 이게 뭐야. 이게! 어어흐흐으으~."

도윤은 오열하면서도 조용한 목소리로 해명하고 또 탄식했다. 이젠 모든 것을 다 잃었으니 목숨도 아깝지 않다고, 목숨을 걸고 이승만의 미군과 싸우겠다고 굳게 다짐했다.

한참 울고 나자 밖에서 사람들이 몰려오는 소리가 들려왔다. 부인이 어서 뒷담 넘어 도망가라고 했지만, 도윤은 부인에게 어서 나가서 자신이 나타났다고 소리치라고 시켰다.

"그래야 아주머니께서 무사하실 수 있습니다. 내 걱정 마시고 시키는 대로 하세요."

고개를 끄덕인 부인은 잽싸게 싸리문 밖으로 달려 나가며 소리쳤다.

"천가 아들이 나타났다아~! 빨갱이가 나타났다아~!"

도윤은 부엌문을 활짝 열어젖히며 마당으로 나가 맞이할 준비를 했다. 금방 이씨네 젊은 남자 네 명이 들이닥쳤다. 모두 손에 몽둥이가 들려 있었다.

"이 빨갱이 새끼 지발루 겨둘 왔구나. 니 무덤으루 잘 들왔다."

다짜고짜 몽둥이를 휘둘렀다. 도윤은 잽싸게 몸을 틀어 가장 체구가 작은 상대의 관자노리에 주먹을 질렀다. 순간 스러지는 상대를 낚아채며 팔을 틀어 몽둥이를 빼앗았다. 마치 계속 먹잇감을 잡아채어 들고 돌아가는 참수리처럼 날렵했다. 그자는 도윤의 주먹 한 방에 기절했는지 맥을 못 추었다. 왼손으론 그자를 잡아 방패로 삼고 오른손은 그자의 몽둥이를 들고 다른 자들의 움직임을 살폈다.

"나는 이승만 대통령이 석방시켜서 나온 이 나라 백성이다. 당신들에게 가족 모두를 잃은 나다. 독기만 남았으니 건들지 마라. 여기서 살 생각도 당신들과 싸울 생각도 없으니 나를 순순히 보내 줘라. 안 그러면 당신들 모두 다친다."

"이 쌍느므 빨갱이 새끼 오디라구 뎀벼? 어여 그 사람 놓지 못 혀?"

왼손에 잡힌 자가 굼틀거렸다. 그자를 보는 찰나에 가장 동작 빠른 자가 몽둥이로 도윤의 머리를 번개같이 갈겼다.

"딱!"

"흐핵!"

머리에 정통으로 맞았는데 도윤의 머리가 아니었다. 왼손에 잡힌 자의 머리를 돌려 대며 숙이자 몽둥이가 그자의 머리를 정통으로 강타했다. 도윤은 잡았던 자를 뿌려 던지고 돌담을 훌쩍 넘어 집 밖으로 뛰어나갔다. 싸우며 시간을 끌수록 자신이 불리할 것이라는 판단이었다. 지원대가 계속 보태질 것이기 때문이다. 산 쪽으로 달렸다. 쫓아오는 소리가 들렸지만 점점 멀어졌다. 숲으로 든 도윤은 되도록 발자국을 남기지 않으려고 눈이 녹은 쪽을 밟으며 달렸다. 방향을 바꾸기에 적당한 숲에서 천강암을 향해 말등굴이 고개 쪽으로 달렸다. 아버지 장례를 위해 할아버지께서 스님을 모셔 온 절이 천강암이었다는 것이 기억났다. 다시 새똥만큼 굵어져 산 아래로 날아 내리는 눈발이 도윤의 참담한 심정만큼이나 무한히 꺼져 내렸다.

날이 저물 무렵에야 천강암에 도착했다. 눈이 하나도 녹지 않아서 그대로 쌓인 심곡 위에 자리 잡은 암자다. 마당부터 눈을 쓸어내린 길은 한참 아래까지 말끔하다. 울타리나 담장 없는 개인 집처럼 아담한 절은, 기와를 올린 팔작지붕에 배흘림기둥이 꽤 고풍스러웠다. 창건한지 200년은 넘을 것 같은 고찰처럼 보였다. 전쟁 끝의 겨울이라선지 치성하러 온 신도는 없고 시무 승려만 주지 포함 넷이었다. 도윤은 법당에 올라가 부처께 배례를 하고 나와 승려에게 합장했다. 주지는 칠십쯤 돼 보이는 노승이었다.

"저는 상감마을에서 온 천도윤입니다."

"아, 그럼 천개동 처사의 손자신가?"

"예 그렇습니다. 스님께서 저의 어르신들을 거두어 주셨다고 해서 이렇게 찾아왔습니다."

"그랬지 소승이 처사님과 보살님들을 모셔 와서 신묘년 오월에 사십구재를 마쳤네."

벌써 3년이나 지난 일이었다.

"감사합니다. 스님. 제가 군대에 갔다가 오늘 나오는 바람에 가진 것이 없어서 빈손으로 왔습니다. 저희 어른들께서 그렇게 돌아가신 것도 오늘에야 알았습니다. 스님께 큰 은혜를 입었습니다."

"은혜랄 것까지야? 내가 해야 할 일을 했을 뿐. 어른들 알현하시게."

노승은 망자들의 위패를 안치한 명부전으로 안내했다. 노승이 내놓은 위패 셋을 나란히 앞에 두고 엎드린 채 소리 없이 오열을 했다. 자신도 이대로 죽어 어머니에게 가고 싶었다. 막막하고 슬픈 이 현실이 도윤의 마음을 한없이 나약하게 했다. 한 시간을 엎드려 울고 난 도윤은 눈이 벌겋게 부은 채 명부전을 나왔다. 스님 방에서 몸을 녹인 후 승려들이 자고 가라고 권하는 것을, 혼자 있고 싶어서 합장으로 사양하고 암자를 내려왔다. 이젠 가족도 고향도 다 잃은 몸, 갈 데도 없다. 엄동설한의 밤에 정처 없이 나선 세상은 도윤에게 아무 희망도 의미도 없었다. 무념무상으로 걷고 걸었다. 산속에서 보냈던 전쟁 중의 겨울밤들이 그대로 옮겨 온 것 같았다. 그땐 살기 위해 비상수단을 다했으나 이젠 그런 방법조차도 찾을 의지도 의미도 없다. 도윤의 몸은 혼이 벗어난 좀비였다. 복수하겠다던, 투쟁하겠다던 다짐마저 다 잊은 듯이 길이든 아니든 아랑곳없이 앞으로만 걷고 있었다.

정신을 차려 보니 어딘지 모르는 따듯한 방 안이었다. 솜 요와 이불로 자신을 재운 이곳은 어디일까? 벌떡 일어나다 자신의 몸에 옷이 없음을 느끼고 다시 이불 속에 들었다. 잠시 뒤 문이 열렸다. 흰 머리카락이 많은 상투머리의 남자 노인이었다.

"정신 들었구먼. 머리맡이다 둔 옷을 임시루 입게. 자네옷은 흠뻑 젖어서 말려야 허네. 내가 봐서 망정이지. 뭇 봤다먼 몇 분 뭇 버티구 얼어 죽었을 거구먼."

조금은 퉁명스럽게도 들리는 노인의 목소리는 수리묵진

소리다. 충청도 말씨로 보아 청양이나 부여의 어디쯤인 것 같았다.

"고맙습니다. 어르신께 큰 은혜를 입었습니다. 저는 어떻게 되었는지 기억이 안 납니다."

"그 추운디 강을 근는 건지 빠진 건지 흠씬 젖어 갖구 쓰러져 있길래 내가 업구 왔지. 집이 워딘가?"

"집도 절도 없습니다."

"엥? 가족 안 기셔?"

"예. 아무도 없습니다."

"이… 사람?"

"아, 어제 군대서 나왔습니다. 이 전쟁에 가족을 모두 잃고 저만 살아남았습니다."

공산 포로였단 말은 하기 싫었다. 도윤은 말하면서도 머리맡에 놓인 한복 바지를 들어 입었다. 허리끈을 동여매는데 노인이 밖으로 나갔다. 천천히 저고리도 입고 고름을 여미고 침구를 대강 개어 아랫목으로 보이는 쪽에 두었다. 벽에 걸린 거울을 보니 빡빡머리가 자라 검은 밤송이 같다. 다시 문이 열리고 밥상이 들어왔다.

"일단 먹으야 힘두 나구 기분두 좋아지는겨."

"감사합니다. 잘 먹겠습니다."

"난 다 산 늙은이루 죽는 거두 무섭잖어서 물어봄세. 혹시 북쪽 군인였남?"

"그랬습니다. 나이는 일러도 전쟁 났으니 이승만 군대에 가려고 했죠. 그런데 보도 연맹원이라고 아버지를 잡아다 죽였습니다. 나라에서 가입하라고 해 놓곤 그 단체라고 잡아다 죽였습니다. 아주 잔인하고도 극악무도하게. 그때 계속 그 마을에 남아 있었으면 저도 죽었을 겁니다. 북쪽 군대가 들어오는 바람에 그 군대에 들어갔습니다. 처음엔 아버지의 원수를 갚겠다고 들었는데 전쟁터에서 보니, 내 형제 내 가족을 죽이는 것 같았습니다. 차마 총질을 할 수 없을 때가 잦았습니다. 왜 서로 총질을 해야 하는지 아직도 그 답을 얻지 못했습니다. 고향에 돌아와 보니 이미 집은 허물어지고 조부모님과 어머님은 바로 그 마을 사람들에게 빨갱이 가족이라고 매질을 당해 모두 돌아가셨답니다."

도윤은 이야기하다 말고 복받치는 감정을 누르다가 기어코 또 눈물을 보였다.

"이제 제겐… 살아가야 할 희망도… 의미도 없습니다."

처음 보는 노인 앞인데 목메어 말하는 자신을 어찌할 수 없었다.

"그런 말이 뭐여? 젊디 젊은 것이! 정신 바짝 채리구 살어서 집안 대를 이으야 부모헌티 보답허는 거지. 자네 부모님이 자네헌티 뭘 원허실라나 생각혀 봐. 열심히 살으야지. 쬐끄만 벌거지들두 살라구 발버둥치는디 만물의 영쟁이라는 사람인디 나약헌 맘 가지면 되어?"

대대로 천하고 천하게 취급받는 집안에서 천민으로 사는 것도 서러운데, 죄도 없이 죽임당하고 큰 죄인처럼 빨갱이란 조롱어로 무시당하며, 그 남은 가족들마저 괴롭힘 당하는 사회가 사람이 살 수 있는 세상인지? 도윤으로선 노인의 말이 옳게 여겨지긴 하나 자신에겐 그리 약이 되지 못했다. 노인은 그래도 도윤에게 덧붙여 권유한다.

"사램이 사람답게 살라면 노동 현장이서 일을 해 봐야혀. 대천으루 가. 대천은 슴이 많은디 그 슴이 가서 김 뜨는 일 즘 딱 일 년만 혀 봐. 슴인 늘상 일손 모질라 갖구 웬만허면 받어 줄겨. 고된 일 허다 보면 아픔두 상처두 무감각해지구 치유되겠지. 대천 가믄 갯물 들오는 개천 끝이 뱃마티루 가. 게서 슴이 가는 배를 탈 수 있을껴."

노인의 말을 듣자 하니 그런가 싶었다. 옷이 웬만큼 마르자 다시 갈아입고 그 집을 나섰다. 생명의 은인께 더는 민폐를 끼칠 수도 없었기 때문이다.

도윤은 노인이 해 주는 말대로 대천에 당도했다. 노인의 말에 공감하기보단 그렇게라도 안 하면 죽는 것 말고 할 게 하나도 없었다. 고맙게도 노인은 차비까지 빌려주었다. 뱃마티라 말하는 도선장까지 모두 8환이 들었다. 노인이 2원을 빌려주었으니 12환이 남았는데 뱃삯이 얼마인지 모른다. 그러기 전에 배를 타야 하는 섬인데, 만약 들어갔다가 일자리 잡는 데 실패할 경우 나오는 뱃삯도 없이 어쩌겠는가? 신중하게 생각하자고 오전 배를 보내고 말았다. 섬사람으로 보이는 아낙들에게 말 걸고 질문을 했다. 도윤이 생각하기에 아낙들이 솔직하고 약자를 깔보거나 이용하려는 이가 드물 것 같았다. 정보를 얻더라도 아주머니들을 통해야 쉬울 것 같았다.

"아주머니, 섬에 들어가면 저 같은 사람 받아 줄 일자리 있을까요?"

"하이구 있다마다~! 이런 장정이야 일헐 디는 을마든지 있지. 근디? 일헐 자리 찾으러 가시남? 일헐 자리야 꼭 슴이루 안 가두 썼는디."

"거기가 어딘데요?"

"가만히 있자, 어차피 오늘은 물때가 안 맞어서 나가는 배가 끝났은께, 내가 데꾸 가라는 인연인개벼. 우리 언니네가 은포린디, 김살 많이 매갖구 요새 같은 겨울인 바뻐

미칠라구 허는디, 일꾼 데꾸 가면 신나서 굿이라두 헐껴."

아낙은 따라오라며 뱃마티에서 해변으로 이어진 북쪽 제방 길을 앞장서 갔다. 아낙을 따라나섰다. 길이가 6킬로미터쯤 되는 제방 끝이 은포리의 시작이었다.

은포리에 도착했을 땐 짧은 겨울 해가 이미 지고 일곱 시가 다 된 밤이었다. 아낙의 언니라는 노파는 아낙만큼 인정이 많아보이진 않으나 곱게 늙어 얼굴이 말끔했다. 노파는 아낙이 했던 말처럼 도윤을 반겼다.

"슬이 닷새 남았잖여. 슬 때 닷샌 놀으야 헐 것이구, 슬부터 한 달 따져서 허면 되것구면. 그럼 내 먹구 자게 혀주구 노임 서운찮게 줄 건께 믿고 허게. 동상이 마침 맞게 일꾼 델구 왔네. 낼부텀 사리라서 나 혼저 짐 뜯으러 나가게 생겼는디."

노파는 도윤을 데려온 아낙을 추어 주며 고마워 했다. 겉으로 보기보다 시원시원하고 화끈하게 말하는 노파였다. 말투를 듣고 나니 믿을 만하게 여겨졌다.

"누구라구 불러야 헌댜? 이름은 말구라두 승은 갈쳐 줘야잖여!"

노파가 웃음기 띤 눈으로 아낙과 도윤을 번갈아 보며 물었다. 도윤은 잠시 머뭇댔다. 천씨가 천한 성씨라는 것을 노파나 아낙이 모를 리 없기 때문이었다. 천한 태생이라고 무시하거나 싫어할지도 모른다는 자격지심의 발로였다. 그러나 자신부터 당당해야 진정한 민주주의를 이룰 수 있는 것이라던 이동학 선생의 말씀이 떠올랐다.

"성은 천가고 도윤이라고 합니다."

"이, 나는 승만 복가여 이름은 알라구 허지 마러 읎으니께."

노파를 '복 씨 노인'이라고 부르면 되겠다고 도윤은 생각했다.

"뎅이라는 이쁜 이름 두구 왜 읎다구 헌댜?"

아낙이 복 씨에게 나무라듯이 참견했다. 그러나 복 씨는 말없이 부엌으로 들어갔다. 아낙도 따라 들어갔다. 아낙과 복 씨가 부엌에서 저녁상을 준비하는 동안, 도윤은 씻으려고 마당 한쪽에 있는 우물로 나갔다. 위에 펌프를 설치한 우물이지만 펌프 물이 얼어 있었다. 곁에 두레박으로 물을 퍼 올렸다. 겨울이지만 우물은 얼지도 않고 오히려 기온에 비해 따듯한 편이었다. 씻고 나니 포로들이 입던 옷이 고작인 도윤은 우선 작업복부터 마련해야 할 필요가 있었다.

"허름한 작업복 구할 수 없을까요?"

저녁상을 내오는 복 씨에게 잠자리랑 어떻게 해야 할지

묻고 싶어서 던진 말이었다.

"잉, 아들 입던 거 끄내 줄 텐게. 어여 저녁이나 먹구 봐 장정이 배곯어서야 되겄남."

바닷가라서 김은 기본이고 가재만한 작은 게장과 젓갈, 서대조림, 조갯국으로 푸짐한 밥상이었다. 이 같은 밥상을 처음 받아 본 도윤은 고봉 밥 한 사발을 게 눈 감추듯 먹어 치웠다.

"먹새 존 걸 보니께 일두 잘허겄구먼."

아낙이 밥을 더 먹으라고 남은 밥을 도윤 앞에 밀어 주며 흐뭇하게 웃었다.

복 씨는 잠자리를 골방으로 마련해 주고 아들이 입던 옷이라고 바지와 남방 한 벌을 내놓았다. 몇 번 입지 않았는지 새 옷 같아 작업복으로 입기엔 아까웠다. 무명 속옷과 나일론 양말 한 켤레와 버선과 면장갑도 한 켤레씩 놓았다. 그렇게 도윤의 머슴살이가 시작되었다.

수탉 우는 소리에 잠에서 깨었다. 아직 어둔 새벽이지만 일할 차비를 하려고 침구를 개고 우물가로 나왔다. 세안을 간단히 하고 여명에 조금씩 드러나는 은포리를 둘러보았다. 바로 마당 앞에 달구지 길이 있고 길에서 곧바로 모래 톱으로 이어진 바다였다. 모래톱 아래로 감춰졌던 진흙 갯벌이 썰물을 따라 드러나기 시작하고 있다. 그 갯벌 한가운데 섬처럼 보이는 자그마한 산언덕이 그림 같았다. 인기척에 깨었는지 복 씨가 방문을 열고 나왔다. 도윤은 얼른 아침 인사를 했다.

"안녕히 주무셨어요?"

"일어났구먼. 깨울 참이었는디. 세수했걸랑 아침 먹기 전이 헐 일이 있으니 광으루 따러와."

복 씨가 안내한 곳은 여느 집의 광이 아니라 선구들이 많이 쌓인 큰 창고였다. 복 씨는 창고에 있는 거치대처럼 나무로 짠 말림틀과 김발을 가리켰다.

"이거 모래밭이다가 햇볕 잘 닿는 동쪽으루 나란히 세워 놔. 저 밀대방석들두 그 옆댕이다 펼쳐 세우구, 이걸랑은 반절쯤만 들어다 샘가다 놓구."

말림틀도 밀대방석도 한둘이 아니었다. 복 씨가 시키는 대로 쌓아 놓은 김발 절반쯤을 우물가에 날라다 놓고 말림틀을 날라다 남향으로 설치한 다음, 밀대방석들은 담장 밖으로 들고 나가 남쪽 담장에 나란히 기대어 펼쳐 놓았다. 모두 펼쳐 놓고 나니 날이 완전히 밝았다. 사리 때라서 썰물이 많이 나가 갯벌이 넓어지고 수평선 쪽에 말뚝들이 확연하게 드러나고 있다. 그 말뚝들은 김을 수확하기 위해 개흙에 박아 놓은 지주였다. 겨울이면 그 지주에 뜬발양식으로 조릿대를 엮어서 달아 놓고 김을 양식, 채취한다. 뜬발양식은 물이 차면 차오른 만큼 조릿대가 물에 뜨고, 물이 빠지면 빠진 만큼 내려가도록 설치되어 있다. 대천에서는 지주를 '김말짱'이라 하고 엮은 조릿대를 '김살'이라고 했다. 그 김살에 달라붙어 자라는 김을 뜯어다가 빨아서 김발에 널어 말리면 반찬으로 먹는 김이 된다.

썰물로 물이 빠지는 사이 서둘러 아침을 먹고 바다로 나섰다. 밀물이 되기 전에 김을 뜯어 와야 한다고 복 씨는 서둘렀다. 복 씨 집안에 남정네라곤 없어서 궁금했다.

"다른 가족 분들은 어디 가셨어요?"

자루를 들고 복 씨와 아낙을 따르며 물었다.

"뭘 물어 봤싸? 츤츤히 알게 될 건디!"

아낙이 핀잔하듯 말하며 눈치를 했다.

"오디 가긴? 전장 통이 아들두 영감두 죄다 하늘나라루 가뻔졌지."

복 씨가 조용하고도 침울한 소리로 말했다. 꽤 넓은 집에 복 씨 혼자 남았다. 자신도 죽으려고 바다로 들어가는 것을, 여러 차례나 이웃들이 꺼내 주었단다. 더는 그 짓도 못 하고 이렇게 산다고 복 씨는 담담하게 이야기해 주었다.

조릿대에 붙은 김들을 뜯어서 자루에 넣기가 수월하지 않았다. 물속의 발은 이미 시리다 못 해 아프고, 손도 너무 시려서 감각조차 없고 옷조차 흠뻑 젖었다. 자루 세 개에 가득 채취하기 전에 이미 밀물이 정강이에 닿고 있었다. 사실 최고 사리라면 아직 한참 더 시간이 있었을 것이다. 최고 사리는 설 전날이니 그날은 설 준비를 하느라 바다에 들어갈 수 없다.

"그만허구 어여 나가세."

밀물에 쫓겨나오는데 들어갈 때보다 세 배는 더 힘든 것 같았다. 물김을 담은 자루의 무게도 만만찮은데다가, 진흙 펄에 발이 빠져 달리듯이 나와도 더 더딘 걸음이 되었다. 복 씨와 아낙은 이골이 났는지 젊은 도윤보다 빨랐다.

복 씨 노인은 갯벌에서 나오기 전에 갯벌 가장자리에 갯물이 고인 웅덩이로 갔다. 갯바닥을 허벅지 깊이로 파내고 가장자리에 돌을 쌓아 만든 인공 웅덩이였다. 노인은 뜯어 온 김을 자루 채 웅덩이의 갯돌에 올려놓고 갯물을 퍼부으며 발로 밟아 댔다. 검푸른 물이 자루에서 질걱질걱 나와 갯바닥으로 흘러 나갔다. 맑은 물이 흐를 때까지 빤 김을 집으로 옮겼다. 집 마당의 우물 바닥에 놓고 잠깐 숨을 돌렸다. 손이 벌겋게 붇고 얼어서 손가락마다 감각이 없다.

숨을 돌리는 동안에도 복 씨는 물을 끓여다 펌프에 마중물로 부었다. 그 와중에 아낙은 섬으로 가려고 옷을 갈아입고 나왔다. 도윤에게 언니 좀 잘 도와달라고 부탁하며, 자매간에 정 두터운 염려와 당부로 헤어졌다.

뜨거운 물을 받은 펌프의 물이 얼음을 녹이자 펌프질을 했다. 물이 올라와 쏟아지자 복 씨는 도윤에게 계속 펌프질을 하라고 시켰다. 복 씨는 쏟아지는 펌프 물에 김이 든 자루를 대고 다시 빨기 시작했다. 갯물에 빨 때보다 점점 더 물이 맑아지고 있다.

소금기가 다 빠질 때까지 도윤이 펌프질을 하고 복 씨는 계속 밟았다. 비어져 나오는 물이 맑은 물이 되자, 넓은 함지에 물을 받고 김을 쏟아 넣었다. 김을 두세 번 더 헹구며 이물질을 가리고, 도마에 얹어 놓고 칼로 김을 다졌다. 다진 김을 다시 맑은 물에 풀었다. 함지 안에 물과 김이 고루 섞이게 저었다. 아침에 내놓았던 김발 하나에 한 장씩 네모진 나무틀을 대고 뒷박으로 김을 떠서 부었다.

"손으루 직접 너는 손짐은 발에 얄팍허게 펴져서 짐이 많이 나오는디 일이 더뎌서 난 그냥 뒷박으루 찐지네. 뒷박짐은 빠르긴 헌디, 두껍게 나와갖구 손짐보단 헤퍼서 문제여."

노인은 김을 짐으로 말한다. 노인의 말은 손으로 발에 일일이 펴서 너는 김은 더딘 대신 마디고, 뒷박으로 퍼서 나무틀에 끼얹어 너는 김은 두꺼워 헤프다는 뜻이었다.

"그럼 우리도 그냥 손김으로 하시지 그래요."

"얼어 터지구 불어 터진 손꾸락으루 펴 너는 게 쉽지 않어 일꾼이 많은 것두 아니구 단 둘이 허는디 저냥 많언 짐 쌀을 어느 천년이 다 훑어다 헌댜?"

남편과 아들이 함께 있을 때가 생각나는지 노인은 체머리하며 한숨을 내쉰다. 복 씨는 기술자였다. 나무틀 안에다 한쪽으로 뭉치지도 않고 고루 퍼지도록 김을 끼얹는 뒷박질 솜씨가 능숙했다. 김물을 붓고 손으로 만진 다음 틀을 떼면 김발 하나에 김 한 장이 널어진 셈이다. 잠시 후 물이 다 빠지자 김이 붙은 김발들을 한쪽에 쌓아 두었다. 그렇게 김발이 어느 정도 쌓이면 말림틀이나 밀대방석에 한 장씩 붙여 넌다. 말림틀은 김발을 꽂기에 좋은 간격으로 못이 박혀 있다. 반면에 밀대방석에는 김발을 대고 성냥골이나 이쑤시개를 꽂아 붙이는 방식이다. 볕이 좋은 날은, 붙여 가다 보면 처음 붙였던 김이 다 말라 있다. 다 마른 김발은 떼어 내고 그 자리에다 다시 떠다 붙인다. 뜯어 온 김을 다 떠서 말리면 이만 장이 넘을 거라고 했다. 둘이 하루에 이천 장씩 떠도 꼬박 열흘을 해야 할 일이다. 김을 뜯은 자리에서 또 뜯으려면 25일은 지나야 한다. 복 씨네는 살을 설치한 곳을 채취 시기 따라 네 등분하고, 사리 때마다 한 군데씩 돌아가며 뜯는다고 했다. 대부분 김을 11월 말부터 이듬해 3월 초까지 뜯는다.

뜯어 와 널어 말리고 뜯어 와 널어 말리고 겨우내 벌이로는 훌륭한 해태업이었다. 겨울 볕이지만 발에 넌 김은 쉽게 말랐다. 수천 장의 김을 뜨는 일은 바쁘고도 오래 걸렸다. 저녁 가까이 되어서야 김 뜨는 일을 중단하고 남은 김은 물을 짜고 뭉쳐서 베보자기를 덮어 그늘에 두었다. 다음 날 꺼내다 또 뜨는 일을 계속하는 식이었다.

설을 설 같잖게 간단히 차례를 지냈다. 복 씨도 도윤도 가족 잃은 슬픔이 너무 커서 명절이 아닌 상중인 것처럼 보냈다. 그렇게 보내는 설은 복 씨와 도윤 사이에 동병상련이란 공감대가 생기면서 빨리 가까워지게 했다. 도윤은 자기 집처럼 궂은일을 다 했다. 바깥 청소에 쇠죽솥 아궁이에 불을 지피고 쇠죽을 끓여 외양간의 송아지를 먹였다. 나무를 해다가 장작도 패고 저녁엔 틈틈이 짚을 가려서 새끼 한 타래를 꼬아 놓았다. 자신이 신을 짚신도 엮어 꾸리로 매달아 놓았다. 지게질도 하고 빠져 버린 농기 자루를 다시 깎아서 박는 일까지, 어려서 머슴살이하는 아버지의 일을 틈틈이 보고 배운 것들이었다.

설과 대보름을 보내고 날이 따듯해지면 살의 김에 하얗게 포자가 생긴다. 그 포자를 떼어 내야만 김의 상품 가치가 있는데 그 작업도 만만치 않았다. 그렇게 한 달이 훌쩍 지나자 복 씨는 김 작업을 끝냈다. 겨울이 유난히 길어서 아직은 추운 날씨가 이어지니 김 수확을 더 할 수 있었다. 그런데 복 씨는 올 해태업은 목표 달성했다고 말뚝에 설치한 살을 거두어들였다. 살은 손질해서 광에 보관해 두었다가 가을에 보수하여 다시 말뚝에 설치한다.

복 씨는 도윤에게 육백 원의 세경을 주고도 한 달간 대략 이천 원을 벌었다. 도윤도 좋은 주인을 만나서 잘된 일이었다.

"저 내일쯤 떠나겠습니다."

"딱히 갈디 읎으면 기냥 여서 지내지 그려. 내가 밑잇 집 세두 안 받구 살으라구 헐 텐게 우리 일 허메 살먼 어뗘? 마땅헌 여자 골러서 장개두 보내 줄게."

"갈 곳 없는 저에게 어르신께서 그렇게 베풀어 주신다면 저야 너무 감사한 일입니다. 무조건 분부대로 하겠습니다. 그런데 어르신 제가 네 살짜리 아이 하나를 데려와야

합니다. 그래도 괜찮으시다면 그렇게 하겠습니다. 아이만 찾아오면 됩니다. 며칠간만 말미를 주세요."

"아이? 총각 아니었어?"

복 씨는 약간 놀란 듯이 물었다.

"제 아이는 아니지만 제가 돌봐야 할 아이입니다."

복 씨는 아이에 대해서 더 묻지 않았다.

"증말루 오야 혀. 안 오는 거 아니지?"

"예 꼭 오겠으니 염려 마십시오. 저는 약속을 꼭 지킵니다. 지금 아일 데리러 가는 것도 3년 전에 한 약속을 지키기 위해 가는 것입니다."

"그럼 나는 그 말 믿구서 밑잇 집 살 만허게 손봐 둘게. 꼭 와."

"지금 가면 늦어도 보름 안엔 돌아올 것입니다. 만약 돌발 상황이 생기더라도 편지로 기별해 드리고 늦게라도 꼭 오겠습니다."

도윤은 아이를 찾으려면 얼마나 들여야 할지 모르지만, 김 백 톳을 도매가로 지불하고 싸 들었다. 백 톳을 장사하듯 팔아 볼 생각이었다. 멀리까지 따라 나오는 복 씨가 어린아이 같았다.

도윤이 대천면 기차역에 당도하니 마침 장날이라서 장

꾼들이 많이 나왔다. 장돌뱅이들이 거리에 늘어놓고 파는 옷가지가 도윤의 눈을 끌었다. 그 옷 장사 곁에 김 보따리를 풀어놓았다. 건너편에 다른 김 장사도 보였다. 그가 지닌 김보다 유난히 새까만 도윤의 김이 훨씬 비싸 보였다. 건너편 김 장사가 도윤에게 다가왔다. 늙수그레한 아주머니였다.

"총각 같은디 김 장사 시작헌겨? 장돌뱅이루?"

자신과 같은 장사로 장서는 곳마다 쫓아다니며 신경 쓰이게 할 것이냐는 물음이었다.

"아녀요. 제가 뜬 김인데 팔러 나온 것입니다."

"그려? 그럼 그 김 나헌티 넘기지. 내가 1원씩 쳐 줄게."

"2원씩 받아도 될 최고급 은포리 김인데 1원이라뇨? 맛 좋기로도 유명한데….."

"아잇, 그려 그럼 1원 40환!"

김 장수는 도윤의 대답도 듣지 않고 도윤의 김을 주섬주섬 들어서 자기 김으로 옮겼다. 도윤도 한시라도 이른 기차를 타는 것이 더 괜찮겠다 싶다. 못 이기는 척 100톳 값으로 150원을 받았다. 복 씨가 90원을 쳤으니 60원을 남긴 셈이었다. '이백 원 받으라'던 복 씨의 말이 생각나지만 김 장사도 남기게 해 줘야 마음이 편할 것 같았다.

양구에 도착하고 보니 덕곡리까지 걸어가려면 너무 늦은 시간이었다. 저녁 일곱 시는 넘은 것 같다. 춘천에서 우동 한 그릇을 사 먹은 것이 전부라서 몹시 배가 고팠다. 차부에 가까운 주막을 찾아 들렀다. 저녁 먹기엔 늦은 시간인데도 주막에 사람들이 남아 있다. 탁주 손님이나 숙박 손님일 것이다. 구석 자리에 앉아서 국밥을 시키고 빈대떡에 탁주 한 잔 보탰다. 조개탄 난로 곁이 따듯하나 앉아 있다 보면 너무 뜨거워서 불편할 수도 있다.

국밥이 나오기 전에 탁주와 기본 반찬이 먼저 나왔다. 탁주를 젓가락으로 저어서 마시려는데, 방문이 후딱 열리고 서너 살쯤인 아이가 웃으며 맨발로 달려 나왔다. 그 뒤로 한 살쯤 더 어린 아이가 칭얼대며 쫓아 나왔다. 산만한 분위기가 마땅치 않으나 달리 갈 곳도 없다. 두 아이가 이리저리 다니는데 난로에 데일까 봐 신경 쓰였다.

"요섭아! 잘 시간이다. 동섭이 델고 들오노!"

도윤은 귀를 의심했다. 방 안에서 들려오는 여인의 목소리가 분명히 귀에 익었다. 세상엔 닮은 목소리도 많으니 그럴 것이라고 생각했다.

"이모요. 힘드신데 저가 하겠스니 들오사 언나나 봐 주사."

아이들을 부르던 여인이 주방에 있는 아낙에게 하는 말이 또 들려왔다.

"뭔 소리? 죄일 너 혼자 했사 네가 쉿덩이네? 언나들도 놀게 그냥 두고 너나 셔라."

주방의 아낙이 도윤에게 국밥을 내주고 대꾸하며 주방으로 종종 들어갔다. 아이들을 잡아 들이려는지 여인이 방에서 나왔다. 그 여인을 무심히 보던 도윤이 놀라며 자리에서 벌떡 일어났다. '순덕 씨?….' 옷차림새와 머리 모양이 바뀌었지만 분명히 순덕이란 여인이었다.

"순덕 씨!"

여인은 누가 자기를 부르나? 의아한 표정으로 얼굴을 돌렸다. 그의 눈이 휘둥그레졌다.

"오마! 누구사? … 도윤 씨?"

"맞군요 순덕 씨."

도윤은 여인이 반가워 자신도 모르게 다가가 두 손을 덥석 잡았다. 그러나 이내 당황하여 어쩔 줄 몰라 했다. 여인의 눈에 눈물이 고이는가 싶더니 이내 두 볼의 분을 밀고 흘러내리기 때문이었다. 그동안 아기 때문에 많이 기다렸던 모양이다.

"기다리게 해서 미안해요. 순덕 씨께 아기를 맡기고 부대에 복귀도 못 하고 헤매다가 그만 잡혀서 포로가 되었어요. 한 달 전까지 포로수용소에 갇혀 있는 바람에 이제야 올 수 있었지 뭐요. 내가 입이 열이라도 할 말이 없어요. 미안해요."

"이래 오샀으니 됐서요."

주방에 있던 아낙이 앞치마에 손을 닦으며 다가왔다.

"얼라들 아바지래? 우터하다 이제 왔서래?"

도윤은 아낙이 갑자기 묻는 바람에 대답이 늦게 나왔다.

"예? 아! 그렇게 됐습니다."

"아이 이모~."

순덕이 아낙을 제지했다. 도윤은 이모라는 아낙의 말 한마디로 순덕이 혼자라는 것을 알았다. 그렇다면 네 살 아이가 바로 그 아기고 세 살배기는 누구인가? 결혼했었는데 다시 혼자된 것인가? 어쨌든 만 3년 동안 순덕에게 많은 일이 있었던 것 같다.

"얘긴 천천히 하사, 허출하신데 어서 드사요."

이야기는 천천히 하자며 아이들을 재우려는지 순덕이 방으로 들어갔다. 많이 배가 고팠던 도윤은 배부터 채워야 했다. 국밥을 이내 비우고 빈대떡을 먹어 보니 맛이 좋다. 탁주는 자신이 언제 마셨는지 모르게 이미 빈 잔이었다.

도윤이 식사를 마칠 무렵 홀의 손님들도 하나둘 나가고 도윤만 남았다. 도윤도 방을 달라고 해서 빨리 들어가 쉬고 싶지만 순덕과 할 이야기가 많았다. 자리에 앉은 채 순덕이 아이들을 재우고 나오길 기다렸다.

손님들이 비우고 간 탁자를 치운 아낙이 도윤의 탁자를 치우면서 물었다.

"참말 얼라들 아바지 맞수꽈?"

"예? 예 예."

"오마야 우리 조카 사우네. 사우는 백년 손이래 씨암탉 잡아야 할 거이 씨암탉 없어 우터하나, 감재적 배끼 없어 그로 때끔주나 한잔하실랜?"

순덕이 이모라고 부르는 아낙이기에 마다할 수 없었다. 오히려 그 편이 더 자연스럽게 인사 나누는 방법이 될 것 같아 좋았다.

"고맙습니다."

아낙은 감자전과 소주를 쟁반에 담아 와서 앞에 앉았다. 탁주 마실 때 감자전 맛이 좋아 하나 더 먹고 싶었던 차였다. 도윤이 따르는 소주 한 잔을 단숨에 들이켠 아낙은 그동안 정순덕에게 있었던 이야기를 풀어냈다.

아낙의 첫마디로 순덕이 아기를 종교 시설에 맡기지 않

고 혼자 돌보아 왔다는 것을 알았다. 처녀가 애기를 낳았
다고 근동에 소문이 파다했다. 순덕이 낳은 아기가 아닌
것을 아는 이웃들은 시집을 가지 못한다고 고아원으로 보
내라고 권했다. 그러나 순덕은 무슨 까닭인지 시집가지 말
고 아이를 기르라는 하늘의 뜻이라고만 말했다. 이웃의 지
탄 속에서 그럭저럭 몇 달이 지나던 순덕은 더 낭패스러
운 일이 생겼다. 날이 갈수록 순덕의 배가 불러 오기 시작
한 것이었다. 순덕은 처음에 자신이 살이 찌는 줄 알았었
다. 자주 가서 국수도 먹고 일도 해 주던 이웃집 할미 때문
에 알았다. 그 할미는 순덕이 아버지가 돌아가신 뒤로 빈
집에 혼자 자는 순덕을 위해, 밤마다 와서 같이 잠을 자 주
었다. 산간 마을은 보릿고개라고 늦봄쯤엔 식량이 동나서
고구마가 구황 식품이었다. 그 할미와 삶은 고구마를 먹
으려는데 갑자기 헛구역질을 해 대니 할미가 이상히 여겼
다. 배를 만져보더니 깜짝 놀라며 임신한 것 같다고 했다.
시집도 안 간 처녀가 이미 애도 하나 있는 데다 또 임신을
했다니, 마을에서 알면 순덕을 조리돌림으로 쫓아 낼 것
이 분명했다. 시집도 안 간 처녀가 애를 뺐다면, 충효도덕
의 마을에 미풍양속을 해쳤다고 망신으로 여길 것이기 때
문이다. 임신이란 말에 도탄에 빠진 순덕은 울며 밤을 지

새웠다. 그런 순덕을 할미는 자기 손녀처럼 안쓰러워했다. 고심 끝에 할미는 자신의 동생인 아낙에게 순덕과 아이를 데려왔다. 순덕의 처지를 딱하게 여긴 아낙은 혼자 주막집 하는 자신을 도와달라며 받아 주었다. 아낙 역시 남편이 일본 사람이 운영하는 금광에서 일하다 막장 사고로 죽고, 딸 하나 있는데 멀리 시집보냈다. 혼자 지내니 외롭다면 외로운 처지였다. 둘째를 낳을 때 산파 노릇까지 하며 순덕을 도왔다. 친이모보다 더 가까운 이모가 되었다.

도윤과 아낙이 얼근할 무렵에야 아이들을 재운 순덕이 나와 앉았다. 도윤은 하경과의 약속만 아니었어도 순덕에게 청혼했을 것이다. 순덕도 도윤에게 정혼한 여인이 있다는 것을 알기 때문에 생각도 안 할 것이다. 그러나 아낙은 도윤을 아이들 아빠로 믿고 있었다. 방을 정해 주고 둘이 자라고 하며 아낙은 자신만 들어갔다. 정혼한 사이도 아닌데 한 방에 잘 수는 없었다. 다만 그동안의 이야기가 궁금해서 서로 마주 앉았다.

"혼자 아이를 키우느라고 얼마나 고생했어요?"

"언나가 순댕이라 괜않소. 되레 내사 언나 때미 살았소."

"아기 때문에 살았다고요?"

"사실 아바지께서 폭행당하신 것만이 아니었삼. 아바지

를 그래하고 돌아간 사나덜 중 셋이 재차 왔사요…."

말하던 순덕은 복받치는 감정을 다스리느라 말을 잇지 못하고 잠시 침묵했다.

"하시기 어려운 이야기니 그만해도 됩니다."

순덕의 모습이 너무 애처로워 어떻게 해 주어야 할지 갈피가 없었다.

"아바지 돌아가신 원인도 그 일로 화병 나신기야요. 아바지 상 치룬 담 죽자 맘 다졌지요. 도윤 씨가 맽긴 햇아가 날 살렸사요. 그 언나를 하루만 거두고 맽기자 한 거래, 하루만 하루만 하므 메칠 보내다 보이 죽을라던 맘 가시고 언나를 거두고 싶어졌사요."

도윤은 속으로부터 끓어오르는 분노 때문에 손바닥에 손톱이 박히도록 주먹을 떨었다. 아버지 시신을 보았을 때나 어머니와 조부모의 사망을 맞았을 때의 분노에 못지않았다. 꺼내기 어려운 이야기를 해 주며 눈물을 흘리는 순덕이 가엾어서 보듬지 않을 수 없었다. 도윤은 어깨를 들먹이는 순덕을 도닥이며 자신도 눈물로 볼을 적셨다.

"그럼 둘째 아이가?"

순덕은 손수건으로 눈물을 훔치며 말없이 고개를 끄덕였다.

둘은 자정이 넘도록 이야기를 나누었다. 도윤은 선택의

여지가 없었다. 아이 하나만 데려가기엔 순덕과 아이에게 모진 짓이 될 것이다. 그렇다고 아이도 두고 자신만 가기엔 순덕에게 죄를 짓는 거나 다름없다. 차라리 순덕과 둘째 아이를 함께 데려가는 것이 자연스럽고 또 순덕을 도울 수 있을 것이다. 아직 아이들의 호적이 없다니 그 아이들을 위해 도윤이 순덕과 서류상의 부부가 돼야 한다. 도윤의 아들로 호적을 만들려면 서류상 혼인이 불가피하다. 몇 년 뒤 아이들을 학교에 입학시키려면 지금으로선 그 방법밖에 없다. 하경이 몹시 걸리지만 대신 할 좋은 방법이 없다. 하경을 만나면 전후 사정 이야기 하고 양해를 구하자고 생각했다. 분명히 하경은 이해해 주고 크게 문제 삼지는 않을 것이라 믿어진다.

"아이들을 위해 순덕 씨께 어려운 제안을 할 테니 생각해 보시고 답해 주세요."

순덕이 무슨 말이든 해 보라는 듯이 똑바로 앉았다.

"순덕 씨와 내가 서류상으로 부부가 되어 아이들을 호적에 올립시다. 내가 정혼자만 없으면 순덕 씨에게 정식 청혼을 했을 것이오. 그러나 이미 약속한 여인을 두고 순덕 씨에게 정식 청혼한다는 것은 정혼녀와 순덕 씨와 나 자신까지 배신하는 것이라 생각되어서요. 그러니 나랑 내일 함께 충청도로 갑시다. 내가 아이들 아버지 노릇 다 해 줄 겁니다. 순덕 씨 마음은 나하고는 다를 것이니 신중히 생각해 보시고 아침에 답해 주시오."

순덕은 도윤이 말하는 동안 조용히 듣더니 아무 대답 없이 생각에 잠겼다. 자정이 넘었다는 것을 깨달은 순덕은 정신을 가다듬고 도윤에게 편히 자라며 아이들이 있는 방으로 건너갔다. 잠자리에 든 도윤은 만감이 교차하는 상태로 점점 잠들었다.

아침에 아이들과 정식 인사를 했다. 자신들의 아버지라는 말에 넙죽 절하더니 도윤 앞에 나란히 책상다리로 앉았다. 두 아이를 들여다보다가 매우 귀여워서 자신도 모르게 빙긋이 웃었다. 두 아이도 도윤을 따라 똑같이 빙글빙글 웃었다. 두 아이가 전혀 피가 섞이지 않았는데도 서로 많이 닮았다. 작은 아이가 좀더 자라면 이란성 쌍둥이라 해도 믿을 것 같다. 하경은 아침을 먹기 전에 도윤의 제안을 받아들이기로 결심했던가 보다.

"언나들 데꼬 충청도까지 갈라믄 서둘러야겠서래."

순덕의 말을 듣고 나자 더 망설이거나 지체할 필요가 없다는 판단이 섰다. 도윤은 아낙에게 미안하지만 순덕이 아낙과의 이별을 고할 필요가 있다고 판단했다.

“이모님 저 순덕 씨랑 아이들 데리고 오늘 떠나야겠으니 허락해 주세요.”

“그기야 사우 맘이지. 가족 델꾸가는 사나를 말릴 사람이 있갔서?”

아낙은 깊은 연륜을 물씬 풍겼다. 서운하고 아쉬움을 감춘 채 오로지 순덕의 행복만 바란다는 뜻이었다.

“죄송합니다. 그동안 순덕 씨와 아이들 잘 보살펴 주셔서 감사합니다.”

도윤은 30원을 봉투에 넣어 아낙에게 건넸다. 진심으로 드린 인사였다. 아낙이 아니었다면 그 전쟁 통에 순덕과 아기들이 어찌 되었을지? 생각할수록 아낙이 너무 고마웠다. 거기에 비하면 너무 약소한 금액이다. 아낙은 받지 않으려 했지만 억지로 손에 쥐어 주었다.

서울로 가는 버스 시간이 다 되어 간다. 아낙에게 큰절을 하고 순덕과 아이들을 데리고 주막을 나왔다. 돌아서 앞치마로 눈을 훔치는 아낙을 보고 순덕도 눈물이 그렁거렸다.

사고와 생명의 은인

근무 시간에 경찰에게서 연락이 왔었다. 범인 측에서 쌍방이라 주장하니 서로 좋은 합의로 종결하라는 종용이었다. 인겸이는 자신을 테러하려던 이유가 무엇인지 먼저 묻고, 다시는 그러지 않겠다는 다짐을 받고 싶었다. 경찰에게 그들을 만나 보겠다고 말했다.

만나자고 약속한 장소로 오제와 장욱을 데리고 나갔다. 범인들은 한 명도 나타나지 않았다. 그들은 변호사를 대신 보냈다. 인겸이는 상대가 변호사니 모든 것을 법률로만 하려고 할 것이란 생각을 했다. 자칫 말을 잘못하면 꼬투리 잡혀 일을 그르칠 수가 있다는 생각에서다. 인겸이는 휴대폰을 녹음으로 해 놓았다. 그것을 본 오제가 자신도 휴대폰을 꺼내 들고 장욱과 함께 옆자리로 옮겨 앉았다.

"의뢰인은 좋게 해결하잡니다. 이제껏 있었던 모든 일을 덮고 서로 고소를 취하기를 원합니다."

"서로 고소를 취하하자고요? 거기도 나를 고소했다고요? 이런 적반하장이 있나? 도대체 내가 무슨 잘못이 있다고 고소했답니까?"

"쌍방 다툼이라던데요."

"쌍방? 다툼? 아이 정말! 앞으로 나를 만나러 오지 마시고 법정에서나 봐요."

인겸이는 벌떡 일어나 휴대폰을 들고 오제와 장욱에게 따라오라는 손짓을 했다. 주변에 인겸이를 지켜보는 눈이라도 있는지 살펴보며 오제와 장욱이 따라왔다.

"이참에 법률 공부 좀 하게 생겼다. 아이고~! 내 신세야."

인겸이는 상황이 하도 개탄스러워서 허텅지거리를 해댔다. 우선 휴대폰 가게에 들러 처음 휴대폰을 사려고 했던 날 방문했던 알리바이를 확보해야 했다. 오토바이 공격을 당하기 직전의 일이다. 또한 제품 보관 창고에서 습격당했던 날도 거기 알바로 일하고 있었던 확인서도 받아 놓아야겠다고 생각했다. 그렇게 해서 경찰에게 넘기며 따져야 한다. 그러기엔 너무 시간이 없다. 축구에 전념해도 모자랄 판인데 이런 일로 소모해야 하는 자신의 처지가 참담했다.

대학생 축구 동아리와 연습 게임을 마치고 휴식 시간에 담당 경찰관에게 갔다. 사건 담당 경찰은 매우 바쁘게 모니터를 바라보며 키보드만 두드려 댔다. 한참을 기다리다가 잠시 틈이 난 것 같아 입을 열었다.

"안녕하세요. 천인겸입니다. 제 사건에 대해 여쭐게 있어서 왔어요."

"엉? 아! 그래, 그 사건 그쪽 학생을 만나 보라고 한 거로 아는데?"

인겸이의 존재를 까맣게 모르고 있었는지 화들짝 놀란 표정이었다가 침착하게 대꾸했다.

"만나서 합의요? 쌍방이니 그냥 덮고 가자는데 일방적으로 당한 내가 어떻게 쌍방으로 덮고 가요? 그 나쁜 놈들이 나를 죽이려고 했다고요. 지금도 죽일 기회를 노릴 겁니다."

경찰의 답변이 조금도 맘에 들지 않아 자신도 모르게 흥분했다.

"그래 나도 조사하니까 학생 말대로 정황이 딱 맞아떨어지고 틀림없이 학생을 테러하려 했던 거로 믿어지더군. 그런데 직접적인 증거를 찾지 못하고 관련자들 진술만 확보했으니 재판에서 어떻게 될지 모르겠어. 저쪽은 비싼 변호사에게 의뢰했으니… 웬만하면 좋게 합의하는 것도 괜찮지 않을까? 다시는 학생에게 해코지 않는다는 각서라도 받는 조건으로."

피해자의 합의란, 가해자가 잘못을 인정하고 진심어린 사과와 함께 피해 보상을 하려는 뜻을 보여야 이루어지는 것이다. 지금 인겸이로선 타협하라고 강요받는 것 같은 기분만 든다.

"말씀대로 나도 그러고 싶은데요. 아무 잘못도 없는 나를 이유도 모르게 갑자기 테러하는 놈들을 어떻게 믿고 합의를 해요? 더구나 자신들 잘못 아니라고 거짓말로 발뺌하고, 오히려 내게 죄를 덮어씌우려는 놈들을 말이에요."

처음보다 차분해진 소리로 말했다. 경찰도 수긍한다는 뜻으로 고개를 주억거렸다.

"제가 걔들이 휘두른 칼에 허벅지를 다치던 날 CCTV에 촬영된 파일 좀 보셨어요?"

"글쎄 그게 있는지 없는지 확보하질 못해서…."

화가 치미는 것을 애써 누르며 침착하게 말했다.

"그날 제가 파일을 입수해서 usb를 경사님께 드렸잖아요."

"그, 그래? 그럼 찾아봐야지. 아무튼 나도 증거를 더 찾아보고 연락 줄게."

경찰서를 나오는데 자꾸 피해 의식이 생긴다. 나쁜 짓을 하고도 비싼 변호사를 사서 변론만 잘하면 그만인 세상이라면, 돈으로 안 되는 일 없으니 돈만 벌면 그만이다. 아무리 나쁜 사람도 돈 많으면 나쁜 짓을 마음껏 해도 되는 세상일 것이다. 같은 변호사라도 판사와 친하면 재판 결과가 달라진다는데, 10년 형을 받을 것을 1년 집행 유예로 용서받는다면, 그것은 돈에 인간이 지배당한 세상일 것이다. 일부 인간에겐 일시적으로 천국 같으나 선후의 차이일 뿐 결국엔 모든 인간이 돈의 노예가 되어 지옥을 경험할 것이다. 축구 인생의 인겸이로서도 갈등이 크다. 축구를 돈벌이의 수단으로 하려는 자신이 된 것 같아 괴롭다. 축구 선수로 성공할 기회가 몇 번 남지 않아서 전념하다 보니 더 그렇게 된 꼴이다. 그 얼마 남지 않은 기회 때문에 견디고 있다는 점이 그렇다. 자신에게 자꾸 일이 생기는 것도, 누군가가 자신을 괴롭히려고 자꾸 방해하고 있는 것 같다. 피해망상일 것이다. 망상은 또 망상으로 이어지니 빨리 털어 내야 한다.

터덜터덜 걸어서 훈련 캠프로 향하는 길 건널목에서 파

란 신호를 기다리고 있었다. 그때 자동차 한 대가 멈추지 못하고 급발진 하듯이 인겸이를 덮쳐 왔다. '아차!' 하니 차와 부딪치는 찰나 인겸이의 몸을 감아 올리는 어떤 힘을 느꼈다.

"쿠당탕 쾅!"

인겸이의 몸이 허공에 떴다가 떨어지며 몸을 감았던 것이 풀어져 나가고, 모든 의식과 신경이 정전되었다. 잠시, 귀부터 다시 불이 들어와 사람들의 외치는 소리가 들리고, 몸통의 감각이 켜지면서 무엇엔가 짓눌렸던 폐가 깨어났다. 그러나 폐는 숨을 쉴 수 없어 답답하다고 몸부림 치고 있었다. 몸통도 감각이 살아나며 충격받았던 갈빗대가 결려서 역시 숨을 들이쉴 수 없었다. 입에 거품을 물다가 겨우 한 번 큰 숨 쉬고 간신히, 간신히 숨을 이어가자 눈에도 불이 들어오면서 주변이 보이기 시작했다. 그래도 뇌가 죽은 것인지 몸을 움직일 수 없다. 멍한 상태로 누워 사이렌 소리와 함께 119구조대를 맞이했다.

응급실에서 중환자실로 이내 옮겨 링거를 맞고 있었으나, 멍하니 아무 생각도 할 수 없다. 숨은 한결 부드럽게 쉴 수 있게 되고 결리던 가슴도 많이 안정되었다. 몸이 안정되자 생각도 판단도 할 수 있게 되었다. 다행이 뇌도 다치지 않은 것이다. 그 사고로 인겸이를 포함, 신호를 기다리던 다섯 명이 다치고 그 중 두 명은 중태였다. 인겸이는 그만큼 세게 나가 떨어졌는데, 그 정도로 다치지 않은 것은 기적에 가깝다고 한다. 목격자의 말에 의하면 뒤에 서 있던 어떤 여인이 인겸이를 감아 던졌다고 했다. 대신 그 여인이 차에 받히고 많이 다쳤을 것이라 했다.

몸을 움직일 수 있음을 확인하자 구해 준 여인이 누군지 찾아보려고 병원에 물었다. 여인은 이미 그 병원에 없었다. 본인이 원해서 다른 병원으로 옮겼다고 한다. 많이 다쳐서 큰 병원에 간 것인가? 다친 정도를 물었다. 병원 측에선 많이 다친 편이란 것만 말해 주고 더는 말해 주지 않았다. 개인 정보라서 함부로 알려 줄 수 없다는 것이었다. 인겸인 여인을 찾고 싶었다. 고맙다는 말이라도 전해야 할 것 같아서다. 경찰에게 사고 현장 주변 CCTV 카메라나 블랙박스가 확보되면 보여 달라고 요청했다. 사고 장면이라도 보면 그 여인이 누군지 알 수도 있기 때문이었다.

병원에서 처방해 준 약만 사 들고 다시 훈련 캠프로 갔다. 감독과 코치를 비롯한 팀원들 모두 놀라서 모여들었다.

"야! 너 크게 다쳐서 병원 실려 갔다는 말 가짜 정보였어? 우린 방금 전 그 소리를 듣고 모두 병원으로 달려갈 참이었다."

자신을 그토록 걱정해 주는 팀원 모두가 고마웠다.

"사실인데 기적이에요. 큰 충격을 받아서 잠시 몸이 결리고 괴로웠어요. 하지만 이내 진정되더니 지금은 아무렇지도 않아요. 어떤 여성 어른께서 저를 잡아 돌려 던지는 바람에 차에 받히진 않았던가 봐요."

감독이 안심한 표정으로 인겸이를 꾸중했다.

"그러게 몸조심하라고 안 했더냐? 뭣 때문에 나다니고 그러냐? 아무튼 다행이다."

사실 말을 안 했지만 어깨에 찰과상이 있고 엉덩이에 심한 멍이 들었다. 어깨는 일주일, 엉덩이는 한 달은 지나야 된다고 했다. 부상이 있다고 하면 또 주전에서 빠지게 된다. 자신에게 왜 이리도 많은 일이 생기는지, 인겸이는 이러다 자신의 정신마저 망가지는 것은 아닐까 걱정되고 괴롭다. 할아버지의 삶을 보면 이쯤의 어려움이야 일도 아니지만, 얼굴 없는 자의 공격을 받는 것은 견딜 수 없는 괴로움이다.

경찰서에서 블랙박스 영상을 보려면 오라고 연락이 왔다.

"제가 지금 훈련 시간이라서 끝나고 가면 안 되나요?"

"우리가 그렇게 한가해야지요. 이따는 어찌 될 줄 모르니 가능하면 지금 와요."

하는 수 없이 감독에게 말해야 했다. 다가가 눈치를 보며 말을 꺼냈다.

"감독님 경찰선데요. 지금 잠깐 와 달랍니다. 사고 문제 때문이라고요."

감독은 못마땅한 표정으로 인겸이를 째리더니 한숨을 내뿜는다.

"되도록 조심하며 빨리 다녀와."

감독 앞에서 인겸이는 잘못을 저지르고 꾸중 듣는 시녀 같았다. 잰걸음을 하려니 엉덩이의 멍든 곳이 욱신거린다.

경찰은 컴퓨터 모니터로 블랙박스 영상을 보여 주었다. 사고 직전 여성이 인겸이의 뒤를 따라오고 있다. 어디선가 본 듯 못 본 듯 기억나지 않는 여성이었다. 나이가 마흔 넘어 쉰 가까이로 보였다. 신호를 기다리는 동안 여성은 인겸이를 아주 관심 있게 지켜보고 있다. 그때 갑자기 지프차가 돌진해 들어왔다. 인겸이의 시선은 다른 곳을 향하고 있어서 미처 차를 보지 못하고 있었다. 먼저 차를 본 여인은 비명을 지르며 필사적으로 인겸이를 당겨 옆쪽으로 돌려 던졌다. 그 바람에 여인의 엉덩이가 차의 모서리 범퍼에 받히며 인겸이보다 멀리 나가떨어졌다. 그냥 보기에도 여인이 크게 다친 것을 알 수 있었다. 인겸이의 몸무게가 64킬로그램인데 그 몸무게를 그리도 재빠르게 당겨 던진 여성의 힘이 놀라웠다.

"형사님 이분이 어느 병원에 계신지 성함까지 좀 알려 주세요."

"개인 정보라서 본인께 여쭙고 허락하면 알려 줄게 기다려 봐."

알아보는 동안 화장실을 다녀온 인겸이에게 형사는 체 머리를 흔들었다.

"자신에 대해 절대 말해 주지 말라는데? 자긴 괜찮다고, 오히려 학생이 다친 데 없더냐고 꼬치꼬치 묻던데? 그분은 학생을 잘 아는 것 같던데, 학생은 그분이 누군지 몰라?"

누군지 아무리 생각해도 떠오르지 않았다. 여성이 인겸이에게 자신을 밝히지 말아 달라고 했다는 것이 이상하게 여겨졌다. 그 자체가 왠지 무시당한 것 같고 썩 기분이 좋진 않았다.

전향은 석방, 비전향 20년

순덕과 아이들을 데리고 은포리 복 씨네로 돌아왔다. 복 씨는 버선발로 달려 나와 맞이했다.

"하이구 증말루 왔구먼, 참말루 잘왔어."

부둥켜 안아 주다시피 안으로 들이는 복 씨에게 도윤은 넙죽 절부터 했다.

"그간에 별일 없으셨죠?"

"딸린 식구가 많네?"

인사를 받으면서도 복 씨는 순덕과 아이들을 궁금해 했다.

"안녕하사요 순덕이라 합네다. 요섭아, 동섭아 할마니께 인사 드래야지."

도윤은 복 씨에게 자신이 순덕과 혼인 신고를 하게 된

자초지종을 대략 이야기했다. 복 씨는 순덕과 아이들이 딸린 것을 마다하지 않았다.

"애덜 소리 때미 모처름 사람이 사는 집 같겠네."

복 씨는 그동안 아랫집을 깨끗이 손질해 놓고 있었다. 방마다 도배도 하고 부엌의 터진 부뚜막 틈새도 새 흙으로 깨끗이 땜질이 되어 있다. 새까맣게 그을렸던 부엌 천장 들보와 서까래 산자의 흙까지 새 흙으로 바르고 문마다 창호지도 새로 발라 놓아 깨끗해졌다. 도윤은 그런 복 씨가 무척이나 고마웠다.

복 씨 덕에 순덕과 아이들이 잘 지낼 수 있게 되었다. 복 씨도 아이들을 귀여워 하고 아이들도 사람을 잘 따라서 복 씨와 아무 거리낌 없이 지냈다. 날이 따듯해지자 도윤에게 일거리도 많이 생겼다. 농사짓는 이들은 농사에 품꾼으로 원하고 어부들은 뱃일할 사람으로 도윤을 원했다. 5월은 조기와 꽃게 철이라 뱃일할 사람들이 많이 필요하다. 뱃일은 농사보다 돈은 많이 받지만 위험이 따르는 일이다. 그래도 돈을 더 받는 뱃일을 했다. 처음 배를 타는 날은 뱃멀미도 심하고 조업도 경험이 없어서 많이 힘들었다. 한 이틀 배에서 지내다 보니 탁월한 체력과 균형 감각으로 멀미를 극복했다. 멀미로부터 자유로워지자 정신도 맑아지고 조업 상황도 뚜렷하게 보였다. 경험 없어서 조금은 서툴러도 열심히 했다. 곧 익숙해질 것이란 자신감이 생겼다. 선장도 초보치고 괜찮다 싶은지 만족한 눈치였다.

해마다 5월이면 서해 5도 주변엔 꽃게가 많이 나오고, 좀더 연평도 북쪽으로 올라가면 조기가 많이 나왔다. 도윤은 보름마다 한 번씩 나가는 조기잡이 배를 탔다. 배를 타고 연평도 근해에 갈 때마다 하경이 생각나서 북녘을 바라보게 된다. 어쩌면 자신은 북의 하경에게 조금이라도 가까이 가고 싶어서 배를 타는지도 모른다. 그만큼 도윤에게 그리운 하경이었다.

순덕도 복 씨의 기분을 맞추며 잘 적응했다. 도윤이 조업을 나가 없는 동안에도 도윤 대신 복 씨와 함께 갯벌에 나가 굴 따고 조개 캐는 일을 배웠다. 민꽃게나 칠게 같은 게 잡는 일도 배웠다. 처음엔 모든 것이 서툴고 힘들어 했지만 차츰 적응하더니 제법 잘 해냈다. 산촌 아낙이 어촌 아낙으로 탈바꿈하는 데 별 지장이 없었다.

막 갯벌에서 돌아와 샘에서 씻으며 복 씨가 순덕이 캔 조개 바구니가 가득한 것을 보았다.

"얼래? 웬일이여? 인전 나보담두 더 잘 캐네. 나보다 더 많이 캤구먼."

"오늘은 조개가 더 많았어요."

"왜 나헌티는 똑같구 애기 엄마헌티만 더 많아졌댜?"

복 씨는 수줍게 웃는 순덕을 인정어린 눈길로 바라보았다.

"새댁은 인저 나랑 인연이 닿았으니께 사는 디까장 변치 말구 살어."

자신의 인생을 마감할 때까지 젊은 부부에게 의지하며 지내도 될 것 같은가 보다. 갯벌에 따라 나왔던 요섭과 동섭은 이미 개흙투성이가 되어 있다. 게 한 마리씩 들고 이리저리 뛰어다니며 좋아 난리다. 그렇게 모두 쉽게 적응해서 다행이었다. 도윤이 뱃일로 벌어서 두 아이와 생활하고도 남았다. 이상한 것은 도윤이 자신의 친자가 아닌 요섭을 위해 즐겁게 뱃일을 할 수 있다는 것이다. 낳지 않았어도 부성애가 있을 수 있는지? 종족 번식의 본능인 생물학적 심리를 벗어난, 이 같은 상황을 기이하게 여겨도 무리가 아닐 것이다. 거기에 서류상으로만 부부로 피도 섞이지 않은 아이까지, 참으로 기이한 가정이다. 그 모든 것을 뛰어넘어 여느 부부처럼 지낼 수 있다는 것도 또한 대단한 정신이다. 순덕과 도윤은 그렇게 서로를 이해하고 묵인해 주면서 탈 없이 지냈다.

한편으로 도윤은 가슴속의 문제를 반 발짝도 나아가지 못하고 있다. 비장하게 품었던 이승만 정권에 대한 원한이 그것이다. 어느 결에 그 원한이 사화산처럼 죽어 다시는 표출할 수 없게 굳어진 듯 잠잠하다. 하지만 보기엔 꺼진 불 같아도 조금만 자극되면 활활 태워 버릴 잉걸불 가득한 도윤이었다. 조용히 주변 사람들의 성향을 파악하며 발판 삼을 불쏘시개를 마련하려고 기회를 찾고 있었다. 그러나 늘 몸조심이 필요했다. 투쟁한답시고 잘못 노출되면 강력한 탄압과 훼방이 따를 것이기 때문이다.

이승만 정권이 바라던 대로, 35,000명의 반공 포로는 이남 방방곡곡에서 충실한 반공 정신의 전도자가 되었다. 포로수용소 내내 죽음의 공포에서 떨게 했던 공산당을 그들이 잊을 리 없었다. 공산당이라면 치가 떨린다고 온 사회에 증언함으로서 반공 분위기를 짙게 깔아 주었다. 이승만 정권에 자리한 친일파 기득권과, 일찍이 북으로부터 쫓겨 내려온 친일파와 양반 상민의 계급주의 양반들과 지주들이 포함된, 서북청년단들의 반공주의보다 더한 것이 반공 포로들의 공산당 혐오였다. 학교 교육까지 반공주의의 주입이 당연시 되었다. 공산당은 때려죽여야 마땅한 것이고 공산당을 악마로 가르쳤다. 정적 세력을 공산당 빨갱이로 몰아 국가 보안법으로 다스렸다.

도윤은 이러한 사회 현실이 암담하다 못해 참담했다. 자신이 공산당으로 취급당하는 것은 괜찮다. 그러나 변조되어 가는 역사적 진실과 사회적 정의에 하릴없는 비분강개 말고 할 수 있는 것이 없었다.

휴전 후 얼마 동안은 진실이 완전히 묻히지 않았었다. 말은 안 해도 이승만 정권과 미군정이 얼마나 나쁜지를 아는 사람들은 도처에 박혀 있었다. 도윤은 그런 사람마다 찾아 가까이 하면서, 저항 조직을 마련하려고 조심스럽게 모색해 나가고 있었다. 하경이 있는 이북 체제와 관계하진 않았다. 김일성 정권의 폭력성인 무력 혁명에 찬성하지 않기 때문이었다. 이승만 폭력 살인 반민족 정치 세력을 몰아내고, 진정한 자유가 보장되는 민주사회를 이루기 위한 조직을 원했다.

보리타작이 끝나가고 본격적인 모내기 철이 시작되었다. 한 줌씩 들어서 꺼럭을 바람에 날리며 겉보리를 수확하는 작업을 마무리하고 있었다. 수평선에 들려는 석양이 온 바다에 황금빛 윤슬을 깔아 놓고 있다. 도윤이 다음 날 새벽에 조업을 나갈 채비를 하고 있을 때였다.

"계십니까? 여기 혹시 천도윤 씨 사시나요?"

건장한 사내가 두리번거리며 다가와 매우 조심스럽게 물었다. 도윤에겐 전혀 생소한 사내다. 보통 키에 근육도 우람하고 균형이 딱 잡혀서 몸이 매우 탄탄해 보이는 사내였다. 도윤은 속으로 사내를 경계하며 대꾸했다.

"제가 천도윤인데요. 무슨 일로?"

"아 그러십니까? 저기 누가 천도윤 씨를…."

사내는 연신 주변을 살피며 작은 소리로 소곤거리듯이 이하경이란 이름을 말했다.

"예? 하경 씨가?"

도윤은 자신도 모르게 큰 소리를 냈다. 사내가 얼른 조용하라는 표로 검지를 입술에 대며 주변을 살폈다. 도윤도 덩달아 좌우를 살폈다. 아직은 어둑발이 약하나 저녁 먹느라고 밖엔 사람이 없었다.

"지금 어디 있습니까?"

목소리를 낮추어 재차 물었다. 사내는 도윤에게 따라오라는 손짓을 했다. 도윤은 사내를 놓칠세라 바짝 따라붙었다. 동구 밖까지 나오자 서낭목 뒤쪽에서 무엇이 움직이더니 도윤 쪽으로 다가왔다. 두 사람인데 석양의 잔광이 역광으로 비쳐서 누군지 확실치 않았다. 어둠 속에서 형체는 가까이 다가오며 모습을 드러냈다. 둘 중 하나가 여성인데 하경이 확실했다.

"하경 씨!"

"무사하셨군요. 도윤 동지."

감동해서 큰 소리를 낸 도윤에 비해 하경은 침착하고 이성적으로 조용히 맞았다. 어둠 속에서 보이는 하경은 예전의 하경이 아니었다. 그냥 전사로서의 모습만 보였다. 그래도 도윤은 데리고 들어가서 그동안의 이야기도 나누고 따듯한 밥도 먹이려고 생각했다. 그러나 하경과 그 일행은 무엇에 쫓기듯 서두르는 눈치다.

"일단 들어갑시다. 잠깐 차 한잔하면서 이야기 좀 합시다."

하경은 도윤의 제안을 듣는 둥 마는 둥 도윤의 손을 잡아 뒤집어 폈다. 은밀히 도윤의 손에 봉투를 쥐어 주었다. 도윤은 건네는 것을 받아 들며 얼떨떨했다.

"지금은 어서 자리를 떠야겠습니다. 남조선 놈들이 눈치챈 것 같아요. 도윤 동지도 발각되어 다치기 전에 어서 들어가시오."

주변을 살피며 망을 보고 있던 사내가 작은 소리로 급히 재촉했다.

"이대로 그냥 간단 말이요?"

그냥 보낼 수 없었다. 꿈에도 그리던 하경을 얼마 만에 만난 것인가? 손을 재차 잡았다.

"미안해요 도윤 동지. 어머니가 기다리셔요. 모시고 가야 해서요. 지금은 어쩔 수 없어요."

잡힌 손을 빼내며 하경이 조용하고도 차분하게 말하고 돌아섰다.

"다음에 또 만나갔지요."

같이 온 사내가 도윤을 다독이며 말했다. 셋은 냉정히 돌아서 잰걸음으로 해변의 인적 드문 쪽으로 사라졌다. 도윤은 너무 허망했다. 어찌 그럴 수 있는지? 하염없이 그들이 사라진 쪽을 바라보다 터덜터덜 집으로 향했다. 하경을 포옹 한번 못한 것이 내내 아쉬웠다.

집에 돌아온 도윤은 우선 하경이 건네준 봉투를 열어 보았다. 돈과 편지였다. 무슨 돈인지 알 수 없어서 편지를 펴보았다. 아주 간단하게 적혀 있다.

"이 돈으로 라디오를 사서 매월 7일 23시 주파수 1105khz 방송을 듣고 암호를 풀어 보시오. 순덕 씨와 혼인 신고 잘하셨소. 도윤 씨와 나는 남녀 간의 연인 사이이기 전에 조국 해방을 위한 전사요. 순덕 씨와 부부로 조국 해방 운동에 힘써 주시오. 두 사람 사이 행복한 부부로 보이도록 해 주시오."

나머지 한 장은 암호 해독문으로 보였다. 투쟁을 해도 자신이 계획해서 스스로의 능력으로 하고 싶었다. 어떤 정치 세력이나 체제에 예속되지 않고, 진정한 아나키스트가 되어 폭력 살인을 응징하고 싶었다. 하경의 순덕과 도윤에 대한 언급은 기분을 몹시 씁쓸하게 했다.

암호 해독문을 접어서 지갑 안쪽에 찡겨 넣었다. 도윤은 담배를 피울 것처럼 성냥을 들고 뒷간으로 갔다. 순덕이 편지를 보면 그리 좋게 느껴지지 않을 것이다. 용변 단지 옆에 수북이 쌓인 잿더미에다 편지를 놓고 성냥으로 불을 지폈다. 그때였다.

"꼼짝 마라! 너희는 포위되었다!"

갑자기 밖이 환해지며 확성기 소리로 시끌벅적해졌다. 도윤은 불을 붙인 편지를 잿더미에 던져 놓고 밖을 살폈다. 어둠 속에서 비쳐 오는 서치라이트에 눈이 부셔 누가 얼마나 왔는지 알 수가 없었다. 잠시 뒤에야, 군인들과 경찰들 한 부대가 무장하고 들이닥쳤다는 것을 파악했다. 순덕도 복 씨도 놀라 마루 한쪽으로 몰려서 떨고 있는 모습이 눈에 들어왔다. 순덕에게 문틈으로 아이들을 데리고 들어가라고 손짓을 했다. 순덕이 이내 아이들을 데리고 사라졌다.

"어디 숨었을지 모르니 집 안을 샅샅이 살펴라!"

도윤이 뒷간에 있어 봤자 발각되는 건 뻔하다. 그럴 바에야 스스로 나가는 편이 좋겠다는 생각을 했다. 지갑에 있던 암호문을 씹어서 변기 안에 뱉고 자연스럽게 화장실을 나갔다.

"무슨 일이오?"

뒷간을 나서며 용변 후 허리춤을 추스르는 것처럼 했다.

"손 들엇! 꼼짝 마라!"

모든 총구가 도윤에게로 향했다. 그중 누가 실수라도 해서 방아쇠를 당기면 도윤은 죽을 수도 있다. 등골이 오싹했지만 무표정했다. 두 손을 번쩍 들고 어리둥절한 표정으로 서 있었다. 군인 몇이 뒷간으로 총부리를 겨누며 안을 살폈다. 뒷간에 아무도 없자 군인들은 도윤을 결박했다.

"왜 이러십니까? 제가 뭘 잘못했다고!"

"시끄러워 이 새꺄!"

"퍽!"

"헉!"

하경의 일행을 놓친 군인들은 분풀이라도 하듯이 총 개머리로 도윤의 어깨를 찍었다. 어깨의 통증보다 하경의 일행이 걱정되었다. 누군가가 고발했던가 보다. 도윤은 속수 무책으로 차에 태워져 어디론가 끌려갔다. 다행인 것은 하경의 일행은 아슬아슬하게 북으로 빠져나간 것 같다.

불행한 것은 뒷간의 잿더미에서 다 타지 않은 편지가 발견되었다는 것이다. 그것만 다 태웠다면 물증이 없고 목격자의 진술만으론 도윤을 처벌하기엔 어려웠을 것이다. 그것이 도윤에겐 더 낫다고 생각했었다. 진술만 있고 물증 없다면 가진 고문을 다해 자백을 받아 내려 할 것이고, 도윤도 끝까지 말하지 않고 버티느라고 만신창이가 될 것이고, 재판에선 유죄 판결을 받을 것으로 판단했었다. 도윤은 1차 취조에서 술술 다 말했다. 자신과 하경의 사이, 하경이 북에서 자신을 만나러 왔었다는 것과 편지와 돈을 주고 간 것까지 모두 진술했다.

도윤의 일방적인 생각이었다. 공안부는 그냥 그대로를 믿어 주지 않았다. 계속 이어지는 취조 중에 얻어맞고 꼬집히고 물 고문, 전기 고문, 고문이란 이름의 방법을 다 당했다. 더 이상 털어놓을 것이 없어서 더 당했다. 하경 사이와 자신의 모든 것에 대해 탈탈 털리고도, 몇 날 며칠을 당했는지 기억도 할 수 없다.

마지막엔 전향서를 쓰라고 요구했다. 전향서만 쓰면 형

량을 대폭 감형, 쉽게 석방시켜 준다는 것이었다. 전향할 수 없었다. 사회주의나 공산주의 사상이 투철해서도 아니었다. 아버지와 이동학 선생을 죽어 마땅한 죄인으로 인정하는 짓이라서 할 수 없었다. 이승만 살인마 정권의 살인 만행을 정당하다고 동의해 주는 짓이라서 절대 할 수 없었다. 보도 연맹에 가입하면 보호하겠다던 것처럼 전향서도 거짓말일 것이라서 거부했다,

도윤을 기소한 죄명은 고정 간첩 행위 죄와 간첩 접선 및 간첩을 돕고 방조한 죄였다. 재판에서 도윤의 항변은 받아들여지지 않았고 검찰이 구형한 20년 형을 고스란히 선고했다. 청춘을 감옥에서 보내야 할 처지가 되었다. 희망이 모두 사라지고 눈앞이 캄캄했다. 휴전이 깨지고 이북 군이 다시 점령한다 해도 도윤은 석방될 가망이 없었다. 오히려 보도 연맹처럼 전쟁 재개 즉시 처형되고 말 것이었다.

전향서의 유혹은 잠시 도윤을 흔들었다. 순덕과 아이들을 생각해서였다. 그러나 전향의 결과는 육체의 안위를 위해 정신을 저버린 것이 될 터였다. 정신과 육체 중 어느 것이 껍데기고 어느 것이 알맹이인가? 도윤은 정신이 알맹이라고 생각했다. 껍데기를 위해 알맹이를 버릴 순 없다는

결론이었다. 또한 사회주의나 공산주의 사상이란, 도윤 개인 의지의 선택이지 살인마 집단과 거래할 항목이 아니란 생각이 완강했다. 또한 사상이란 그 어느 누구를 해칠 목적도 아니거니와, 자신의 욕심을 위한 것이 아니기 때문에, 더더욱 거래할 수 없다는 결론이었다. 자신의 사상이 사회주의인지 뭔지 모르나, 조국과 민족이 하나 되어 차별 없이 함께 잘살자는 목적을 두고 있을 뿐이었다.

순덕이 면회를 왔다가 사상범이라고 허락하지 않아 그냥 갔다고 한다. 전향서를 쓰도록 유도하는 정보였다. 도윤은 순덕에게만큼은 많이 미안했다. 자신을 믿고 따라왔는데 다시 요섭을 맡기게 되었으니 순덕에겐 크나큰 잘못을 하고 있었다. 하지만 아이들과 순덕 때문에 살인마 정권과 타협할 수는 없었다. 날이 갈수록 전향서를 받아 내려는 시도가 집요하고 사나워졌다. 순덕에게 도윤의 전향을 설득하라는 조건으로 면회를 허락했다.

순덕은 몰라보게 얼굴이 상해 있었다. 단아하던 모습이 남루해지고 고운 티가 가신 피부는 까칠했다. 한없이 불쌍하고 미안했다.

"이리 고생허샤 어쩌요?"

순덕은 오히려 도윤을 걱정했다.

"애들하고 살기도 어려울 텐데 어떻게 왔소?"

"언나들도 나도 잘 있사오. 염려 마사오."

어떻게 아무 일 없을 수 있을까? 도윤은 순덕이 자신이 처한 상황을 다 말하지 않고 있음을 안다. 빨갱이 가족이라고 이웃들의 냉대와 멸시가 이만저만이 아닐 것이다. 다른 동지들의 가족도 그러하다는 것을 익히 들었다. 순덕이라고 별수 없을 것이다. 복 씨 노인네가 인정 많으니 내치지 않을 것으로 기대를 했다.

"복 씨 어른은 잘 계시오?"

"예… 실은…. 게서 나왔어요. 복 씨는 린민군에게 가족을 잃었어래…. 우린 걱정 마사요."

그렇다면 복 씨가 내친 건 당연했다. 도윤이 북과 내통한 간첩이라고 잡혀갔으니, 순덕이든 아이들이든 용납하기 어려웠을 것이다.

순덕의 고생이 이만저만이 아님을 능히 짐작하고도 남았다. 순덕이 불상하고 안쓰러워서 뭉클 복받치는 설움을 애써 참았다. '사식을 넣지 말라. 넣어도 전향서 쓰기 전엔 받아먹지 못한다'고 말해 주었다. 다른 비전향수가 그랬던 것을 보았기 때문이다.

순덕은 자신이 일하는 집 주소와 연락처를 적어 놓고

갔다. 도윤에게 전향서를 어쩌란 이야기는 입도 뻥끗하지 않았다. 도윤의 확고한 정신을 잘 알기에 자신도 그 정신에 동조한다는 뜻이었다. 그 후로 순덕은 면회를 오지 않았다.

수감자들 중엔 자신처럼 전향을 받아들이지 않은 이들이 더 있었다. 반가운 만남이었다. 비전향수들이 생각보다 많았다. 전향서를 쓰지 않은 사상범 기결수에 대한 처우는 개만도 못했다. 각종 고문에 폭압, 폭언과 멸시, 천대를 복수삼아 해 댔다. 몸살 감기가 나도 약을 주지 않고 전염될까 반 평짜리 독방에 격리했다. 배탈이 나고 설사를 해도 치료할 약을 주는 것이 아니라 굶어야 낫는다고, 하루 주먹밥 한 덩이 주는 것조차 끊고, 굶겼다.

사상범이 아닌 일반 기결수들도 큰 차이는 없는 것 같았다. 한 가지 다른 점이 있다면 전향서 받으려는 일이 없고, 고급 사식과 함께 돈 봉투를 들고 자주 면회 오는 기결수는 대우가 매우 좋다는 점이다.

도윤의 수감 생활은 계속 이어지며 달이 가고 해가 갔다. 이승만 정권은 정적들을 모두 빨갱이 공산당으로 몰아 완전히 처단하고, 권력 기반을 다지는 데 성공했다. 불법과 폭력이 난무한 사회는 공직 기강도 흐트러지게 마련이다. 일제 강점기 관료들의 정신 문화를 고스란히 물려받은 권력 남용 폭력주의 앞에, 민초는 밥이었고 떡이었다.

수감자들의 옥중 생활은 더욱 그랬다. 날이 갈수록 교도관들의 횡포가 심해져 갔다. 기결수들은 그들의 분풀이 대상이었다. 특히 비전향 사상범은 빨갱이니 함부로 해도 된다는 의식이 도식화되어 있었다. 간혹 인격적으로 대우를 해 주는 교도관도 있었으나, 대부분은 심심풀이 펀치 볼이나 샌드백으로 여겼다.

불시에 교사관이 교도관들을 거느리고 나와서 방 안 검사를 실시하고 있었다. 자주 하는 검사였다. 검사하는 동안에 그 방 수감자들은 차렷 자세로 한쪽에 나열하고 기다린다. 꼼짝도 않고 서 있어야 하는데 입소한 지 며칠 안 된 수감자였다. 감방에 빈대가 많아 가려운지 몸을 꼼지락거렸다. 교도관 하나가 그의 머리통을 곤봉으로 탁 때렸다. 얼마나 아팠는지 얼굴이 빨갛게 달아오른 그의 눈에서 덩이 눈물이 뚝 뚝 떨어졌다. 그 모습을 본 방장이자 15년 형의 비전향수가 참지 못하고.

"왜 때리시는 겁니까? 아무리 죄수지만 이유 없이 때립니까? 기본 인권이 있습니다."

방장으로서 인권 유린을 항의하고 나섰다.

"뭐야? 이런 빨갱이 새끼가 미쳤나? 죄 진 놈이 무슨 인권 같은 개소리야? 이 새끼 너 오늘 뒈져 봐라. 야! 오늘은 이거나 끌고 가자."

검사하던 교사관이 버럭버럭 소리를 지르며 곤봉으로 비전향수를 마구 두들겨 팼다. 그리고 그를 질질 끌고 나갔다. 그는 그날 어떻게 얼마나 맞았는지 죽은 시신처럼 늘어져 독방에 갇히고 말았다. 그처럼 부당한 폭력에 항거라도 하려면 그는 맞아 죽어서 매장될 각오를 해야 한다. 얼마 후 도윤도 전향서를 거부한 이유로 독방 신세가 되었다. 그 뒤로도 독방이 다 찼을 때만 빼고 늘 단골이었다. 비전향 장기수들은 모두 도윤과 같이 독방 단골이었다. 비전향 수감자들의 옥중 삶은 하루하루가 뇌관 널려 있는 지뢰밭에서 살아가는 것과 같았다.

그렇게 억울하고 고통스러운 수감 생활로 어언 5년이나 흘렀다. 그 안에 간혹 석방된 사람이 있었으나 그들은 병이나 매 맞은 후유증으로 거의 죽음에 이르러 나간 것이었다.

이승만 정권이 3월 15일 선거를 치르며 기어코 일을 냈다는 소식이 감옥소까지 들려왔다. 누군가 라디오 방송을 듣고 전해 주는 말이다. 이승만이 대통령에 재선되고, 그 비서실장 이기붕이 부통령이 되기 위해, 노골적으로 부정 선거를 했다. 상대 정당인 민주당원들을 투표소에 들어가지 못하도록 조직폭력배들을 동원해 물리적으로 막았다. 또한 자신의 득표로 기표한 투표용지를 투표함에 미리 집어넣었다. 이를 알게 된 마산의 시민과 학생들이 거리로 나왔다.

"협잡 선거 물리쳐라! 부정 선거 무효다!"

구호를 외치며 평화 시위를 했다. 그 시위대를 진압하기 위해 경찰은 무차별로 발포하여 열두 명의 사망자가 나왔다. 총소리와 함께 피를 보게 된 평화 시위대는 격분하여 폭도로 변했다. 파출소를 습격하고 국회 의원과 경찰서장 집을 급습, 7명 사망 등 80여명의 사상자를 냈다. 그 주동자로 시민 26명이 체포되어 공산당으로 몰리며 혹독한 고문을 당하게 되었다. 소요는 그렇게 끝난 듯이 스무닷새 동안 잠잠했다. 그런데 4월 11일 일이 다시 터졌다. 총기 발포하던 날 행방불명되었던 김주열이 눈에 최루탄이 박힌 채 바닷가에서 시신으로 발견되었다. 격분한 시민들이 다시 일어나고 시위는 전국으로 확산 4·19 학생 의거로 이어져서 이승만 정권이 막을 내리게 되었다. 도윤은 감옥에서도 살인마 이승만 정권이 무너진 것에 감동하며 환호

했다. 아버지와 이동학 선생을 생각할 때, 자신이 직접 못
한 것은 한으로 남을 것 같았다.

도윤은 수감된 지 만 5년 만에 석방되었다. 감옥에서 자
유당의 몰락과 이승만의 하야 소식을 들은 지 석 달 반 만
이었다. 민주당 구파의 윤보선 후보가 새 대통령으로 당선
되고 그 취임식 특사로 석방될 수 있었다. 이때 많은 비전
향 장기수들이 석방되었다. 이제야 사람 사는 나라가 되었
노라고 환호하는 이들도 있었다.

돌아온 도윤에겐 너무도 처연한 순덕과 아이들의 생활
이 기다리고 있었다. 빨갱이 가족이라고 복 씨네서부터 내
쫓긴 순덕은 아이들과 갈 곳이 없었다. 도윤이 수감된 대
전 교도소와 가까운 곳에 거처를 정하려고 생각한 곳이 유
성이었다. 대전이란 대처로 나가면 해 먹고 살 것이 많을
것이고 또 자신을 기억하는 사람도 드물 것이란 생각이었
다. 이것저것 이리저리 헤매다 이북 군으로 전사한 오빠와
절친했던 여성을 만났다. 오빠가 살아 있다면 결혼했을 만
큼 친했던 사이였다. 오빠를 잃은 여성은 전쟁 중에 피난
다니다가 유성의 재벌가를 만나 결혼하게 되었다고 했다.

순덕은 그 여성 소유의 건물 관리와 함께 행랑채에서 지
내며 가사 도우미로 일하게 되었다. 자존심을 버려야 할

수 있는 일이었지만, 아이들과 거주할 수 있는 방과 먹을 것을 제공하고 급여도 괜찮은 대우였다. 여성이 순덕의 처지를 알고 배려해 준 것이었다. 순덕은 일이 고되고 많지만 아이들을 기르며 도윤의 석방을 기다려 왔다. 비록 혼인 신고만 하고 실제 부부는 아니지만 내심 도윤을 사랑하기 때문이었다.

석방된 도윤은 순덕에게서 호된 고생의 흔적이 보여 마음이 아팠다. 그 와중에 아이들도 몰라보게 자라 있었다. 요섭이 아홉 살, 동섭이 여덟 살 국민(초등)학교 2학년과 1학년이었다. 모든 악조건 속에서도 아이들을 밝게 양육하고 있는 순덕이 대견하기도 했다.

"미안하오, 내 순덕 씨에게 무슨 말을 하겠소. 그리고 고맙소."

"이래 석방되셔 반갑고 기뻐요. 축하디레요."

"이제부턴 순덕 씨 고생 안 하도록 내가 다하리다. 내일부터 당장 일을 찾아보겠소."

"너무 애쓰진 마사요, 일 찾기 수올치 않사요."

여섯 해를 옥살이 하면서 도윤이 생각한 것은 하경을 잊기로 결심한 거다. 하경과 자신의 운명은 여기까지라고 생각되었다. 이승만 정권이 망했어도 당장 통일될 기미는 없고, 새로운 대통령 윤보선도 통일을 열어 갈 뜻은 있겠으나, 종전 안 하고 어찌 통일을 열까? 이남 정부에겐 이북과 논할 권한이 없었다. 애초부터 정전 협정을 북측과 미군이 맺었으니, 남측은 이승만 정권이 모든 권한을 미군에게 헌납한 것이다. 이승만 정권의 중심이었던 친일 매국노들의 크나큰 과오인 것이다. 그들은 권력의 핵심에 군림하여 부와 영달을 모두 차지하고 사는 것 말고 나라와 민족을 위해 한 것은 위해뿐이었다.

석방된 다음 날부터 공사장에 날일을 다녔다. 날일을 하면서도 좋은 일자리를 찾기 위해 부지런히 나섰지만 마땅한 일이 없었다. 무엇이든 기술 자격증이 있으면 좋은 일자리를 쉽게 찾을 수 있을 것이다. 하다못해 운전면허증이라도 있어야 할 만한 일자리를 얻을 수 있을 것 같았다. 순덕이 모아 둔 돈을 빌려서 한 달 만에 운전 면허를 취득했다. 운전면허증만으론 취직은 생각보다 쉽지 않았다. 공사장 십장의 말대로 2년 이상 운전 경험자만 응시 자격을 주는 대형 면허증이라면 모를까, 운전 초보자를 믿고 운전대를 맡길 사람은 아무도 없었다.

하천 공사장에서 일하다가 점심을 먹기 위해 잠시 쉴 때였다.

"천 씨 아녀? 허이구~! 예서 만나다니 참으루 우린 인연 인개벼."

반갑게 알은 체하는 사람은 대천 사람이었다. 그는 조기잡이 배를 같이 탔던 선원 명태보란 사내였다. 도윤은 내심 뜨끔했다. 그가 도윤이 수감되었던 일을 알고 있을 것이기 때문이다. 비록 날일로 하는 일자리지만, 도윤의 정체성이 알려지면 빨갱이라고 당장 그만두게 할 수 있기 때문이다.

"오랜만이요. 태보 형, 형도 날일 다니시오?"

아무렇지도 않은 것처럼 자연스럽게 그를 대했다.

"날일은 무슨? 그냥 지나다가 쓸 만헌 일꾼 있나 보는 겨."

그는 말하면서도 연신 일하는 일꾼 하나하나를 유심히 살피고 있다.

"일꾼이라뇨? 무슨 일인데 일꾼을 구해요?"

도윤이 정색하고 묻자 명태보는 도윤을 새롭게 발견한 것처럼 훑어본다.

"잉, 가만 있자… 천 씨 헐텨? 양조쟁서 월급받구 허는 일인디 술 담구 막걸리 배달 말여."

"예? 막걸리요? 월급은 얼마나 준대요?"

지금 하고 있는 날일은 하루 일당 500원 받지만 일이 없는 날은 놀아야 한다. 정해진 월급은 체불만 안 하면 날일보다 낫다고 생각되었다.

"첫 월급은 기본으루 한 달 이만 원뿐인디, 월급 말구 배달 수당 보태먼 훨씬 많이 챙길 수두 있댜."

"제가 할 만할까요?"

"자즌거 타남? 자즌거만 타면 천 씨가 딱여, 자즌거루다 배달허니께."

자전거를 포로수용소에서 조금 타 보긴 했지만 바삐 달려 보진 않았다.

"자즌거유? 타 보긴 했지먼 많이 타 보진 못해서 오떨지유."

"타 봤어? 그럼 됬어 한 번이라두 타 봐서 탈 줄 알면 됬어 타다 보면 금방 는께."

명태보는 오히려 도윤이 마다할까 봐 안달이 난 듯하다.

"아니, 존 일자리면 태보 성이 허시면 되잖유?"

그의 생각이 무엇인지 도윤에게 진심으로 마련해 주는 일자리인지 슬쩍 찔러 보았다.

"나? 물론 나두 당연히 허지, 내가 헐라구 나랑 맘이 맞는 일꾼 구할라는 겨. 그래서 천 씨가 같이 허먼 좋겄단 말여."

함께하는 일이라면 그의 말을 믿을 만하다. 뱃일할 때도 그만큼 성실하고 괜찮은 사람도 없었다는 점이 더 그를 신뢰하게 했다. 순덕에게 반허락은 받아서 마음이 가벼웠다.

동천 양조장은 도윤과 같은 성씨인 천성배 씨가 사장이었고 생각보다 규모가 컸다. 천성배 씨는 도윤보다 여덟 살 더 많은 서른아홉 살 젊은 나이의 사장이었다. 같은 천씨라 해도 처음 보는 도윤에게 아무 것도 묻지 않고 받아 주는 것부터가 남달랐다. 도윤은 그 한 가지만으로도 사장이 고맙게 여겨졌다.

동천 양조장은 널찍한 마당 한가운데엔 깊은 우물이 있고 한쪽으로 배달용 짐자전거들이 나열해 있었다. 마당 서쪽에 100평 넘게 보이는 널찍하고도 긴 말집형의 공장이 마련되어 있었다. 그 공장 안엔 둘레가 도윤의 벌린 팔로 세 발이 넘고 깊이도 도윤의 키 높이보다 깊은 원통형의 술도가니 열 개가 두 줄로 설치되어 있었다. 먼저 담가 술이 다 되어서 걸러 내 가는 도가니부터 막 담가 발효가 시작되는 도가니까지 네 차례로 나누었다. 나머지 쉬는 두 도가니는 닦아 놓고 물을 채워 우려 내고 있었다. 일꾼 대부분이 술 빚는 어설픈 기술자라도 돼야 운영이 가능한 양조장이었다.

"이 많은 술을 누가 다 마신단말여?"

도윤이 양조장 규모에 놀라 자신도 모르게 중얼거렸다.

"그건 기우일세 이 사람아."

듣던 천성배 사장이 도윤의 걱정을 일축했다. 천 사장 대신 권 씨가 자랑삼아 설명해 주었다.

"오떤 마을 살 만헌 집이 잔치라두 허게 되면, 온 마을 사람덜이 술 도가니 크단들 양조장 술 동내지 뭇헐깨비 걱정이냐구. 짧은 사나흘이라구 들랑거리메, 들이 뭐라 마셔라 허는디, 즉겐 너댓 말, 많겐 서른 말, 이 일대선 동천 양주장 읎으면 잔치를 뭇 허지."

도윤과 명태보 말고 일꾼이 다섯 사람이나 더 있는데도, 몇 년 새 일이 많아져서 일꾼이 모자랄 지경이라 했다. 일 꾼 중 한 사람은 술도가 기술의 장인으로 주인과 동업자였 다. 그가 모든 일을 총괄하며 일꾼들도 그의 명령대로 움 직여야 했다. 그는 도윤을 처음 대할 땐 썩 달가워하진 않 았다. 모든 것이 처음이라서 한참 동안 가르쳐야 부릴 수 있다고 판단했던 것 같다. 술도가 일이 생소한 도윤이니 맞는 판단으로 이해했다.

막걸리에서 가장 중요한 것은 물맛이었다. 소독한 수돗

물은 발효하는 데 도움이 되지 않아 소독약 냄새가 가실 때까지 받아 두어야 하는데, 그동안 물의 신선도도 잃게 된다. 동천 양조장의 자랑은 마당 한가운데서 암반수를 길어 올린다는 아주 깊은 우물이었다. 두레박으로 길어 마셔 본 물맛이 보통 물과 확실히 달랐다. 두레박도 도르래에 달린 커다란 나무통 두레박이었다. 대천은 바닷가인데다 과거에 갯벌이었던 바닥이라서 모든 지하수가 찝찔하다. 그 한복판의 같은 지하수인데도 전혀 짜질 않고 오히려 단 맛이 돌았다. 그러니 더 자랑스러웠을 것이다.

술밥 찌는 것부터 정성이었다. 보통 몇 됫박의 쌀을 씻어 물을 붓고 불을 지펴서 하는 밥과 많이 다르다. 가마니 쌀을 중탕으로 쪄야 하는 술밥은 그 솥의 규모부터 다르다. 소 한 마리는 통째로 삶을 만한 크기의 가마솥에 밥알이 푸슬푸슬하니 서로 엉기지 않게 쪄 낸다. 다음으로 황국균을 넣고 너덧 시간 이상 손으로 치대는 작업이 제일 어렵다. 방금 끓여 솥에서 퍼낸 뜨거운 술밥을 맨손으로 치대다 보면 땀으로 옷이 흠뻑 젖어 벗어 놓아야 할 때가 많다. 때론 너무 뜨거워 손이나 가슴에 화상을 입기도 한다. 치대는 작업이 끝나면 밑술과 물을 섞어 입국을 제조하여 넣고 15일간 발효시켜서 본 술을 낸다. 누룩 섞고 발효시키는 일을 무작정하는 것이 아니라, 온도와 시간 조절과 재료와 물의 비율 등이 정확해야 하니, 늘 지켜 서서 살펴야 했다. 널찍한 양조장 마당엔 거의 이틀에 한 번 멍석에 술밥과 누룩을 깔아 섞는다. 잘 섞이면 퍼다 발효통에 넣고 물을 채운다. 이때도 물과 술밥의 비율이 잘 맞아야 하고 발효 온도도 적당해야 한다. 두꺼운 나무 뚜껑을 덮고 한 삼사일씩 뚜껑을 열어 주며 발효시킨다.

그때도 일꾼들은 다음 막걸리를 빚을 준비를 위해 일사불란하게 부지런히 움직인다. 그럴 때마다 도윤도 비교적 빨리 알아듣고 빨리 판단하여 움직여야 했다. 그런 도윤이 다시 보였던지 술 빚는 장인도 도윤에게 차츰 마음을 열어 주었다. 동천 양조장 막걸리의 주재료는 옥수숫가루였다. 미국에서 사료로나 쓰이는 옥수수를 원조받아 술도가로 들여오는 것은 아닌지 의심들이 많지만, 가을마다 강원도 옥수수를 확보해 놓는다고 했다.

마당 한복판에 멍석을 깔고 막 쪄 낸 쌀에 옥수숫가루를 섞은 술밥을 널어 놓아 김이 무럭무럭 난다. 그 냄새가 매우 구수하니 뱃속에서 참을 수 없도록 보챈다. 도윤은 저도 모르게 한 줌 집어서 입에 넣었다. 입에서 반겨 씹을 사이도 없이 목구멍이 빼앗아 빨아들여 버린다. 술밥을 먹다 보니 순덕과 아이들이 보고 싶어졌다. 옷가지와 세면도구 등 필요한 생필품도 가져올 겸 유성을 다녀올 생각으로 주 말에 이틀 휴가를 내려고 했다. 주말은 배달이 바빠서 안 되고 월요일 하루 당직 두 사람만 지키고 나머지는 쉰다고 했다. 도윤은 월요일 오후 순덕과 아이들을 데려왔다.

동천 양조장에서 조금 먼 철둑 너머의 방이 많은 집에 마침 빈 방이 있어서 얻었다. 다행이고 행운이었다. 본채 와 조금 떨어진 별채로 새로 마련한 방이라서 아이들 놀기 도 좋았다. 대신 값이 비싸다. 그동안 모아 온 돈 20만 원 을 방 보증금으로 내면 살림을 장만할 돈이 부족했다. 지 금껏 순덕이 먹는 것까지 주인댁 살림을 해 왔기에 취사도 구조차 제대로 갖추지 못했다, 도윤이 또 집주인에게 사정 이야기를 하며 월세 낼 때마다 부족한 보증금을 채워 주겠 노라고 약속하고 12만 원만 지불했다. 방을 해결하고 아이 들을 데려오고 나니 세상살이 걱정이 다 끝난 것 같다. 배 고파하는 아이들과 중화요리를 먹어야 했다. 저녁을 지어 먹기엔 준비해 둔 것이 아무 것도 없었고 밤도 초저녁을 지나고 있었다.

그날 밤 도윤은 아이들이 잠들자 순덕을 불러 앞에 앉혔 다. 한참 뜸을 들이며 머뭇거렸다. 손바닥의 땀을 바지에 문지르더니 무겁게 닫혔던 입을 간신히 열었다.

"순덕 씨…. 에,… 이제부터 내 마음속에 순덕 씨가 진정한 내 부인이오. 솔직히 순덕 씨를 정혼한 여인보다 더 사랑하는지는 잘 모르겠소. 분명한 것은 세상 어느 누구보다 순덕 씨가 소중하고, 순덕 씨 없는 나를 상상하기도 싫소. 지금까지 함께한 모든 일들이 순덕 씨는 고생뿐이었으나 내겐 다 아름답게만 여겨지오. 순덕 씨 마음만 허락하시면 순덕 씨랑 백년해로하고 싶소. 내가 지금은 선물을 준비하지 못했지만 조만간에 준비해서 정식 청혼하리다. 생각해 보시고 내 청혼 받아 주시오."

도윤의 말을 듣는 동안 순덕의 얼굴은 붉어지고 눈물이 그렁하게 맺혔다. 그러한 순덕이 도윤의 눈엔 몹시 애잔했다. 자신도 모르게 와락 끌어 가슴에 안아 버렸다.

동천 양조장에 들어간 지 칠 일 만에 일꾼들 봉급이 나오는 날이었다. 일을 시작한 지 칠 일밖에 안 되는 명태보와 도윤은 다음 달부터나 받을 수 있었다. 일꾼 중에 늘 얼굴이 붉고 코가 빨간 권 씨가 있었다. 겉으로 보기엔 나이도 도윤보다 열댓 살은 어른으로 보이고, 늘 술에 취해 있어서 일도 별로 못할 것 같은 사람이었다. 그런 그 권 씨가 봉급 계산할 때 보니 다른 일꾼보다 두 배도 넘게 많이 받는 거였다.

"얼래? 술타깍이 오떠키 돈을 더 많이 받는댜? 저냥 특벨 대우 허먼 딴 사람덜 섭헐 텐디."

명태보가 좋게 봐지지도 이해할 수도 없다고 캐 봐야 할 일이란 듯 혼자 중얼거렸다.

"명태폰지 북어폰지 당신 뭔 말을 고롱고롬 허여? 우리 성님이 을마나 배텔랑으루다 일허시는디? 그라고 누구더러 술타깍이랴? 술은 입에 대두 않는 성님이신디?"

군산이 집이라는 더벅머리 김가가 미간에 힘주며 태보를 나무랐다. 알고 보니 도윤보다 나이가 여덟 살이나 많은 권 씨는 자전거를 기가 막히게 잘 탔다. 다른 배달꾼은 두 말 술통을 보통 두 개씩 싣고 많아야 네 개까지 싣는데, 권 씨는 무려 여덟 개씩 싣고 내달렸다. 달릴 때 좌나 우로 회전하면 무게 중심이 쏠려서 술통을 떨어트리는 사고가 날 수도 있다. 그러나 그는 자전거 짐받이를 개조하여 자신의 방법을 개발했다. 술통 쌓은 높이만큼 길고 튼튼한 몇 개의 쇠 파이프를 짐받이에 지지대로 꽂아 타이어 고무줄로 동여매고 달린다. 그래도 술이 출렁거리는 무게 중심 때문에 핸들 조작이 어려울 텐데, 강인한 팔의 힘과 유연한 허리로 곡예를 하듯이 묘하게 잘 다닌다. 얼마나 팔의 힘이 셀까 하고 그의 양팔을 보니 대단했다. 마치 백 년 묵은 배롱나무의 붉어진 밑동과 같이 팔의 근육이 단단해 보였다. 배달을 많이 하느라고 땡볕에 익어서 얼굴이 붉고 코가 빨간 그는 술을 금하는 독실한 기독교 신자라고 한다. 도윤도 내심 그만큼 자전거를 탈 수 있도록 열심히 해 보자고 결심했다. 그러려면 튼튼한 짐자전거부터 마련해야 했다. 양조장 안에 있는 쓸 만한 자전거는 모두 임자 있는 거였다. 양조장 것은 낡고 녹이 슬어 사용하기 불안한 오래된 일제 자전거였다. 일꾼 중에 가장 오래 된 전 씨는 한두 통 배달용과 서너 통 배달용으로 두 대의 자전거를 소유하고 있었다. 숫기 좋은 명태보는 임시로 전 씨의 노는 자전거를 빌려 사용했다. 도윤은 더 생각할 것 없었다. 양조장 앞 도로 건너편에 있는 자전거포에 담판을 하자고 건너갔다. 우선 자전거포 주인에게 정중히 인사를 했다.

"안녕하셔유? 사장님 저는 여기 양조장 일헐라구 새루 들온 배달꾼 천도윤이라구 해유."

늙수그레한 자전거포 주인은 쪼그리고 앉아 자전거 바퀴의 살대를 조이다 말고, 돋보기 안경 너머 멀뚱거리는 눈으로 도윤을 올려다보았다.

"그런디?"

도윤이 젊은 사람인 것을 알자 대뜸 말을 놓아 버린다.

"지가 짐자즌거가 필요해서유. 사장님께 신세를 즘 져야 헐 것 같아서유."

도윤은 최대한 공손하게 말을 했다. 주인은 일하던 손을 멈추고 말없이 일어나서 의자에 앉으며 다시 도윤을 올려다보았다.

"신세? 무슨? 아 자전거야 필요허면 사면 되는 거구, 뭐 나헌티 밥을 달랠껴? 옷을 달랠껴? 자전거 공짜루 달라는 겨? 그 정도는 돼야 신세랄 수 있잖여."

주인의 말투가 도윤에겐 생경했다. 그래도 내색할 수는 없어서 그냥 넘기고 더 공손했다.

"에이 설마 지가 공짜루야 달라겄어유? 자즌거는 당장 필요헌디 돈이 당장 읎으니께 할부루 즘 살 수 있을까 허구유. 할부는 안 되나유?"

도윤의 이야기를 가만히 들어 본 주인은 얼굴에 웃음기를 띠며 말했다.

"아 물건 팔라는 장사가 산다는 사람헌티 안 팔면 누구헌티 판댜? 안 산다는 사람헌티 직쪄가메 들이맽긴댜? 할부던 전부던 산다니께 팔으야 장사지. 안그랴?"

장사치고는 말투로 볼 때 생각보다 후덕한 사람일 것 같았다.

"그럼 기왕 주시는 것 그중 젤루 튼튼헌 거루다 주셔유. 짐받이는 술통 여러 개를 싣도록 개조를 즘 헤주시구유."

"자즌거를 아주 잘 타내벼?"

"아아뉴 을마 안 타봤어유."

"에이, 그럼 우선 그냥 타. 자즌거 핸들을 양손 다 놓구 마음껏 탈 수 있을 만큼 잘 타면 그때 개조혀두 늦지 않어 그때가서나 많이씩 싣구 댕겨."

도윤은 주인의 말대로 하고 싶지 않아서 듣지 못한 척, 자전거 모델만 살피며 대답을 피했다.

"내 말 못 믿겄으면 자전거 가지구 즘심때 대남 핵교 운동장으루 나가서 타 봐. 그냥 말구 빈 술통이다 물 채워 실쿠선 타바. 잘 타지는지? 잘 타지면 내가 당장 개조해 줄텐게."

"예 그런디 오떤 게 좋을까유? 권 씨 아저씨처름 많이 싣구 다니기에 좋은 거요."

"잉 그 사람은 아무 거나 잘 타니께 그게 국산으루 젤 값싼 방방곡곡 표여."

"그럼 저두 그 거루 주셔유."

"왜? 같은 값이면 이름난 일제 시나이 표가 낫잖컸어? 중고지면."

"아뉴, 그냥 방방곡곡으루 주세유."

"잉 그려 값은 만오천 원인디. 할부는 이자 생각혀서 더 비싸, 몇 달 할부헐려?"

자전거 가격이 몇 배나 올랐다. 옥중에 있는 동안 돈 가치가 많이 떨어진 것을 실감한다.

"열 달허면 좋겠는디유… 안 되나유?"

"열 달 씩이나?… 그 안이 자네 양조장 구만두면 난 오쩐다?"

"자즌걸 압수허셔유."

"흐음… 그렇담, 지구가 망허면? 육이오 즌장인가? 인공난리가 또 나면?… 아잇,… 그려 그려 그냥 이 가격으루 줄 텐게 날짜만 어기지 말구 꼭꼭 갚어."

도윤은 왠지 괴짜 성격의 주인이 은근히 좋아졌다. 우선 2천 원을 지불하고 새 자전거를 타고 대남 초등학교로 출발했다. 포로수용소에서 자전거를 배우고 난 뒤 처음으로 타 보는 자전거였다. 조금 어색해서 흔들리더니 이내 중심이 잡히고 잘 달렸다.

도윤은 양조장 일을 열심히 했다. 나중에 술도가를 차려 운영하더라도 잘할 수 있게 막걸리 제조법도 익히려고 촉각을 곤두세우고 일했다. 도윤은 그렇게 이승만 살인마 정권에 대한 감정도, 아버지와 이동학 선생과 가족들에 대한 상처도 감각 없는 굳은살이 되어 가고 있었다. 그와 더불어 도윤의 머릿속에서 이북 군과 하경과 혁명 정신도 방치되고 있었다.

할부 자전거로 6개월 정도만 보통 일꾼들만큼 하고, 할부가 끝나며 이내 자전거 짐받이 구조를 바꿀 수 있었다. 타고난 운동 신경과 감각으로 할수록 점점 늘어 1년쯤 지나자 권 씨와 견줄 만큼 타게 되었다. 수익도 월급도 2만 원으로 올랐지만 배달 수당이 꽤 되어 한 달 합계 35,000원 가까이 받을 수 있었다.

일한 지 몇 해 지나자 싸구려지만 궁촌리 한갓진 곳에 농가를 살 수 있었다. 아이들도 잘 자라 작은 아이가 중학교에 들어갔다. 아쉬운 것이 있다면 순덕과의 사이에서 도윤의 2세가 없다는 점이다. 그 이유는 간첩죄로 잡혀서 수감되었을 때 고문을 당한 일 때문일 것으로 짐작되었다. 욕설과 함께 강한 발길로 음낭을 걷어차였던 순간, 허리와 사타구니와 아랫배에 받은 충격은 무슨 말로도 형용할 수 없다. 또한 속곳이 흠뻑 젖도록 머리부터 물을 붓고 전기를 통과시킬 때 음낭에 강한 충격을 받은 기억도 있다. 마치 고환이 오그라져 없어지는 것 같은 고통이었다. 얼마나 큰 충격인지 혼백이 너무 괴로워서 몸을 버리고 나갈 뻔했다. 그때 무정자 몸이 되지 않았을까 짐작한다. 그 후 지금까지도, 참을 만하지만 매우 기분 나쁜 통증이 아랫배에서 종종 일어난다. 도윤이 꼭 자신의 아이를 원하는 것은 아니었다. 이미 아들 둘이 있으니 그 아이들만 잘 자라주어도 더 바랄 것이 없다. 다만 도윤의 아이를 갖고 싶어 하는 순덕에게 미안할 뿐이다.

도윤이 그렇게 안정되는 동안 정치 사회는 풍파가 끊이지 않았다. 윤보선 대통령 취임 여덟 달 만에 군사 쿠데타가 일어났다. 박정희 소장이 자신이 거느리는 장교 250명과 사병 3,500여 명을 이끌고 일으킨 쿠데타였다. 도윤은 박정희 일당이 감행했지만 그 뒤엔 미국이 있다는 것을 확신했다. 미국은 무조건 미국을 숭배하는 친미 정권인 이승만 정권이 무너지고, 미국과 동등하려고 자주 정신을 찾는 윤보선 정권을 그냥 둘 수 없었을 것이다. 남측 군대가 미군 산하에 있으니 쿠데타 세력이야 얼마든지 군대 내에서 마련할 수 있다. 그 적합한 인물이 바로 박정희였을 것이다. 4·19 의식이 가라앉기도 전인데 그 의미를, 공산당에게 하듯이 무참히 짓밟고 다시 미군정으로 찬탈해 간 것이었다. 이승만 정권으로부터 공산당과 사회주의, 남조선 노동당 등은 혐오 집단으로 치부되었고, 그 혐오 세력으로 호도된 4·19 혁명의 민중이었다. 그 속에서 4·19 세대와 민중은 군사 쿠데타에 저항할 힘이 많이 부족했다. 그래도 말 없는 민중이지만 선거로선 속뜻을 표출해 줄 것이라고 도윤은 기대했었다. 그러나 주도면밀한 미 군부와 군사 쿠데타 세력은 그 선거 혁명의 기회조차 주지 않았다.

5, 6대 대통령 선거에서 고무신을 뿌리는 등 선심 부정 선거로 박정희가 승리, 권력을 다져 갔다. 정권 찬탈 후 5·16 쿠데타 세력이 한 짓이란 민주주의 탄압이었다. 도윤은 폭력 쿠데타 박정희 군부를 이승만 정권의 계보로 단정했다. 불합리하고 반민주적인 폭력적 행태를 이대로 보고만 있어선 안 되겠다고 판단했다. 어떠한 희생을 치르더라도 저항하여 반드시 이 사회를 폭력자들로부터 되찾아 바로잡아야 옳다고 생각하게 되었다. 이승만 정권을 향했던 투쟁의 의지를 되살리게 되었다. 도윤뿐만 아니라 많은 사람들이 투쟁해야 한다는 생각이 있었을 것이다. 다만 용기를 내느냐 못 내느냐의 차이일 뿐이었다. 투쟁을 하되 물리적 폭력 투쟁으로는 절대적으로 성공할 수 없다고 도윤은 판단했다. 좀 더 조직적이고 지혜로운 투쟁을 계획했다. 반드시 진실되고 명분이 있는 평화적 저항이어야만 성

공할 수 있고 희생도 적다는 생각이었다. 그와 같은 그 뜻으로 부합된 투쟁 조직을 찾아보는 것이 우선이었다.

도윤은 조직이 잘되면 자신의 뜻과 기치가 맞는 중앙의 통일민주청년회(통민청)에 들어갈 계획이었다. 함께할 만한 사람들을 찾아 조직해 나갔다. 서두르진 않았다.

요섭을 전쟁터에서 데려왔다는 것을 동섭이 어떻게 알았는지 요섭을 제 형으로 여기려 하지 않고 있다. 그것을 순덕과 도윤이 요섭은 자신들의 아들이며 동섭의 영원한 형이라고 했지만 결국 동섭이 문제를 일으켰다. 요섭이 키운 닭과 계란을 팔아 모은 돈으로 염소를 샀다. 그 염소를 키우고 새끼를 낳아 키워서 팔았다. 요섭이 고등학교 들어갈 학비에 보태려는 돈이었다. 동섭이 그 돈을 제 부모 때문에 마련한 돈이니 상속권자가 자기고 자기 돈이라는 논리를 폈다. 도윤과 순덕이 인정하지 않자 동섭은 그 돈을 들고 가출했다. 중학교 2학년 어린 몸으로 혼자 나갔으니 몹시 걱정되었다. 특히 순덕은 동섭을 빨리 찾지 못해서 안달복달했다.

도윤은 부당한 정책을 규탄하는 중앙 집회에 참여하느라고, 말썽꾼인 동섭의 문제엔 관심을 주지 못했다. 그런 과정으로 정신이 자랄 것이라 여겼다. 아이들 문제를 순덕에게 맡기고 자신은 서울을 친한 집 드나들 듯했다.

박정희의 집권 욕심은 끝이 없었다. 3선은 할 수 없는 헌법을 개헌하여 3선을 하고도 아예 영구 집권할 생각이 었는지 유신 개헌이란 쿠데타보다 더 지독한 짓을 벌였다. 연일 유신 독재에 대한 저항 운동이 점점 거세게 일어났다. 유신 철폐를 위해 학자와 학생들이 모여 의기투합하고 각 사회 단체와 언론 등의 동태가 심상찮은 기미를 보이기 시작했다. 박정희는 긴급 조치를 내려 더 탄압했고 야당 대표인 김대중을 납치하므로 시위는 더 거세졌다. 전국 대학생 등 민주청년학생총연맹의 반정부 투쟁이 거세지자, 그 민청학련을 공산주의 추종 세력으로 몰아 1,024명을 잡아들이고 그중에 180명 구속했다. 그 180명 중 8명을 인민혁명당(인혁당)재건위로 조작, 변론할 기회도 전혀 주지 않고 사형을 선고, 선고한 다음 날 새벽 서대문형무소에서 8명 전원 사형을 집행했다. 시위는 갈수록 더해 갔다.

도윤은 중요한 집회 때마다 서울에 올라가 군중 숫자 하나 더해 주고 오는 것이 고작이지만, 시위 일선에서 날마다 사투를 하는 학생들에게 큰 빚을 지는 심정이라서 빠지지 않았다.

어느덧 유신 개헌을 한 지 3년이 지나고 있었다. 1975년 도윤에게 가슴 철렁한 일이 닥쳤다. 유신 독재 정권은 비상 계엄령 아래 사회 안전법을 공포하고, 석방되었던 비전향 장기수들을 모두 다시 잡아들여 보안 감호 처분을 했다. 갑자기 소환되어 아무 대책도 없이 재수감된 것이다.

밝혀진 테러 주범

올해의 19세 유소년 대표 상비군 명단이 발표되었다. 인
겸이도 56명 안에 들어 있었다. 사래고에서 무려 여섯 명
이나 들었다. 비록 상비군이지만 처음 든 인겸이는 좋아서
날아갈 기분이다. 하지만 상비군에 들지 못한 선수들 앞이
기에 너무 좋아할 수 없었다.

상비군 명단을 발표한 닷새 뒤 상비군 합숙 훈련이 시
작되었다. 열흘씩 세 번에 걸쳐 합숙 훈련을 하고 56명에
서 36명을 2차 선발을 하고, 다시 합숙 훈련 본게임 실전
훈련을 마쳐야만 최종 24명의 명단을 발표함으로 대표 팀
이 결정된다. 사래고 선수들 말고도 대회 때마다 경기장에
서 만나 익숙한 얼굴들이 대부분이었다. 해외파들이 세 명
있었다. 그중 독일의 분데스리가에서 온 두 명이 인겸이와

같은 포지션으로 경쟁자들이다. 나머지 하나는 수비수인데 스페인의 프리메라리가 소속이다.

1일차 합숙은 체력 테스트다. 스트렝스 훈련으로 몇 가지 종목을 거쳐 입에서 단내가 나도록 뛰어야 한다. 그런 훈련을 이겨 내야만 좋은 점수로 최종 엔트리에 들 수 있다. 인겸이는 100% 컨디션이 못 되는 몸으로 최선을 다했다. 왕복 달리기, 모래밭 달리기, 폐타이어 끌기, 500계단 올라가기. 교통사고로 멍든 엉덩이의 아픔을 아무렇지도 않은 듯이 참느라 진땀이 났다. 어깨의 찰과상은 의식도 없었다. 킥, 헤딩, 볼 트랩, 드리블, 기술적 테스트까지 잘 마쳤다. 개인 전술에서는 공격도 수비도 호흡이 맞는 파트너를 만나지 못해 고전이었다. 감독은 의도적으로 같은 학교 팀에서 호흡을 맞춘 사이는 갈라 놓았다. 또 파트너가 자주 바뀌게 팀 전체를 운영했다. 독일 분데스리가 출신 정탄이란 선수가 다른 선수에 비해 인겸이와 잘 맞는 편이었다. 패스의 각도나 높이, 속도가 상대의 움직이는 방향과 속도, 위치와 자세에 따라 달랐다. 인겸이도 그 선수의 상황에 따라 볼 배급을 하려고 애썼다. 모두 잘 된 편이라고 스스로 평가했다. 결과 발표는 열흘 뒤였다.

합숙이 끝나고 사래고 팀에 합류하여 평소 훈련을 이어

갔다. 멀고 먼 길일까? 얼마쯤 가야 성공에 당도할까? 정신없이 바쁘게 보내는 동안 어느덧 엉덩이의 멍도 다 가셨다. 정상 컨디션에 가깝게 몸이 회복되었다. 휴대폰으로 천사모 카페에 들어가 보았지만 별다른 변화가 없다. 사고 난 일로 바글거렸던 댓글들 다음으로는 잠잠하다. 간간히 서로 안부를 묻는 정도였다.

발진 사고 차량 보험 회사에서 인겸이를 찾아왔다.

"큰 부상 아니니 합의해 주셨으면 합니다."

불쑥 합의서를 내밀며 읽고 도장을 찍으란다. 가입자의 보험 사기만 있는 것이 아니라, 가입자에 대한 보험 회계사의 속임수도 있을 거라던 할아버지 말씀이 생각났다.

"큰 부상 아니라뇨? 아직도 엉덩이 멍과 어깨의 찰과상으로 고생하고 있는데…"

인겸이는 불만 가득한 소리로 대꾸했다. 그 일로 청소년 대표 팀에 들지 못할 수도 있다는 것은 계산하지 못했을 것이다.

"학생은 돈벌이하는 직업이 아니라서 보상금 산정이 얼마 안 돼요."

"학생이라고 노는 건 아니잖아요. 공부도 일생과 미래가 달려 있으니 일반 직업에 못할 바가 뭐죠? 더구나 교통사고는 그 후유증도 심하다는데 나는 몸으로 직업을 삼아야 할 축구 선수란 말입니다. 당장이라도 프로 팀에 들어가면 연봉 삼천은 될 겁니다. '상태가 어떤가?'에 따라 수억이 될 수도 있는 몸인데 그만큼 부상의 피해가 큰 것입니다. 그런 점을 모두 계산해서 보상하세요."

보험 회계사는 놀랐는지 굳은 얼굴로 인겸이를 물끄러미 바라보았다.

"나는 정당한 보상을 받고 싶은 것이지 부당하게 많이 받고 싶은 것이 아닙니다. 내가 이해가 되는 선에서 준비해 오시면 합의하겠으니 그렇게 해 주세요."

보험 회계사를 돌려보내고 자신을 생각해 보니, 성격이 점점 냉정하고도 사나워져 가고 있다는 것을 깨달았다. 그런 자신이 걱정되지만 어쩔 수 없는 상황이었다. 이번 사고를 낸 운전자도 수상한 점이 한두 가지가 아니다. 그렇게 엄청난 사고를 내고도 보험 처리 외엔 아무 조처도 없다. 믿을 만한 뭔가가 함께하고 있기 때문일 것이다. 인겸이를 테러 미수했던 녀석들처럼, 피해자를 가해자로 둔갑시킬 만한 정황도 못 되기에, 어쩌려는지 더 이상하고 불쾌하다. 이 사고도 인겸이 테러와 연관이 있을 수도 있고, 운전자가 테러에 대한 비밀 열쇠를 쥐고 있는지도 모른다. 담당 경찰관에게 자신의 생각을 문자로 보냈다.

유소년 국가 대표 2차 명단 발표를 앞두고 인겸이는 생각이 많다. 이젠 부상에서 벗어나 거의 정상 컨디션으로 돌아왔다. 키도 더 자라 체력과 정신력이 잘 갖추어져 있다. 키 176cm, 몸무게 68kg, 신체 검사 결과다. 평상복이 모두 작다. 동에서 수급비 나온 것으로 옷 한 벌 사기로 결정했다. 아끼고 아껴 입다 작아서 입지 못하는 코트와 남방이 아직도 새것 같다. 인터넷 중고 시장에 내놓았다. 바지는 무릎이 나와서 내놓지 못하고 버렸다. 남방과 코트가 삼만 원에 팔렸다. 친선 게임이 있던 날 저녁 시간에 장욱과 오제랑 동대문 의류 타운을 다녀왔다. 오제와 장욱은 자꾸 캐주얼 복장을 권했다. 그러나 인겸이는 정장 차림의 재킷과 팬츠를 골랐다.

학교 캠프에 돌아와 보니 대표 팀 선발 2차 명단이 발표되어 있었다.

"인겸이랑 장욱이 축하한다. 둘이 2차 명단에 올랐다. 이제 마지막 최종 엔트리에 드는 일만 남았다."

실력을 제대로 인정받은 것이라서 무척 기뻤다. 하지만 오제를 비롯해 떨어진 선수들이 있어서 대놓고 좋아할 수는 없었다. 더구나 최종 엔트리에 들어야 하니 좋아하긴 이르다. 장욱이 이미 오제를 포옹하며 안타까운 마음으로 위로하고 있었다. 조용히 어둠이 덮이고 있었다.

아침 훈련을 위해 몸을 풀고 있는데 문자가 왔다. 테러를 사주한 주범 용의자를 찾아냈다는 문자였다. 마침 오전엔 훈련이 없어서 경찰서로 달려갔다.

담당 형사를 찾아 보니 취조실에 있었다. 형사는 인겸이에게 들어오지 말고 기다리라는 신호를 했다. 거기에 오만스럽게 앉은 여성이 보였다. 어디선가 본 듯한 여성이었다.

인겸이는 취조실 앞 대기석에 앉아서 기다렸다. 취조실 안의 소리가 커서 다 들려왔다.

"오토바이 탄 애가 말했어요. 여사님이 시킨 거라고!"

"이거 왜 이래? 박 형사, 내가 그런 애들이나 상대하는 사람이란 말인가? 그 비린내 나는 양아치 말만 듣고서 어따 대고 나를 감히 죄인으로 몰아?"

"그 애 말만이 아니니까 그러죠. 이건 뭔가요? 여사님이 서태식에게 이천만 원이나 입금한 것은 어떻게 설명할 거요?"

형사가 내민 것은 금융 거래 내역인 것 같았다.

"그야 서태식에게 보낸 거지 오토바이 모는 놈에게 보낸 건가? 그게 뭐?"

"서태식이 그 돈을 받고 즉시 천만 원을 가해자들에게 나누어 주었으니까요. 창고 습격할 땐 서태식도 같이 낀 거로 나왔어요. 걔가 칼로 피해자 허벅지에 상처까지 냈고요. 그 자식 진술도 곧 받아 낼 겁니다. 이래도 아니라고 발뺌하십니까?"

형사가 집요하게 추궁하자 여성은 인상을 찡그리며 휴대폰으로 누군가에게 문자를 찍어서 보내며 형사에게 말했다.

"할 수 없이 변호사를 불러야겠군. 지금부턴 묵비권이네."

손지갑에 휴대폰을 넣으며 오만을 떠는 여성에게 형사가 불쑥 던지듯이 물었다.

"왜 죽이려고 하셨어요? 피해자가 이 회장 핏줄이라서 그랬어요?"

순간 여성의 얼굴에 놀라고 당황하는 기색이 역력했다. 하지만 여성은 묵비권을 행사하겠다는 말처럼 형사의 질문에 대꾸를 하지 않았다.

"조사해 보니 피해자가 이 회장과 혈연 관계 같다던데 피해자와 이 회장께 알려야 하나?"

형사의 말에 여성의 눈꼬리가 치켜 올라갔다.

"박 형사 뭔가 큰 오해를 한 모양이네, 어떻게 그 고아가 내 조카가 되어? 그런 같잖은 소리로 수사하려면 집에 가서 잠이나 자."

"조카라뇨? 나는 혈연 관계라 했지 조카란 말은 안 했는데요? 여사님 조카였어요? 그런데 왜 그러셨어요? 조카니까 혹시 이 회장 유산 때문입니까?"

형사는 낮은 목소리로 조용조용 하는 말인데도 인겸이의 밝은 귀엔 다 들렸다.

"말도 안 돼! 무슨 추리 소설이야?"

오히려 여성이 목소리를 점점 크게 내며 그 심문에 말려드는 것 같았다.

"올해 아흔이신 이 회장 연세로 보아 곧 재산이 유산이 되어 여사님이 상속하시지요? 그런데 그 손자가 나타나면 여사님은 상속을 한 푼도 받지 못하니 조카 아니, 그 손자를 없애려 하신 거잖아요?"

"야! 말 다 했어? 조용히 있는 사람을 생으로 불러다 놓고 살인죄로 모는 거야!"

발끈 화를 내며 벌떡 일어나는 행동이 정곡을 찔리고 어쩔 줄 몰라 하는 짓으로 보였다. 만약 그렇다면 이 회장은 정말로 모르고 있을 수도 있다. 아니, 그러고 보니 지난번에 사내를 통해 자신의 머리카락을 가져간 것 같은데 무엇 때문이었을까?

푸른색 정장 위에 카키그린 바바리코트를 두른 노신사가 취조실로 들어와 여성에게 정중히 목례를 했다. 그리고 형사에게 명함을 내밀었다. 여성이 부른 변호사였다. 오자마자 형사에게 허락을 받아 내어 여성을 옆 자리로 옮겨 앉히고 둘이 수군댔다. 그 상황 중에 형사가 인겸이를 불러 앉혔다.

"전에 진술한 내용을 확인만 할게요. … 오토바이로 뒤에서 덮쳤다고 했는데 맞아요?"

"예."

"창고에 나타난 괴한들은 몇 명이었나?"

형사는 반말을 하지 않다가 아무래도 인겸이가 자기 아들 같은지 말을 놓아 버린다. 인겸이도 그것이 자연스러웠다.

"세 명인데 복면하고 칼까지 들고 나타나 저를 죽이려고 했어요."

여성은 변호사와 대화하면서도 인겸이가 진술하는 모습을 째려본다. 마치 자신에 대해 인겸이가 말하는 것은 모두 거짓말이라고 말하고 싶은 표정이다. 인겸이도 답변하면서 계속 여성을 째려보았다.

"세 명을 어떻게 상대했어? 상처가 그리 깊지 않았는데 거기밖에 없었나?"

"예, 하지만 그 일 직후엔 온몸이 멍투성이였어요. 그놈들이 휘두르는 몽둥이를 막았던 자리나 칼이 스치고 지나간 자리가 모두 멍이 들었거든요. 괴한 셋을 본 순간 위협을 느끼고 사무실로 내달려 비상벨부터 누른 다음 걸레 자루를 들고 대항했어요. 처음 내 머리를 때리려고 휘두르는 쇠 파이프를 피하며 그자의 목을 걸레 자루로 찔러서 쓰러뜨렸고, 넓은 데로 뛰쳐나와 경찰과 경비원 나타날 때까지 이리저리 피하고 쫓기며 싸웠지요. 그때 한 녀석이 휘두르는 칼에 허벅지를 찢겼어요, 어떻게 그렇게 피할 수 있었는지 지금 생각하면 아찔해요."

"이젠 됐어. 바쁠 텐데 돌아가도 좋아. 알다시피 범인이라는 증거를 잡아내기가 쉽지 않아. 하지만 정황이 잡힌 이상 저 여자가 주범이라는 증거를 꼭 찾아낼 테니 기다려 봐."

인겸이는 범인이 누구든 이젠 제발 자신을 괴롭히지 않는다면 이대로 덮어도 좋다. 경찰서를 나오며 여성을 한 번 더 째려보고 얼굴을 익혀 두었다.

오후 훈련 전에 무거운 마음을 떨치자고 학교 운동장을 달려 서너 바퀴쯤 돌았을 때였다.

"천인겸! 너 어떻게 된 거야! 뭘 어떻게 했기에 인터넷에 왜 이런 게 떴냐?"

소리 나는 쪽을 돌아보니 수석 코치가 태블릿 PC를 들고 소리친 거였다. 무슨 말인가? 얼른 코치에게 달려가 보았다. 누가 그랬는지 방금 다녀온 경찰서의 모습을 촬영하여 올렸다. 여성의 모습도 올라 있다. 인겸이와 서로 째려보는 장면이었다. 글 내용을 읽어 보았다.

"유소년 축구의 천인겸 선수, 경찰 조사를 받다."

제목부터 이름을 크게 달아 논 것이 누군가 계획적으로 한 짓임일 알 수 있었다.

'오늘 오전 9시 30분부터 경찰서 강력계의 조사를 받았다. 앞의 여성과 같이 조사에 임하면서도 서로 노려보고 있다.'

천인겸 선수의 사진이 올라 있는 그 순간의 모습이 인터넷을 장악하고 있었다. 이내 조회 수가 800을 넘었다. 누군가가 인겸이를 골탕 먹이려는 짓이 틀림없다고 난리다. 이내 코치진이 아니라는 설명과 해명 기사를 요구해 놓았다지만 하루 지나자 일파만파 퍼졌다. 그것이 인겸이의 유소년 대표 선수 선발에 큰 악영향이 될 줄이야….

한국축구협회 대표 선수 선발 위원회에서 사건을 알아 보았다고 한다. 여성 측 변호사의 답변이 선발 위원회로서 는 무시할 수 없는 문제가 되었다. 불량한 지들끼리 싸워 놓고 무고한 여성에게 살인 미수 혐의를 씌웠다고 주장 했다는 것이었다. 즉 인겸이가 폭력배들과 어울리다가 싸 운 일을 여성이 시켜서 했다고 진술했다는 말이었다. 그 런 문제 선수를 대표 팀 선수로 선발할 수 없는 것이 축구 협회의 입장인 것을 인겸이도 인정한다. 하지만 당사자의 진술은 들어보지도 않고, 진실을 제대로 알아보지 않는 협회가 야속하다.

인겸이는 대표 팀 최종 엔트리에서 제외될 수밖에 없었 다. 인겸이는 진짜로 사고를 치고 싶을 정도로 너무 억울 하고 화가 치밀었다. 처음으로 축구를 포기하고 싶었다. 이주동 회장이 한없이 밉고 원망스러웠다. 아예 자신의 앞 길을 잘라 버리다니, 분한 마음에 당장이라도 달려가 회사 를 엎어 버리고 싶다. 그리 못 하는 건 천도윤 할아버지의 가르침 때문이다. 할아버지는 그럴 때일수록 한 박자 쉬고 마음을 가다듬은 다음 행동하라고 하셨다. 그 할아버지가 그립다. 훈련이고 뭐고 팀에다 말도 없이 나와서 할아버지의 일기를 찾아 펼쳤다.

청춘을 빼앗긴 만기 출소

재수감되는 날부터 비전향 장기수의 인권은 뭉개지고 짐승만도 못한 삶이 다시 시작되었다. 은포리에서 잡혀 처음 수감될 때는 차라리 나았다. 그땐 지금처럼 교도관들이 노골적으로 대놓고 욕설을 해 대진 않았다. 재수감이란 말만큼 교도관들의 인권 유린과 탄압이 장기수들에게 주어진 것이다.

"이 빨갱이 새끼들이 문제야. 이것들 때문에 학생들이 빨갱이 물이 들어 가지고 공부는 안 하고 날마다 데모질만 하고 자빠졌잖아. 괘씸한 빨갱이자식들, 다 총살해 버리면 그만인 것을 대통령 각하께선 왜 이런 것들을 살려 두시나 몰라."

첫날부터 폭력과 욕설로 기를 죽여 자신들이 편히 일하

려는 교도관들의 속셈일 것이었다. 그들에게 모든 재소자들은 심심풀이 축구공이었고, 화풀이 펀칭 볼이었고. 미움의 샌드백이었다. 그중에 장기수들은 저항하는 게임머신이었다. 교도관들은 괴롭히기 위해 태어났고 장기수들은 괴롭힘 당하기 위해 태어난 것 같았다.

교도관도 과장 이상 직급이 높을수록 얄팍한 괴롭힘을 하지 않았다. 말단 교도관들과 다르게 일반 재소자들에겐 별 관심을 주지 않고, 비전향 장기수들을 하나씩 불러다 전향서를 쓰라고 괴롭혔다. 어쩌면 전향서를 받아 내면 그만큼 승진에 유리하던가 하는 무엇이 있는 것 같았다. 그러지 않고 그리도 집요하고 끈질기게 전향서를 받으려고 하진 않았을 것이다.

"바보더냐? 악질이더냐? 악질이지 최악질! 그러니 이렇게 지독하게 버티는 거지? 전향서 쓰고 석방되면 여우 같은 아내와 토끼 같은 자식들 보며 행복할 텐데, 악질이니까 끝까지 안 쓰고 이 차가운 감옥에서 자신을 스스로 괴롭히며 버티는 것이지, 악질 아니면 그러겠니? 이 악질 빨갱이 자식아."

말끝엔 욕설과 매질이 공식처럼 행해지고 반죽음시켜 질질 끌어다 반 평짜리 독방에 처넣어야 끝이었다. 그렇게 또 비전향 장기수들은 독방의 단골이 되었다.

　교도관이라고 다 그런 것은 아니었다. 자기가 책임 맡은 일은 엄격하게 수행하지만, 재소자에게 자기 감정을 푸는 행위는 절대 하지 않는 교도관도 있었다. 그중엔 몸이 아픈 재소자의 부탁으로 약을 구해다 주는 등, 심부름을 해 주고, 자기 권한 안에서 재소자의 불편을 덜어 주려고 노력하는 인간적인 교도관도 더러 있었다. 하지만, 대부분의 교도관들에게 비전향 장기수란 귀찮은 일거리요 부서뜨릴 짐짝이었다. 병이 나서 죽음에 이를 지경이 되도 약은커녕 따듯한 죽 한 술도 주지 않았다. 교도관들은 피도 눈물도 없는 교정국의 기계 부속들이었다.

　몸 건강에 자신하던 도윤도 서서히 무너져 가는 것을 느낄 수가 있었는데 애초부터 약골인 장기수는 살아 나갈 희망이 없었다.

　교원이었고 충청도 사람인 40년 장기수 한 씨는, 오랜 수감 생활 중에 고혈압도 얻은 데다 혹독한 고문을 당하며 정신 이상자가 되었다. 격리 치료를 해 줄 테니 전향하라는 집요한 회유를 해 왔으나 그 와중에도 그는 끝까지 거부하고 독방에서 생활하였다. 아무런 항의나 이의를 말할 수 없게 된 그를 간병은커녕 살펴보지도 않고 식구통으로 죽만 넣어 주었다. 며칠 동안 아무 반응이 없자 문을 열어 보니 한 씨는 처참한 모습으로 싸늘한 시신이 되어 있었다.

또 대구 교도소에서 도윤이 있는 대전 교도소로 이감된 동지가 전하는, 서울 출생 최 씨 이야기도 그랬다. 최 씨는 오랫동안 앓고 있던 복부염 환자였다. 산같이 부은 배를 안고 신음하는 그를 독방에 두고 제대로 약 한 번 지급해 주지 않았다. 하도 딱한 그를 보다 못한 감방 동료들이, 쥐꼬리만 한 영치금을 털어 어렵사리 구해 준 약으로 겨우 연명하고 있었다, 그나마도 독방에 격리되는 바람에 숨을 거두었다.

광주 교도소에 수감 중이던 이가 전한 이야기는 더 기가 막혔다. 심장병으로 신음하는 최 씨는 약을 청구했으나, 교도관은 약을 줄 생각은 않고 최 씨에게 비아냥거렸다.

"너는 간첩이기 때문에 죽어도 싼데, 무슨 약을 처먹겠다고 지랄이야?"

그 비아냥거리는 소리에 최 씨가 참지 못했다.

"남과 북을 한 민족 한 조국이 아닌 적대국으로 여겨야만 간첩 노릇도 할 수 있다. 내가 북에서 내려온 목적은 간첩질이 아니다. 이 민족이 하나로 통일을 이루어 내 고향인 경북 상주에서 부모형제와 행복하게 살려고 내려온 것이다. 남과 북의 통일은 내가 하려는 과업이다. 너도 통일을 원한다면 그 머릿속의 반공 사상부터 씻어 버려라."

용기를 낸 항거였다. 하지만 말이 채 끝나기도 전에 옥문이 열렸다. 최 씨는 얻어맞으며 우악스런 손아귀에 양팔을 잡힌 채 긴 복도로 질질 끌려 나갔다. 한참 후 그는 반쯤 송장이 되어 소지의 등에 업혀 방으로 돌아왔다. 그 일을 빌미로 최 씨는 회복이 된 듯만 하면 다시 교무과로 불려 나가 초죽음이 되어 업혀 왔다. 1976년 5월 19일도 아침 일찍 불려 나가 저녁 늦게 소지의 등에 업혀 와 독방에 누였다. 얼마 후 비명 소리와 몸부림치는 소리가 들려서 담당 교도관을 부르며 소란을 피웠으나 한 시간이 지난 뒤에 의무과 직원이 어슬렁거리며 나타났다. 최 씨는 이미 심장마비로 싸늘한 시신이 되어 있었다. 최 씨는 이불의 무게도 감당하지 못해 끈을 달아 양쪽 벽에 매달고 잠을 잘 정도로 심장이 약했다. 교도소 측은 명태같이 마르고 겨우겨우 수감 생활을 이어 가던 최 씨를 전향 공작 테러로 죽게 했다. 그래 놓고 심장병으로 사망한 것으로 처리해 시신을 가족에게 내주었다.

도윤은 물론이고 비전향 장기수라면 누구나 그와 비슷

하게 겪는 참혹한 감옥살이였다. 이유 없이 밥을 굶기고 곤봉으로 머리통을 가격하는 일은 일상적이었다. 끊임없이 전향을 종용하고 협박하고 공갈과 욕설로 괴롭힘 끝에 비좁은 독방에 처넣어지는, 악몽 같은 삶이 끝도 보이지 않았다. 그렇게 시달리던 1979년 10월 말일쯤이었다. 10월 26일 밤에 박정희와 그 무리들의 종말인 총격 사건이 났다는 소식을 듣게 되었다. 비전향 장기수들은 석방될 희망을 걸어 보면서도, 한편으론 전쟁과 같은 상황이 되어 보도 연맹처럼 학살되는 일이 생길까 두렵기도 했다. 역시 석방의 희망은 요망 사항만으로 끝이었다. 모두들 통일주체국민회의 대의원 투표로 최규하 국무총리가 대통령에 취임할 것이라고 내다봤다. 장기수들은 신임 대통령의 취임 기념이나, 혹은 3·1절, 8·15 광복절 같은 구실로 특별 사면해 줄 것을 기대했었다. 그러나 결과는 비전향 장기수들에겐 특별 사면의 특 자도 다가오지 않았다.

석방은커녕 암담하고도 참담한 소식만 들렸다. 최규하 대통령 대행이 통일주체국민회의 대의원 투표로 대통령에 당선은 되었다. 그런데 12월 12일 전두환과 노태우 등이 군사 반란을 일으켰다. 10·26 사태가 가라앉기도 전에 전두환과 그 일당들이 반란에 성공했다. 그런 상황에서 최규하 대통령의 특별 석방을 기대하기란, 운석이 자기 마당에 떨어지길 기대하는 것과 다를 바 아니었다. 취임 후에도 모든 권력을 군부에 빼앗긴 채, 이름만 대통령으로 있다가 다음 해 8월에 전두환에게 양위를 하고 말았다.

비전향 장기수들의 입장에선 다시 절망이었다. 박정희가 사망하니 박정희보다 더한 신군부 세력이 권력을 장악했다. 희망 없는 삶이 또 이어지게 된 것이다.

불법적 반란으로 권력을 찬탈한 정치 체제는 늘 시끄러울 수밖에 없다. 비전향 장기수들에게 닥쳐온 나쁜 소식은 더더욱 나쁜 소식으로 꼬리에 꼬리를 달았다. 이듬해 6월, 경찰을 때려눕힌 죄로 수감된 목포 시민이 전하는 이야기였다. 5월 17일 신군부는 비상계엄령을 전국으로 확대했다. 정권을 완전 장악하기 위한 비상계엄령으로 야당 대표인 김대중과 민주주의 인사 20여 명을 내란 음모죄로 모함 모두 체포했다. 이에 시민 궐기가 거세진 광주에 공수특전 사단을 급파, 저항하는 광주 시민들을 폭력 진압하고 급기야 총기를 난사, 수많은 시민들이 사망하거나 다치고 행방불명되었다는 소식이었다. 교도소 측은 두어 달쯤 지난 뒤에야 이야기를 들려주며, 북한군이 남침하여 일으킨 것이라고 반공 교육을 해 댔다. 하지만 이미 폭력 진압이 끝난 직후 그 진의를 재소자들은 다 알고 있었다. 직접 보고 겪은 광주 교도소에서 이감된 수감자의 말이었다. 신군부는 민주주의 기치를 걸고 공산주의를 그리도 비판해 대더니 정녕 참민주주의인가? 도윤은 신군부가 박정희보다 더하면 더했지 못하지 않겠다는 생각을 했다.

지긋지긋한 수감 생활을 죽지 못해 버티고 있는 비전향 장기수들의 애환이 지속되고 있었다. 정권이 바뀌었으나 비전향 장기수들에겐 폭정의 전두환 체제나 독재의 박정희 체제와 조금도 다를 것이 없었다. 친일파가 주축이 된 이승만 정권의 민족 탄압과 분단 정책을 고스란히 계보하고 있는 것도 같다. 비전향 장기수들에겐 바뀐 정권으로부터도 희망이 전혀 보이지 않았다. 특히 간첩으로 몰려 옥살이를 하는 자신들을 내보내 주길 신군부 무리에게 기대할 수 없었다. 기대가 무너지면 정신도 무너지는 법, 그것을 노린 전향서 획책은 더 강화되었다. 1, 2년 형도 아니고 최소한 20년 이상 언도를 받고도 여태 전향하지 않는 장기수들이, 절대로 변할 리 없건만 집요하고도 야비하고도 교활하게 전향시키려는 시도를 멈추지 않았다. 동지들은 종신을 독방에서 보낸다 해도 절대 동의할 수 없다고 자신을 다지고 다지고 또 다짐했다. 그렇게 도윤의 수감 생활도 10년을 훌쩍 넘겨 만기가 가까워지고 있었다.

몸이 많이 쇠약해져서 몸살감기로 머리에 열이 나고 기침이 심했다. 반 평짜리 좁은 독방의 벽은 바깥 날씨를 고스란히 전달해 주며 체온을 빼앗았다. 식구통으로 들어오는 콩과 보리를 뭉친 주먹밥을 입에 꾸역꾸역 넣었다. 먹어야만 유일한 열량이 되어 몸이 견딜 것 같아서다. 차라리 이렇게 추운 날은 반공 교육이라도 하면 좋을 것이다. 반공 강의 따위야 한 귀로 듣고 한 귀로 흘려 버리면 그만이지만, 듣는 동안은 피한이 될 수 있을 것이기 때문이다.

"2269! 나와."

마음을 들여다보는지? 수인 번호를 부르더니 옥문이 열렸다. 바라는 대로 차가운 감방을 잠시라도 벗어나고 싶었지만 무엇 때문에 불려 나가는지 불안하다. 그동안은 교도관들이 끄는 대로 가 봤자 전향서 쓰라는 취조, 협박, 고문 하는 곳이었다. 그런데 이번엔 뜻밖에도 교도과장 집무실이었다. 더 불안한 마음으로 따라 들어가서 차렷 자세로 멀뚱하게 서 있었다. 어디서 본 듯한 과장이 교도관들을 턱짓으로 내보냈다.

"천도윤! 오랜만이야."

부드러운 목소리에다 밝은 웃음으로 반기며 도윤을 뚫

어지게 바라보는 과장이었다.

"예? 아, 예."

대답을 하면서도 그가 누군지 기억 회로에 고압을 가했다.

"뭐가 예야? 나 모르겠어?"

밍글밍글 웃음 짓는 그의 얼굴에서 부평 포로수용소가 어렴풋 떠올랐다.

"미, 민호경?"

"헤헤헤 그래 나야. 고생 많군."

그는 도윤의 손을 덥석 잡아 자리에 앉혔다. 잠시 서로 얼굴만 바라봤다. 그는 부평 포로수용소 때보다 볼이 약간 처진 듯이 보이고 빡빡머리가 멋진 하이칼라로 변해 있었다. 도윤은 그와 반대 입장이 된 처지로 그를 만났으니, 부끄럽기도 하고, 상황 자체가 불쾌하기도 했다. 하지만 잠시뿐, 반항적인 심리로 오기가 솟아 정신을 가다듬었다.

"자네가 많이 변해서 이 자리가 좀, 어색하네."

솔직한 심정을 말해야 다음엔 참고할 것이라 생각해서 어렵게 말을 띄웠다.

"그럴 것 없어. 옛날처럼 맘 편히 가져."

안타까운 표정으로 도윤을 대하는 민호경의 진심이 보

인다. 그래서 더 도윤의 마음이 편치 않았다. 민호경 혼자 이야기하다시피 시간을 흘려 보냈다.

어떻게 무슨 이야기를 했는지 과장 집무실을 어떻게 나왔는지도 모른다. 다만 부평 포로수용소에서 알았던 민호경을 만난 것은 도윤에게 행운이라는 생각이었다. 그는 포로수용소에서 탈출 후 복학, 대학을 졸업했다. 잠시 직장을 잡지 못하다가 교도관직 시험에 합격, 그동안 승진 시험 때마다 승진하여 교도소 과장이 되어 있었다.

"빤히 알면서 얼마나 고생이 많으냐고 묻는 것도 우습겠고, 내가 뭘 어떻게 해 주어야 하나? 전향서 받을 때까지 독방에 두라는 것도 상부 지시고… 내가 여기서 있어도 별 도움이 못 될 것 같아서 안타깝네. 추울 테니 내 모포는 한 장 더 넣어 줄게. 그리고 되도록 자주 자네를 살펴봐 줄게. 꼭 하고 싶은 말 있거든 그때 해. 가능한 한 들어 줄 테니까…. 다른 괴롭힘은 없도록 내가 조치할게."

민호경이 약속한 말들 중 대략 기억나는 내용이다. 가장 고마운 것은 도윤에게 전향하라는 말은 입도 뻥긋 안 했다는 점이다.

다른 비전향 동지들께도 도윤에게 하듯이, 똑같이 해 주길 바랐지만 그건 민호경의 권한으로도 어려운 일이었다.

그런 모포 한 장이라도 더 받는 특별 대우가 다른 동지들에겐 좋지 않은 모습으로 보이지 않았던가? 전향서라도 쓴 것 같은 이질감을 느꼈는지 도윤을 대하는 태도가 보이지 않게 달라졌다. 도윤은 할 수 없이 민호경에게 받는 호의를 모두 거절해야 했다. 그 바람에 민호경과도 서먹하게 되었다. 민호경 과장이 오고서 동지들에 대한 처우가 점점 나아지고 있었다. 욕설과 구타가 많이 줄었고 전처럼 트집거리를 만들어서 독방에 가두진 않았다.

도윤과 다른 성향을 지닌 사람 중에 가장 괜찮은 사람이 민호경이라고 생각되었다. 특히 수감된 지 오래된 장기수에겐 개개인을 일대일로 불러서 전향서를 쓰라고 종용하는 일이 사라졌다. 정기 행사처럼 반공 교육과 함께 전체적으로 전향을 종용하는 일만 예전과 같았다.

민호경은 암암리에 도윤을 위해 여러 가지 배려를 해 주었다. 마음속으로 매우 고맙지만 표현하지는 못했다.

신군부는 그동안 86 아시안게임에 이어 88 올림픽까지 유치, 스포츠로 국민들 환심을 사려고 노력했다. 한편으로는 줄기차게 직선제 개헌을 주장하는 재야의 요구를 막기 위해, 전두환 신군부는 개헌 논의 일체를 금지하는 호언 철폐 조치를 발표했다. 반발이 더 거세게 일어났다. 그

때 서울대생 박종철이 경찰의 고문에 의해 사망하므로 그 반발의 불길에 기름이 부어졌다. 전국적으로 백만 명이 넘게 시위가 확산되자. 여당인 민정당 대통령 후보 노태우는 대통령 선거를 직선제로 개헌하겠다는 6·29 선언을 했다. 김대중과 민주주의 인사들의 사면 복권과 함께 개헌안에 기본법 강화 등 모두 여덟 가지 조항이었다. 민주주의의 승리로 여기며 좋아했다. 직선제 하면 무조건 민주 진영의 대통령이 당선되고도 남을 것이었기 때문이다. 그러나 전두환이 7년 임기를 마치고 실시한 직선제 대통령 선거에서 군부 세력의 노태우 후보가 당선되었다. 야권이 김대중파와 김영삼파로 갈라지는 바람에 선거 참패를 가져왔다. 단일화했다면 승리하고도 남을 야권 지지세였기에 더욱 통탄할 일이었다. 또 한 번 비전향 장기수들의 기대가 무너지고 옥사에 탄식이 비명처럼 울리게 했다.

어느덧 도윤의 수감 생활이 형량의 후반기가 되었다. 노태우 집권 중인 1989년, 도윤을 재수감시켰던 사회안전법이 폐지되었다 그러나 도윤은 1990년에 만기 출소했다.

마지막 출소하는 날 민호경은 도윤을 특별히 배웅했다.

"고맙네. 그동안 자네 덕에 잘 견딜 수 있었네."

도윤이 먼저 입을 떼자 묵언하던 민호경이 입을 열었다.

"아닐세. 지금 상황이 비전향수들의 인권 문제가 거론되는 상황이니, 내가 아닌 그 누가 왔어도 그 정도는 해 주었을 걸세. 그동안 장기수들 인권을 너무 유린한 것에 나도 교도관의 한 사람으로서 부끄럽기 짝이 없네. 나 혼자만이라도 자네에게 사과하고 싶네."

도윤은 민호경의 사과도 자신에 대한 배려로 여기며 그가 매우 고마웠다. 도윤이 만기 수감을 마치고 출옥했을 땐 청춘이 다 간 쉰일곱의 나이였다.

얼마나 고생스럽게 사는지 순덕은 도윤이 출소하는 날을 잊고 있었다. 도윤이 찾아낸 순덕은 생선 시장 한 귀퉁이에서 비린 생선 몇 마리 만지며 노점상을 하고 있었다. 미안하고 또 미안해서 차마 그 앞에 설 수가 없었다. 좁은 건물 틈에서 바라보고 있노라니 눈물이 가려 그녀가 보이지 않았다. 눈이 붉도록 울고 나서야 겨우 진정되어 다가갔다.

"어마나! 당신? 아! 오늘이… 여보!"

순덕이 반색하며 빙긋이 웃음 띤 도윤을 와락 끌어안으려다 말고 멈칫했다. 비린 생선을 만진 손을 의식한 것임을 모를 도윤이 아니었다. 도윤은 그녀의 차가운 두 손을 들어 자신의 볼에 감싸고 순덕을 힘껏 당겨 안았다.

"미안하오. 내가 정신을 오데 팔았는지."

한참 만에 팔을 풀며 순덕이 도윤의 출소 날을 잊어서 미안해 했다.

"아, 아니요. 고생하는 당신께 내가 미안해요. 이거 내가 할게요. 나 이런 거 잘하니까."

늘어놓은 생선 상자들을 보기 좋게 옮겨 주며 물었다.

"애들은 잘 지내요?"

"다 건강허고 잘 지내구 있어요. 둘 다 혼사를 못 해 탈이래요."

그동안 순덕도 많이 변해 있었다. 우선 진했던 강원도 말씨를 거의 하지 않고 오히려 충청도 말씨 비슷해졌다. 그동안 혼자 벌어 아이들 키우고 가르치느라 얼마나 고생했는지? 반백 머리칼에다 화장기 없는 얼굴이 검고 잔주름이 가득하다. 중년의 고개에서 노년으로 넘어가는 모습이었다. 지병이 있는지 진통제로 알려진 약을 한 줌씩 먹고 있었다. 그런 순덕을 보며 도윤은 자신의 청춘만 잃은 것이 아니라 순덕의 청춘도 희생시킨 것을 깨달았다. 도윤은 어떻게 순덕에게 보상을 해야 할지 가슴이 절절하고도 막막하기만 했다. 그냥 자신이 순덕에게 죄인일 뿐 아무것도 아니었다. 순덕의 고생만 문제가 아니었다. 이미 중년으로 넘어서는 두 아이도 또한 연좌제의 크나큰 피해자들이었다. 사상범의 아들이라는 붉은 글씨는 취직은 물론이고 진학마저 어려웠고 혼인에도 걸림돌이었다. 공무원 시험은 물론이고 기업에서까지 입사 시험 성적이 뛰어나도 면접에서 떨어트렸다. 요섭은 공사판을 전전하면서도 현실을 받아들여 적응하고 있으나, 동섭은 전향하지 않는 아버지를 원망하며 떠돌아다닌다고 했다. 아비에 대한 불만이 가득한 것을 도윤이 잘 알고 있다. 아비가 출소하거나 말거나 무관심한 것도 그러한 불만의 표출일 것이었다. 도윤 역시 아비의 출소를 기억하고 챙겨 주기 바라는 것조차 염치 없는 소견머리로 여긴다.

요섭은 그동안 순덕 모르게 몇 번이나 면회를 왔었다. 민호경이 있어서 면회를 자유롭게 했고 최근엔 사식을 넣어 주기도 했다. 출소하는 줄 알고는 있으나 부서의 해외 연수 중이라 했다.

1975년에 재투옥되어 15년 만에 출소한 도윤은 세상물정 모르는 아둔패기였다. 그런 자신이 순덕의 짐이 될까 전전하며 사회 적응을 위해 많은 시행 착오를 또 겪었다. 할 만한 일을 열심히 찾았지만 나이가 쉰여덟이나 된 늙은 남자가 해 볼 만한 일은 없었다. 일꾼으로 채용해 주는 곳도 없었다. 15년 전보단 다소 변했지만, 아직도 사상범이란 딱지는 혐오 대상이었다. 아무도 도윤을 도와주거나 가까이 하려는 사람이 없었다. 옥살이한 공산당이라면 마주치는 것조차 피하려는 눈치가 역력했다. 동지들은 감옥에 있거나, 도윤처럼 출옥했어도 서로 도울 입장이 못 되었다. 알아보는 사람이 없는 곳에 가서 농사나 지으며 살고 싶지만 땅 한 뙈기 없다. 소작이라도 그에게 땅을 내줄 지주는 더더욱 없었다. 그렇게 한동안 아무 일도 못했다. 소설가를 해 보려고 적극적으로 독서와 습작을 해 보았으나 쉽지 않았다. 글감은 가슴에 넘치는데 솜씨가 많이 부족해서 포기했다. 훗날 누가 읽든지 겪은 이야기들을 남겨 둘 의무가 있다는 생각에 일기 형식의 글을 적어 보고 있다.

15년간 세상은 많이 변해 있었다. 공사판에서 조차 삽질로 열흘 할 일을 불도저 혼자 서너 시간이면 끝내는 세상이 되었다. 장사를 하려고 해도 적은 자본으로는 할 수 없게 변해 가고 있었다. 포장마차 같은 무허가 업소는 철거 대상이었고, 허가 지역은 이미 기업화되어 있어서 이른바 프리미엄이 도윤을 발도 들일 수 없게 했다. 아파트나 연립처럼 바뀐 주거 문화는 가가호호 방문 판매하던 행상을 사라지게 했다. 열차나 버스에서 팔던 앵벌이도 단속에 쫓겨서 대부분 사라져 가고 있었다. 대천 같은 소도시에선 더더욱 서민의 직종이 없었다. 그동안 지역 경제를 지탱해 주던 탄광마저 폐광하고 모두 떠나 버렸다. 지역 경제에 황금알 낳는 거위 같던 해태업이 발전소가 건설되면서 사라졌다.

대처로 나가야만 할 만한 일자리도 찾을 것이라고 서울로 이주하게 되었다. 서울 또한 좋은 일자리 찾기가 하늘의 별 따기였다. 좋은 일자리는커녕 건축 노동도 육십이 넘은 늙은이에게 일을 줄 공사판은 거의 없었다. 새벽 인력 시장에 나가서 일꾼으로 선택되는 날이 일 없는 날보다 훨씬 적었다. 잡동사니 생활용품을 팔아 보자고 도매처까지 알아보았다. 영업 장소가 문제였다. 잘 팔리는 역이나 터미널은 이미 마련된 판매처가 있고, 지하철이나 행인 많은 도로변은 장애인들이 자리를 맡고 있었다. 제대로 자리를 잡으려면 폭력배도 상대해야 할 것이고, 동종업의 경쟁 상대와 몸싸움도 피할 수 없을 것이었다. 뿌리 없는 부평초 신세가 된 심정이었다.

순덕이 가사 도우미로 나선 것을 반 년이나 지나서야 알았다. 쉰여덟이나 된 여자가 끝도 없이 쏟아지는 일감을 감당하느라 고생이 말이 아니었다. 그런 처지다 보니 두 아들을 찾아볼 엄두도 내지 못했다. 단지 순덕과 함께 어떻게든 시골에 내려가 농사처를 구할 만큼만 돈을 마련하자고 모든 고생을 참아냈다. 힘겨운 막일을 하면서도 무엇으로든 하루 두 끼니만으로 때우며 아꼈다. 그렇게 모진 노력을 다했으나 돈은 그리 쉽게 모아지지 않았다.

민호경에게서 연락이 왔다. 출소 후 휴대폰을 구입해서 그와 가끔씩 안부 연락만 해 왔다. 서울 구치소로 영전되어 올라왔다고 만나자 했다. 도윤은 하고 사는 자신의 모습이 남루해서 만나기 싫었다. 더구나 민호경의 학교 동창과 교도관 동기 몇이 함께한 자리라 했다. 영전은 축하해 줘야 하니 나가지 않을 수 없었다.

민호경은 도윤을 보자 자리에서 벌떡 일어나 마주 나오며 환영했다.

"내가 아까 말했던 전우이자 애인이며 정신적 지주인 천도윤."

장난기 어린 소개인데 도윤이 듣기에 낯이 간지럽다.

"무슨 소개가 그렇게 적나라해? 은밀한 관계라며."

농담으로 받아 주려는데 진의가 담긴 표준어로 나왔다. 모두 웃어 주어 좋은 분위기가 이어져서 다행이었다. 민호경의 지인들과 통성명을 했지만 도윤의 염두에 남겨진 이는 아무도 없었다. 그들이 나빠서가 아니라 도윤의 사정과 성향으로 그들과의 관계조차 부담스럽기 때문이었다. 민호경은 모두 대단히 친한 사이라던 그들을 다 보내고 마지막까지 도윤과 함께했다. 그날의 주인공이라서 술을 많이 마셨는데도 민호경은 정신이 말짱했다.

"출소한 지가 언젠데 제대로 된 일자리를 찾지 못했어? 서울로 온 지도 3년이 지났는데."

민호경의 뇌관을 튕기는 질문에도 마른 심정 드러내기 싫어 농조로 받았다.

"나 겉은 늙바리헌티 누가? 오디 일을 줘야만 뭘 허던 말던 허지. 일을 시켜보구두 손톱 빠진 손가락으루 마늘 까는 꼴이니께 다신 안 줘."

그래도 도윤을 진지하게 걱정해 주는 사람은 출소 이후 민호경이 처음이다. 그런 민호경을 언덕 삼아 비비고 싶은 황소의 심정이다. 본색으로 숙연해진 입이 되었다.

"시상이 어쩌면 그리도 냉혹하게 변했댜? 철창 안에서 썩는 동안 서민의 돈벌이들을 죄다 돈 많고 권력 친한 세력들이 빼앗았더군."

"뭘 빼앗아? 자기 능력 것 차지한 것이지."

민호경이 정색하자 술기운에 농담인 듯 비아냥인 듯 충

청도 말씨로 바꾸었다.

"정치허는 것덜이 정치 자금 받아 처먹느라구 경제가 오떻다 해가메 지들과 유착헌 기업헌티 몰아준 거여. 박사 석사 학벌 자격증이루 교육비 뺏어서 몰아 주구, 안 그려? 기술 자격증이루 직업 뺏어 넹겨 주구, 안 그려? 독점 허가증이루 자리 뺏어 깔어주구, 안 그려? 옛날인 학벌 읎구 자격증 읎어두 자영업자 밑이서 멫 년 눈칫밥 먹으메 바닥서 시작혀서 자수성가헐 수 있었는디 시방은 그럴 수 있어? 자본주의를 민주주의라구 덜 했쌌는디 그건 민주주의가 아니구 자본 독점주의구 자본 폭권주의여."

"그래도 그 덕에 가난을 이만큼이라도 벗어났잖나?"

민호경이 반론하자 도윤은 다시 진지해져서 표준어 투다.

"정말로 모든 국민이 가난을 벗어났나? 일자리 없어서 전전긍긍하는 사람들이 얼마나 많은데? 불로소득으로 부유층 수입만 많이 오르면 잘사는 것인가? 지금은 가시적 좁은 시각으로 물질 문화의 풍요로운 것만 보니 그렇겠지만, 머잖아 큰 틀에서 보일 거야. 자원 낭비 한 것이고, 무한한 발전의 요소를 마구 파먹은 꼴이 되었을 테니…. 그 후유증을 감당할 비용은 계산 못 하고 저러는 거지. 두고 보게, 망가진 환경 하나만도 비용을 얼마나 빼앗아 가는 지…."

민호경은 입가에 웃음만 띤 채 듣고 있다.

"세계 어디든 모든 서민의 경제는 그 사회 경제의 뿌리와 같은 것. 그 뿌리를 캐어 먹으면서 어떻게 사회 경제가 영구적으로 살아나길 바라는지…. 기업과 재벌이 아무리 커진들 서민이 죽은 사회에서 얼마나 지탱하겠나? 삼만 불 소득? 흥 백만 불, 천만 불 소득이 돼 봐! 그땐 경제 타령 안 할 것 같은가? 인간의 욕심이 한계가 없으니… 물질은 더 부유하고 풍부해진다 해도, 역사적으로 길어야 풍유 오백 년이지만, 가난하던 시절의 인정은 말살되어서 회복 불능이 될 거네. 사람과 사람 사이가 좋아야 아름다운 사회인 것을, 사람과 사람 사이에 독성이 채워지는 것이 지금의 자본주의 아니겠나. 겉으론 풍부하고 넉넉한 것 같지만 속으론 아비규환의 지옥. 두고 보게 이런 식으로 가면, 물질 문화만 풍부해지고 경제가 한쪽으로만 쏠리면, 부모 자식 간에도 적으로 삼는 사회가 될 것이네."

민호경은 도윤의 주장에 이의할 생각을 접었는지 빙긋이 웃으며 말을 돌린다.

"내가 소개하는 것 해 볼 거야? 직업의 품위를 따진다면

하기 어렵지만 하다 보면 꽤 괜찮다는 생각이 들 것이네."

"뭔데? 나는 직업의 품위니 귀천이니 안 따지니까 어서 말이나 해 봐."

'활짝!' 소리가 들릴 정도로 귀를 열며 도윤의 표정이 달라졌다.

"장기 재소자 중에 모범수가 있는데, 도배 기술이 초일류급이거든. 이번에 짓는 교정국의 신사옥 내장 도배를 그에게 맡겼지. 자네가 그 자를 도와 일당을 벌고 기술도 배우면 어떻겠나? 도배사로 일하면 수입도 꽤 괜찮고 자네 적성에도 맞을 것 같은데."

"나야 무조건 좋지. 춤추메 오라면 장구라두 치메 갈겨."

기분이 좋아져 말씨가 달라지는 도윤이다. 민호경은 도윤이 좋아하자 신나서 4차까지 데리고 다니며 만취하고 헤어졌다.

다음 날 아침, 술이 덜 깬 채로 서울 구치소에서 민호경을 다시 만났다. 민호경 역시 술기운이 남아 피곤해 하며 임시로 만든 도윤의 출입증을 건넸다. 출근 시간 마감이 곧 되어 서둘러서 교정국 신사옥으로 갔다. 민호경은 근무라서 도윤 혼자였다. 민호경이 가르쳐 준 대로 찾아가 도배 선생을 만났다. 그도 민호경의 전화를 받고 도윤을 기다리고 있었다. 도윤보다 이십 년은 젊은데 키는 도윤보다 작고 팔 길이도 짧아 보였다. 키 크면 도배에 유리할 것이라서 선생보다 작지 않은 도윤은 기분이 좋았다.

"천도윤입니다. 잘 부탁드립니다. 도배 선생님."

"예예, 선배님 전 조명칠입니다. 제가 잘 부탁드립니다, 선배님."

'선배님'이라함은 재소자 선배란 뜻이다. 조명칠은 성격도 차분하고 꼼꼼해서 도배를 천직으로 삼을 만했다. 도배지 한 타래 마르더라도 무늬 하나 이음새 하나 어긋나지 않게 맞추어 잘랐다. 처음엔 뭐 그렇게까지 하나 생각했던 도윤도 도배를 끝내고 보니 그렇게 하는 것이 좋았다. 보기도 좋고 성격이 꼼꼼한 집주인이라도 만족하게 될 것이기 때문이다. 첫날은 손에 익지 않아서 선생에게 별 도움이 되지 못한 것 같아 미안했다. 그러나 차츰 익숙해지고 요령도 생겨서 선생과 호흡도 맞추게 되었다.

도배지를 천장 길이만큼, 벽 높이만큼 마르고, 칠붓으로 풀칠하며 주름식으로 접어 들고, 무늬를 맞추어 조금씩 접은 주름을 펼치며 롤러로 밀어붙여 나간다. 가장자리 세밀한 부분은 배칼로 밀어붙인다. 그때 배칼을 너무 세게 누르면 도배지가 찢어질 수 있고 너무 살짝 누르면 도로 떨어질 수 있다. 적당한 힘으로 누르고 펼쳐야 좋다. 재단한 도배지 길이가 5미터가 넘으면 아무리 주름식으로 접어 들어도 무게 때문에 많이 불편하다. 그럴 땐 가로와 세로 중 짧은 쪽 길이에 맞추어 도배지를 재단해야 한다. 길이 와 넓이가 모두 5미터를 넘을 땐 긴 쪽으로 절반만큼 말라 서 하면 좋다. 되도록 도배지를 절단 부분이 많지 않게 마르고 보이지 않게 발라야 일류 도배사가 된다. 키가 큰 도 윤에겐 안성맞춤의 업종이었다. 더구나 사상이 어떻든 일 만 잘하면 말썽날 일이 없기에 더 좋았다. 일당도 하루 5 만 원이면 초보자로서 만족하고도 남을 액수였다.

도윤은 공사 기간 6개월 중 보름도 못 되어 도배사의 기 술을 완전 터득해냈다. 도윤이 기술을 터득하자 민호경은 모범 재소자 두 명을 더 보충했다. 조명칠과 도윤에게 각 각 한 명씩 보조로 붙여 주고 두 파트로 나누었다.

조명칠과 일을 나눈 도윤은 다른 방을 맡아 해냈다. 그 만큼 도윤의 수입이 많아졌다. 민호경의 배려였다. 도윤은 자전거 체인을 이용한 접이식 발판도 만들었다. 이동할 땐 접어서 들기 편하고 일할 땐 펼쳐서 천장 같은 곳을 바를 때 사용하기 좋았다. 이 또한 조명칠이 사용하는 발판을 모방한 것이었다. 발판은 천장을 도배할 때 꼭 필요했다.

처음엔 개인이라서 산발적으로 일을 맡아 하던 도윤은 도윤의 도배 실력을 인정한 인테리어 회사의 제안으로 계약을 맺었다. 그 회사는 큰 건설 회사로부터 하청을 받고, 한 번 받으면 몇 달치 일을 맡아 노는 날이 거의 없었다. 혼자 할 때는 비교도 못 할 만큼 목돈도 쥐게 되었다. 그렇게 도윤은 도배사가 되어 순덕의 무거운 어깨를 덜어 줄 수 있었다.

요섭이 결혼하겠다고 여성을 인사시켰다. 요섭의 나이로 보아 하루라도 빨리 해야겠기에 서둘렀다. 결혼식에서야 동섭을 만날 수 있었다. 이미 지들끼리 결혼해서 아이가 네 살이었다. 그런 동섭에게 도윤은 늘 미안했다. 아비라고 해 준 것 없이 오히려 걸림돌만 되었다는 생각에 마음이 아프다. 그에게 빚을 많이 졌다는 생각이었다.

스카우터의 관심을 받다

인겸이는 할아버지의 수감 생활 부분까지 일기를 읽으며 확실히 이해했다. 할아버지가 얼마나 많은 고초를 겪었는지, 왜 도끼호테로 살아야 했는지, 왜 전향할 수 없었는지 대부분을 이해할 수 있었다. 독재가 얼마나 나쁜지도, 민주주의가 얼마나 소중한지도 새롭게 깨달았다. 할아버지는 일기에 '진정한 민주주의는 사람이 사람을 지배하지 않아야 한다' 또 '생명을 담보로 한 정의란 없다'는 글귀도 적으셨다. 모든 사람이 함께 지켜 가기를 바라는 마음일 것이다. 하지만 대부분의 사람들은 그것을 인정하면서도 학교 시험 문제의 정답 이상도 이하도 아닌 것으로 여긴다. 식상하고 진부하다고 팽개칠 뿐이다. 그런 사회 의식 속에서, 할아버지와 같은 이는 소외 계층이나 피해 계층이 될 수밖에 없다는 것을 깨달았다.

인겸이도 역시 '자신에겐 그런 것 생각할 여유가 없다고, 오로지 축구로 성공만 하면 잘 살 수 있다고' 생각해 왔다. 즉 나랏일, 사회의 일은 정치인과 같은 사람들에게 맡기고, 자신은 축구 선수로서 빛나고 행복하겠다고 할아버지를 이해해 볼 생각이 없었다. 할아버지가 멋있다기보다 무모하다는 생각이었다. 그까짓 전향서 하나가 뭐라고, 왜 그것 한 장 쓰지 못해서 청춘을 감옥에서 사람 대우도 못 받으며 보냈을까? 아닌 말로 그냥 한 번 슬쩍 써 주고, 나중에 협박 때문에 실제 마음과 다르게 쓴 거라고 고백하면 되지 않을까? 그렇게 생각했었다.

이젠 그런 생각을 털어 버렸다. 자신도 할아버지와 같은 처지라면 할아버지처럼 했을 것이라 생각되었다. 아버지와 존경하는 선생님을 큰 잘못 없는데 처형하고, 모든 가족을 죽여 놓고 꼭 죽여야 마땅한 공산당으로 몰아넣었고, 자신의 젊음까지 20년 형으로 앗아 가는 악한 정권과 타협할 수 있을까? 타협은 곧 항복하는 것이기에 조국 통일의 큰 뜻은 물론, 억울하게 죽은 가족과 선생까지 헛된 죽음으로 배신하는 것이기에, 자신이 그동안 굳게 결의했던 것들을 잘못한 것으로 인정하는 것이기에, 자신을 배신하는 것이기에 절대 타협할 수 없었을 것이다. 더구나 인류라면 존재하는 그날까지 다 함께 지켜야 할 가치가 있는 것이기에, 그 어려움을 견디면서도, 죽음을 앞두고도 끝까지 전향하지 않고 지켜 낸, 모든 비전향 장기수님들의 마음을 이해할 수 있어서 할아버지께 고마웠다. 할아버지께서 일기장을 남기지 않았다면, 이러한 진실을 영영 몰랐을 것이다. 타인과 똑같이 할아버지를 무모하고, 고집 세고, 피곤한 피해망상자로 몰아붙여 소외시키며, 무식한 자신이 대단한 줄 알았을 것이다.

판사는 왜 그런 할아버지에게 20년 형을 언도했을까? 할아버지는 그저 그리운 사람을 만나려 했다. 북의 공작원 역할을 하지 않았고 할 수도 없었다. 그런 할아버지를 자세히 조사해 보았다면 그토록 엄히 처벌할 이유가 없다. 오히려 전쟁 때문에 온 가족을 잃은 천도윤 할아버지에게 국가가 보상해야 옳다. 백성을 제대로 보호해 주지 못한 피해 보상을 해야 진정한 국가가 아닐까? 사회주의든 자본주의든 민주주의 다수결이든 개인의 사상을 탄압한다는 것 자체가 폭력적 횡포다.

아침을 먹고 이를 닦는데 대학 팀의 스타우터가 천인겸을 찾아왔다. 좋은 조건을 제시했지만 그 조건 외의 것들은 스스로 해결해야 하는 고아이기에 대학의 제안을 받아들일 수 없었다. 그만큼 자신의 축구 실력을 인정받고 있다는 것만 확인할 수 있었다.

며칠 뒤에 있을 국가 대표 명단 발표만 남았다. 이미 탈락한 인겸이는 그쯤이면 국내 프로 팀에는 들어갈 수는 있을 것이라고 마지막 기대를 하고 있다.

그때 문제의 기사가 또 방송되었다. 천인겸이 폭력배들과 다툰 일을 B.YOUNG 이사의 사주로 모함하다 경찰 조사를 받고 있다는 기사였다. 프로 팀에서도 인겸을 문제아로 볼 것이었다. 참을 수 없는 심정으로 자리에서 벌떡 일어나 교문을 향해 달렸다.

인겸은 B.YOUNG 그룹 본사 회장 비서실에서 가쁜 숨을 진정시키며 대기하고 있다. 결제받을 직원인지는 모르나 인겸이 앞에 여럿이나 대기하고 있다. 회장실 안에서 누가 회장과 다투는지 큰 소리가 새어 나온다. 여성의 목소리다.

"외삼촌! 제게 어떻게 그리 말씀하세요? 이 회사를 삼촌 혼자 이루셨어요? 절반은 돌아가신 아버지께서 이루셨어요! 또 지금까지 저와 제 남편이 없었으면 이 회사 유지하시지도 못 하셨어요!"

여성은 몹시 흥분한 듯 크고 카랑카랑한 소리로 떠들었다. 조용하던 이 회장도 화를 내는지 대꾸하는 소리가 커졌다.

"도대체 니가 뭘 헌게 있는디? 니 애비는 또 이 회사를 위혀서 뭘 고렇기 헌 게 있는디? 죽은 사람 두구 말허기 싫지믄 내 너때미 허마. 해외 출장 보냈더니 올 때 몰래 금뎅이 밀쑤혜 갖구 들오다 걸려 갖구 몽땅 다 압수당혜서 회삿돈 다 날려 먹으메 벌금을 또 그만큼 내구두 감빵에 처박히게 생긴 걸 내가 빼내 주느라구 또 돈을 을마나 처들인 줄이나 알어? 내 매제지믄 오디가서 소개허기두 챙피헌 사람이 바루 니 애비였어! 그나마 니 남편? 그려, 니 남편은 좀 성실혀서 내 그 덕은 쬐금 봤다. 허지믄 너, 너 양심 있걸랑 말혀 봐 니가 뭘 헌다구 회삿돈 까처먹은 게 을만디? 니 남편은 알거다."

"흥 그 사람이야 나를 싫어하고 외삼촌이 죽으라믄 죽을 사람이니 삼촌 편들겠죠. 객관적으로 판단할 사람을 대셔야죠."

"객관적? 너 모처럼 말 잘혔다. 그 객관적으루다 양심껏 말혀 봐. 허믄 안 된다구 내가 그리두 반대헌 자원 개발 사업인가 재활용 사업인가 그거 대이꾸 허겄다구 고집혀서 벌여 놓구 너 투자 금액의 십분지 일이나 건졌니? 그토록 회사다가 피해 끼치구 뭘 잘했다구 뭘 어째? 니가 없었으면 내가 이 회사를 유지두 못 했다구? 내 기가 막히고 코가 막히다가 복장이 터져 죽을 지경이다. 이 양심두 읎는 것아. 그 쌍판때기 일 초두 뵈기 싫으니께 내 앞에서 썩 치워 썩!"

싸우는 소리에 인겸이 앞에서 대기하던 사람들이 다음에 오겠다며 모두 빠져나갔다. 인겸이도 잘못 왔나보다 싶어서 돌아갔다 다른 날 다시 와야 할지 생각을 굴리고 있었다. 그때 회장실 문이 열리고 화려하게 차려입은 늙수그레한 여성이, 인상을 잔뜩 찌그린 채 나오며 문을 큰 소리 나게 닫았다. 이틀 전 경찰서에서 보았던 여성이었다. 여성은 나오다 말고 오만스럽게 인겸이를 아래위로 훑어보고 나갔다. 육십 대로 보이는 이 여성이 경찰이 말한 대로 테러 주범일 것으로 짐작되었다.

비서가 문을 열어 주어 회장실로 들어갔다. 회장은 방금 여성과 다툰 탓에 붉게 상기되고 많이 일그러져 있다. 머리 숙여 공손히 인사부터 했다.

"나헌티 말할 게 뭐더냐?"

회장의 목이 많이 가라앉고 기분이 나빠져 있는 것을 알지만 기왕 왔으니 말을 꺼냈다.

"회장님 제가 그리도 눈엣가시입니까?"

불쑥해 댄 인겸이의 질문에 회장은 눈이 동그래지며 영문을 모르겠다는 표정을 지었다.

"눈엣가시라니? 무슨 말이냐?"

의외로 회장은 침착하고도 잔잔하게 되물었다.

"왜 저를 못살게 괴롭히세요? 이번에 기어이 회장님 뜻대로 이미지 망쳐서 국가 대표 선발서도 떨어지고 프로 팀 입단 계약도 취소될 지경이에요. 이젠 속이 시원하세요?"

인겸이는 말을 하면서 이 회장 앞에 무릎을 꿇고 두 손을 모았다.

"이렇게 빕니다. 제발 살려주세요. 회장님. 도대체 왜 저를 해치려고 하세요? 저 아무 짓도 안 했고 앞으로도 아무 짓도 안 할게요. 축구만 하며 살 테니까 저를 그냥 두세요. 회장님."

어벙한 얼굴로 듣고만 있던 이 회장이 손을 뻗어 인겸의 말을 막으며 소리 질렀다.

"구만! 구만 혀! 누가 누구를 해친다구? 너 미쳤냐? 미쳐갖구 여기 온겨? 이미지 망치다니? 무슨 또 뚱딴지 겉은 소리여? 난 아녀, 난 아무 짓두, 아무 일두 시킨 적 읎어!

내가 왜? 너를 해쳐서 뭣 헐라구? 오해를 헤두 아주 단단히 헷구먼. 만약 누가 나를 빙자혀서 너를 해치려는 일이 있다면 내가 다신 못 허게 맹길어 줄 텐께 걱정 마러.”

이 회장은 무릎 꿇은 인겸이의 두 팔을 잡아 일으키며 단호하면서도 부드럽게 말했다.

“경찰이 다 조사했답니다. 경찰이 말하길 그동안 저를 해치려던 사람이 조금 전에 여기서 나간 여성분이랍니다. 저분이 저를 어떻게 알아요? 회장님께서 말 안 하셨다면?”

이주동은 머리가 복잡해지는지 하얗게 질렸다. 인겸이는 내친 김에 다 이야기하고 싶었다.

“내 아버지를 그렇게 돌아가시게 하시고도 할아버지에 대한 원한이 남았어요? 그래서 저에게까지 이러시는 건가요?”

말을 듣던 회장은 짜증이 나는지 돋보기를 벗어 테이블에 던지며 벌떡 일어섰다.

“나 바뿌니께 그런 말두 아닌 말 헐라면 구만 나가.”

인겸이는 이 회장의 태도에 울컥 감정이 솟아 지탱하던 기운이 모두 빠져나가는 것을 느꼈다.

“십칠 년 전 바로 이 회사에서 부당하게 정리 해고 당하고 하청 일을 하던 중에 의문사하신 천 요 자 섭 자가 저의 아버지세요. 질식사인데 회장님께서 심장 마비로 사인을 바꾼 천요섭 말입니다."

인겸이의 이야기를 듣자 이주동 회장은 분기탱천하여 붉어지는 얼굴로 뒷목에 손이 간다. 애써서 자신을 진정시키려고 숨을 몰아쉬며 대꾸를 한다.

"이늠 이거 이쁘게 봐 줄라구 혰더니 도저히 못 봐 주겄네. 야 인마, 내가 왜 니 애비 같은 잔챙이 목숨으루 장난질 허겄냐 이 미친 늠아! 이래 뵈두 한국 땅이서 알어주는 경제인인디. 제우… 뭐이냐?…잉 그려, 하청업체 일꾼 따월 근디리냐 인마! 내가? 왜? 뭣 때미? 지금두 피라미두 못 되는 너 같은 것허구 이딴 말대꾸나 허구 있는 내가 한심허다 인마! 내가 우리 민철이 아니면 너 겉은 늠 상대나 허냐 인마! 그나마 민철이 간곡헌 부탁 때미 지금껏 니까짓 걸 상대해 준 겨. 이 싸가지가 메가지에 반가지두 읇는 늠아. 어서 꺼지구 앞으루 다신 오지 마!"

인겸이는 회장이 그리 쉽게 스스로 자백할 리 없을 거로 이미 내다봤었다.

"할아버지가 회장님 찾아오셨을 때도 왜 왔는지 들어보시지도 않고 내치셨죠? 지금 저에게 하신 것보다 더 심하게…. 그 결과가 어떻게 되었는지 곧 아시게 될 것입니다. 그럼 전 이만 가 보겠습니다."

일어서며 인사하다 이 회장의 얼굴을 보니 주름진 눈가에 물빛이 비쳤다. 자세히 보니 아무렇게나 뭉쳐졌다 펼쳐진 호일처럼 잔주름이 가득한 얼굴이었다. 흥분을 가라앉히고 이성을 되찾은 이 회장이 인겸이 팔을 잡아 자리에 앉혔다.

"잠깐, 너 지금까지 나헌티 헌 말 있지? 그거 하나두 빼지 말구 다시 얘기혜 봐라. 전도분 이사가 너를 오떻기 해칠라구 했는지 소상히 허란 말여. 그려야 내가 그런 일 다신 읎게 헐 수 있단 말여."

이주동 회장의 표정으로 볼 때 진심이란 생각이 들면서도 의심의 고리가 쉽게 풀리지 않았다. 일단 따져 볼 마음으로 기억을 총동원했다. 처음 가스 유출 폐수 처리장으로 자신을 일부러 보낸 것과 물류 창고 상자를 무너트린 것이나, 오토바이 습격 사건, 괴한들의 습격 테러, 경기장에서의 심한 린치 파울, 급발진 자동차의 돌진 등등 자신에게 일어난 수상한 일들을 회장에게 대강 나열했다. 회장은 놀라서인지 믿어지지 않아서인지 입을 벌리고 멍한 표정이다.

"회장님이 하셨다고 확신하는 이유는, 제게 할아버지 존함을 물으시고 고향을 확인하셨기 때문입니다."

"그게 뭐 오떠서? 당연히 물어볼 수 있잖여?"

"그때 제게 왜 하필 천가냐고 하셨죠?"

"그렸지, 잘 아는 워떤 자가 니 조부랑 이름이 같길래."

"그 어떤 자가 회장님과 철천지원수잖아요."

이주동 회장의 눈이 커지며 당황하는 표정이다. 인겸이는 할아버지 일기장에서 읽은 내용을 회장에게 대략 이야기했다. 이 회장과 더 깊이 엮이는 것이 죽기보다 싫어서 아버지와 이 회장의 관계는 말하지 않았다. 이야기를 듣던 회장의 안색이 하얘지면서 눈자위가 파르르 떨렸다.

"니 말이 맞다. 그려 웬수의 손자라서 우리 민철이랑 떼 놓구 싶었다. 그렇긴 허지먼 너를 해코지헐 만큼 나쁘게 보진 말어라. 난 니가 쓸 만헌 늠인지 볼라구 험헌 일을 맽겨 본 거."

하지만 인겸이는 회장의 말을 믿을 수 없었다.

"아뇨, 회장님은 아까 그 조카라는 이를 시켜서 저를 오토바이로 깔아뭉개려 했고요, 물류 창고에 칼을 든 괴한들 보내서 죽이려고 했어요. 그런 일도 능력을 알아보시려고 하신 일은 아니잖아요."

"아녀! 아니라구! 난 절대루 그런 지시 헌 적 읎어!"

인겸이 눈엔 발뺌하려는 모습이 대그룹 회장답지 않았다.

"할아버지와의 감정은 할아버지끼리 끝내시고 저에겐 자비를 부탁드립니다. 회장님."

다시 이 회장 앞에 무릎을 꿇으며 두 손을 모았다.

"아무튼 너를 해코지헐 일 읎으니께 걱정 말구 오늘은 이만 가 봐라 나 즘 셔야겠다."

이 회장은 어지러운 듯이 이마에 손을 얹은 채 소파에 몸을 묻으며 나가 달라는 손짓을 했다. 인겸이가 인사하고 돌아 나오는데 이 회장이 비서실에 대고 큰소리로 말했다.

"윤 비서! 전도분 이사 즘 다시 불러들여!"

완강하게 부인하는 이 회장을 보니 아닌가 싶기도 하다. 이 회장이 시킨 것이 아니면 전도분 이사는 왜 인겸을 해치려고 했는지? 경찰의 말처럼 이 회장의 유산 때문일까? 인겸이를 그냥 두면 상속은커녕 아무 것도 모를 테니, 굳이 해칠 까닭이 없을 것이다. 천도윤 할아버지에게 전도분 이사도 원한이 있었나? 이 회장 누이의 딸이라면 할아버지를 원수로 여겨서 그럴 가능성이 충분하다.

할아버지의 일기를 더 자세히 읽어 보아야 할 것 같다.

철천지원수와 아들

　　도윤은 판매대에 꽂혀 있는 신문을 사서 읽다가 눈을 의심했다. 사회면을 펼쳤는데 눈에 익은 사진 한 장이 보였기 때문이다. 사람을 찾는 광고였다. 도윤은 갑자기 등골에 전류가 흐르는 충격을 받았다. 그 광고의 사진이 자신이 가지고 있는 요섭의 아기 때 사진과 똑같기 때문이다. 아기를 찾는 사람이 도윤을 더 놀라게 했다. 그는 요섭이 다니는 B.YOUNG 회사에 있고 이름이 이주동과 동명이었다. 즉 B.YOUNG 회사의 이주동이란 인물이 6.25 전쟁 때 잃어버린 아기를 찾는 공고문이었다. 도윤은 집으로 되돌아가서 요섭의 직장 주소와 아기 때 사진을 꺼냈다.

　　회사 울짱에 부당 해고 철회하라는 현수막이 내걸렸다.

요섭은 요즘 노조 위원장으로서 작업장의 위험한 작업 환경을 개선하라 요구하고, 거절하면 파업하려고 준비 중이라고 한다. 부당 해고된 직장 동료들 복직을 위해서도 같이 한다고 했다. 요섭의 직책은 B.YOUNG의 제2 생산 공장에 소속된 폐유 처리 엔지니어였다. 그는 작업장에서 방독면을 쓰고 한참 바쁘게 기계의 계기판을 들여다보고 있었다. 자신으로 인한 연좌제 피해를 극복하고 어엿한 사회 일꾼이 되어 있는 그가 한없이 기특하고 대견하다. 흐뭇한 눈으로 한참 바라보고 있었다.

"아버지!"

도윤이 온 것을 알고 방독면을 벗으며 달려 나오는 요섭이 고마웠다.

"갑자기 여기까지 웬일이세요?"

자신을 반겨 주는 요섭이 고맙고 듬직하다.

"내 아들 일허는 것 즘 보구 싶어 왔지."

같이 일하는 이들도 도윤에게 목례로 반겼다. 깔끔하고 꽤 넓은 작업실에 작업대로 사용하는 테이블들이 널찍널찍하다. 함께 일하는 직원이 대여섯 명 정도였다.

"이리 앉으셔요. 커피 드릴까요?"

"아녀! 바뻐, 너 봤으니께 가야지. 메느린 잘 있냐?"

얼굴 한번 제대로 보지 못한 며느리다. 감옥살이한 시아비가 뭐 그리 떳떳하다고 나설까만 그래도 어찌 몰라라 하고만 지낼까? 지들 잘 지내는지 안부는 물어야 했다.

"그러잖아도 주말에 찾아뵙고 말씀드리자고 약속했어요. 아버지 축하드려요. 할아버지되셨어요. 어저께 진단받는데 아기가 두 달 되었대요."

"그려어! 야아! 젤 반가운 낭보다야! 애비 된 걸 축하헌다. 잘혔다! 잘혔어! 얼른 집이 가서 니 엄니헌티두 보고 헐란다."

도윤은 정말 춤추고 싶도록 기뻤다. 나이도 쉰을 내다보는 요섭이 아이를 가졌으니 얼마나 기쁜가? 서둘러 사무실을 나왔다. 아직 요섭은 신문 광고에 대해 모르는 눈치다. 사실은 요섭이 친부를 찾은 것도 크나큰 낭보다. 요섭에게 행운이 따르고 있다. 그런데 솔직히 손자를 얻어서 기쁜 이 행복을 그 친아버지에게 빼앗기기 싫다. 그렇다고 그냥 덮어 둘 수도 없다. 먼저 그 이주동이란 친부가 어떤 인물인지 알아볼 생각이다. 형편없는 됨됨이면 끝까지 요섭에게 말하지 않을 작정이다. 지닌 사진은 없애고 신문에 난 사진은 그 사진이 아니라고 하면 그만이다.

도윤이 이주동이란 사람을 만나려고 B.YOUNG 그룹

본사로 찾아 들어갔다. 넓은 로비의 안쪽 중앙에 경비석이 있었다. 도윤의 작업복 행색이 두드러져 보였던가? 검은 양복에 넥타이를 맨 젊은 남자가 앉아서 도윤을 관찰하는 눈빛이다. 그에게 다가가 이주동을 찾자 인터폰으로 확인하고 엘리베이터를 가리켰다.

"회장실은 27층에 있어요. 올라가 보세요."

천도윤은 엘리베이터를 타 보지 않아서 계단으로 올라갔다. 아무리 다부졌던 도윤의 몸이지만 교도소 독방에서 삭았던지 15층을 지나자 숨이 몹시 가빴다. 27층에 닿아선 한참 동안 헐떡거리며 숨을 진정시켰다. 미로처럼 된 통로를 돌며 회장실을 찾는데도 쉽지 않았다. 비서실에서 잠시 기다렸다가 차례가 되어 들어갔다.

회장 자리에 늙은 남자가 앉아서 도윤을 응시했다. 그 남자를 본 순간 도윤은 당황하지 않을 수 없었다. 틀림없는 상감마을의 이주동이었다. 요섭을 찾는 자가 철천지원수 이주동임에 충격을 받고 잠시 멍했다.

"어서 오시오. 광고를 보셨다니 내가 누구를 찾고 있는지 아시고 오셨겠소?"

"다 당신은, 그 이 이주동?"

간신히 입을 연 도윤의 놀라고 떨리는 말소리에 이주동

도 이내 알아차렸다. 놀란 눈으로 자리에서 벌떡 일어나며 온몸을 부들부들 떨었다.

"너 넌 천가 늠?…. 이늠 너 여기가 오딘 줄 알고 찾아왔냐 이늠아! 내가 너를 을마나 이를 갈매 찾어댕겼는디! 니 발루다 죽을디루 잘 찾어왔구나."

이주동은 다짜고짜 달려들어 도윤의 멸살을 잡았다. 도윤도 같이 붙어서 주먹이라도 날리고 싶지만 그 순간 요섭이 떠올랐다. 이주동의 손을 잡아 떼어 내며 마음을 가라앉히고 이성적으로 대하려고 애를 썼다. 도윤과 달리 이주동은 결사적으로 매달리며 마치 도윤을 때려눕히기라도 할 듯이 으르렁댔다.

"이러지 마라 내가 해 줄 말이 있어 왔으니."

도윤은 이주동의 손을 겨우 뿌리치며 더 차분한 소리로 말했다.

"혀 줄 말 겉은 소리허구 자빠졌네. 니늠이 그렇게 내 할머니랑 삼촌을 죽이구두 니 떨거지들은 무사헐 줄 알었냐, 이 웬수 새꺄. 나헌티 뭘 뜯어 처먹을려구 찾어왔겠지믄 으림쪽두 읎다. 이늠아 어서 꺼져! 안 꺼지믄 내가 니늠의 뼈를 갈어 마실 게다 이 철천지웬수 빨갱이늠아!"

이주동은 양쪽 입 꼬리에 하얗게 게거품을 물며 성난 개처럼 왕왕댔다. 도윤도 조부모와 어머니를 생각하면 당장 이주동의 머리통을 박살내고 싶다. 살기 서린 눈으로 험악하게 구겨지는 자신의 얼굴을 어리 짐작 느끼며 애써서 진정했다.

"니 아들을 말해 주려구 왔으니께 진정 점 허구 내 말 점 들어 봐 인마!"

"아~ 들? 그래 이늠아 너 곁은 빨갱이 새끼들이 내 아내두 죽이구 아들두 디려갔다. 이늠아 니늠 때미 죽구 니늠 때미 잃은 거나 진배 읎어 이늠아!"

이주동이 숨을 그렁대며 회장실 구석에 세워 둔 골프채 가방에서 골프채를 꺼내 쳐드는 순간, 도윤이 달려들어 골프채를 빼앗아 바닥에 동댕이쳤다.

"그런게 아녀 인마! 귓구녕 열구 내 말 점 들어봤 마!"

소리를 쳐 대며 다시 한 번 이야기를 시도했지만 이주동은 도윤의 말엔 관심도 없다. 오로지 그동안 도윤에게 쌓여 풀지 못한 감정을 다 풀 듯이 가진 포악을 쏟아 냈다.

"니늠 말 들어 봤짜지 허구 댕기는 꼴딱서니 본께 내가 좀 산다구 뭐 뜯어 처먹을라구 온 속심인 중 물를까 봬? 어이! 비서! 어서 이 뻘거지 끌어다가 내던져 뻐려!"

싸우는 소리에 이미 비서실에 대기하고 있었던 듯, 이주동의 말이 끝나기 무섭게 건장한 사내 셋이 들어와 도윤을 질질 끌어냈다.

"너 인마! 내 말 안 들은 걸 나중이 크게 후회혈 거다! 인마!"

끌려 나가며 마지막으로 고함을 질러 보지만 이미 이주동에겐 들을 귀가 없었다. 건물 밖으로 쫓겨난 도윤은 마음을 다졌다. 이주동 같은 자에게 요섭을 돌려주기 너무 아깝고 억울하던 차에 잘된 일이다. 이제 요섭은 무조건 자신이 낳은 아들이다. 돌려줄 대상도 아니고 혈연보다 더 질긴 부자간이라고 마음을 다지고 또 다졌다.

"잠깐만요! 조금 전에 회장님과 다투신 분이시죠?"

화려하게 차려입은 키 큰 여성이 도윤의 앞을 막아섰다. 주춤하며 여성을 살폈다. 이주동의 딸 같아 보일 만큼 젊은 여자다.

"초면에 실례지만 제게 잠깐 시간 좀 주세요."

도윤에게 상냥했지만 왠지 화려하고 보기 좋은 독버섯을 대하는 기분이다. 뿌리치고 그냥 가려다가 이주동에 관한 이야기일 것 같아 궁금증이 생겼다. 여성을 따라 B.YOUNG 건물로 도로 들어가려 하자 도윤을 끌어낸 사내들이 다시 막아섰다.

"내 손님이야!"

여성의 한 마디에 사내들이 얼른 뒤로 물러나 도윤에게 문을 열어 주었다. 그때서야 여성이 이주동과 어떤 관계일 것이란 짐작을 했다.

"나 바쁜 사람이니 뭣 때미 그러는지 빨리 말 허소."

로비에 있는 의자에 털썩 앉으며 도윤이 재촉했다. 여성도 바쁜지 머리를 주억거리고 명함을 내밀며 인사로 입을 열었다.

"이 회사의 전도분 이사입니다. 아까 회장실에서 다투셨다는 이야기를 전해 들었습니다. 근데 회장님 아들에 대해 말씀하실 것이 있으시다 하셨다던데, 제게 들려주셨으면 해서요."

여성의 친절은 머리 위로 철철 넘쳤다.

"댁이 아무리 이사님이라두 회장의 개인 정본디 함부루 말허면 되겠소?"

불퉁스럽게 대꾸하고 일어서려는 천도윤을 그가 도로 앉게 했다.

"제가 회장님의 생질녀입니다. 회장님 아들은 제 외사촌 동생이 되는 거죠. 6 · 25 때 인민군이 데려갔다는 소식뿐, 어떻게 됐는지도 모를 아들을 저렇게 찾고 난리시네요. 물론 그 후로 결혼도 하셔서 딸 둘을 낳았지요. 그 두 딸을 한꺼번에 비행기 사고로 잃고 난 후 바짝 더 저러셔요. 제가 아들을 찾아보기라도 하려고 나선 것입니다. 혹시라도 제 외사촌 동생에 대해 아시면 제게 먼저 말씀해 주세요. 찾게 되면 충분히 사례하겠습니다."

간곡한 말에 여성에게 이야기를 해 줄까도 생각했지만, 이주동이 괘씸해서 절대 그러고 싶지 않았다.

"생각 즘 해 보구 말허겠수다. 바뻐서 이만."

벌떡 일어나서 회사를 나오는데 여성이 뒤에 대고 소리쳤다.

"꼭 저한테 먼저 말씀해 주세요."

도윤은 할아버지가 되는 기쁨을 망친 것 같아 서둘러 그곳을 벗어났다. 순덕이 얼마나 기뻐할지 어서 빨리 알려야겠다는 생각만 했다.

요섭의 의문사

　도윤은 막노동을 하면서도 평화 통일을 추구하는 단체에 가입하고 최선을 다해 참여해 왔다. 단순히 이승만 정권에 대한 개인적 감정으로 참여하는 것이 아니다. 무고한 피로 얼룩지며 분단되고, 강대국들 사이에 끼어 투견이 되어 서로 물어뜯는, 이 민족 이 강토가 평화롭게 다시 하나가 됨으로써, 세계 평화에도 도움이 되고, 한반도의 통일과 독립을 완성시키는 유일한 길이라고 생각했다. 평화 통일의 그날까지 중단하지 않겠다고 백번 다짐하며 진지하게 임하고 있다. 평화를 이슈로 내걸지 않고는 한반도 통일은 없고, 영구적 분단으로 인해 주변국들에게 철저히 악용만 당한다고 도윤은 생각하고 있다. 물방울 하나는 아무 힘이 없으나 모이면 바다를 이루듯이, 비록 무명소졸의 미약한 힘이지만, 세계 평화의 근원을 이루는 데 기꺼이 물방울 하나가 되고자 함께 활동하는 것이었다.

그동안 공식적인 단체에 들거나 공개적인 집회 참석을 하지는 못했다. 비전향 장기수라는 점이 공개적으로 투쟁하기에 장애가 되기 때문이다. 늘 감시하는 정보부 끄나풀들이 따라붙는 한, 이러한 활동을 하거나 설득력 있는 주장을 하노라면 빨갱이로, 고정 간첩으로, 과대망상 환자로, 종북으로 몰아 원천 차단하고, 인격 살인을 해 대는 집단에게 희생당할 것이기 때문이다.

도윤은 그들이 사라지고 남북이 하나 되어, 세계 평화를 열어 나갈 때까지 평화와 통일을 위해 최선이고도 겸허한 노력을 할 것이다. 인겸이만 스스로 살아갈 만큼 자라면 평화 통일을 위해 남은 생애 바칠 각오를 다지고 있다. 과격한 시위나 물리적 충돌로 투쟁하는 것은 절대 참여할 수 없다. 평화에 반하는 짓이며 소모한 만큼 효과도 나지 않기 때문이다. 자신부터 평화해야 세상의 평화도 말할 자격이 있는 것이다. 일선에서 몸을 사리지 않고 적극 투쟁하는 동지들을 지적하는 말이 아니다. 평화를 벗어나 인명을 해치는 폭력 투쟁엔 동의할 수 없다는 뜻이다. 오히려 적극적 투쟁에 함께하지 못하는 자신이 동지들께 미안하다.

신군부에게 빈 달러 주머니를 물려받은 김영삼 정권은 IMF 국제 통화 기금으로부터 국가 부도를 내고야 말았다. IMF 국가 부도는 요섭이 몸담고 있는 B.YOUNG 그룹도 예외가 아니었다. 몰인정한 사주는 살아남고 노동자들이 고통을 모두 떠안았다. 어쩌면 IMF를 핑계로 구조 조정과 정리 해고란 칼을 들어서 오너의 혹을 떼어 낸 것인지도 모른다. 노동자들에겐 고통의 태풍으로 몰아닥쳤다. 부당한 정리 해고와 합병에 저항하기 위해 노동자들의 집회가 이어졌다. 그러나 국가 부도란 벽 앞에서 노동자들의 목소리는 길가 집의 개 짖는 소리보다 듣는 귀가 없었다. 도윤의 아들 요섭도 부당 해고된 노동자들을 복직시키려는 투쟁을 하고 있었다. 복직은커녕 파업을 이끈 노조 간부들마저 해고했다. 요섭도 그렇게 해고된 간부 중 하나였다. 며느리의 잉태에 기뻐하던 순덕과 도윤에겐 아들의 해고 소식은 차가운 물벼락이었다. 아기가 생기면 보육비도 만만찮은데 실직했으니 아들 부부의 걱정이 클 것이었다.

IMF는 도윤이 소속된 인테리어 하청 업체에게도 치명타가 되었다. 일을 맡기던 건설 회사가 부도를 내어 여섯 달 노임과 도배지 값 지불을 체불, 차일피일 미루며 시간만 보내더니 갑자기 파산 선고를 했다. 영세 업체에게 9

억 원이란 자금을 떼이는 건 치명타였다. 거래하던 지업사에게 신용을 잃지 않고 위기를 극복하려고 한 3년을 버티던 오너는 결국 회사를 정리했다. 다시 실직자가 된 도윤은 도배사로 일할 자리를 찾으려고 백방으로 쏘다니고 있었다. 하다못해 일반 주택 도배 같은 개별적인 일감이라도 찾아 맡으려는 생각이었다. 곳곳에 있는 지업사는 물론이고 인테리어와 관련된 업체들을 돌아다녔다. 몇몇 군데선 일감이 있으면 연락하겠다는 긍정정인 대답도 들었으나 믿을 만한 약속은 아니었다. 그렇게 떠돌다 만난 사람이 동천 양조장 천성배 사장의 아들이었다.

"어? 아저씨! 저 모르세요? 저 상우요. 동천 양조장 아들요."

"응? 상우? 야아~! 그러네! 그 학생이 이렇기두 멋진 신사 되셨네."

도윤이 양조장에서 일하던 당시에 상우는 대학생이라서 서울에서 지냈고, 가끔 주말에 내려와 친구들과 늦게까지 술을 마시면, 배달꾼들이 자는 방에서 종종 자고 가곤 했었다. 그때 여느 대학생들처럼 상우도 시국에 대한 관심이 많아 도윤과 이야기를 나누기도 했었다. 많이 변한 도윤을 그가 먼저 알아보고 말을 걸어와서 무척 고마웠다. 아무리 바쁘고 궁색해도 그와 차라도 한잔 마셔야겠기에 근처의 카페로 갔다.

"천성배 사장님께선 안녕허신가?"

벌써 20년도 넘었지만 그이를 도윤이 잊을 리 없다. 아무 것도 묻지 않고 도윤의 인상만 보고 채용해 주었던 동천 양조장 주인이다.

"아버진 돌아가셨습니다."

"엉? 아니, 오쩌시다가? 아직 돌아가실 연세론 이른데….'

도윤보다 여덟 살 더 많았지만 매우 건강했던 사장이었음을 기억한다.

"급성 위암이셨는데 너무 늦은 말기셨어요… 돌아가신 지 벌써 6년 지났습니다."

"어이구 이런, 쯧쯧쯧… 참 고마운 분인디 내가 몰랐다는 게 참말 미안허구면….'

진심으로 미안하고 안타까워 그 앞에 숙연해졌다. 그 아버지에 그 아들이다. 자신이 공산당으로 잡혀 들어간 일을 뻔히 알 텐데, 거리낌 없이 먼저 인사를 해 온 아들이 대단하게 여겨졌다. 보통 사람이라면 빨갱이라는 도윤이 자신을 알아보고 부를까 봐 멀리 피해 갔을 것이다.

"아! 그렇지. 아저씨 뵌 김에 부탁 좀 드릴게요. 혹시라도 아시는 분들 중에 칠봉면에 있는 저희 선산지기를 하실 분 좀 있으면 소개해 주세요. 저희 아버지부터 위로 6대 조상 묘까지 스물세 분을 모신 선산인데요. 거기에 딸린 집과 전답을 내 드릴 테니, 일 년에 한 번 시제 지낼 때만 제수 준비해 주시는 것과 묘소 관리만 깨끗이 해 주시면 되거든요. 각 분마다의 제사와 설과 추석 때 차례는 저희가 알아서 할게요."

도윤은 귀가 번뜩였다.

"딸린 농사 처가 을마나 되는디?"

"집 주변의 텃밭 조금과 봉산리 쪽에 논이 다섯 마지기 돼요. 선조 모신 종산이 일만칠천 평쯤 되는데 산림법에 걸리지 않을 만큼 마음껏 활용하세요. 또 묘소 아래 밭으로 등록된 땅이 한 오백 평 남짓인데, 오랫동안 묵혀서 불모지이지만 개간하면 좋은 밭으로 사용할 수 있지요. 제가 대종손이라서 제 말이면 집안 어른들은 단 한 분도 이의할 분 없어요."

도윤은 그쯤이면 자신이 내려가서 농사지어도, 날마다 길에 돈 깔아 가며 살아야 하는 도시 생활보다 더 나을 것 같았다. 대천에서 멀지 않으니 순덕도 반대하지 않을 것이라 생각되었다.

"봉산리서 하시겠다고 나선 분들이 계셨긴 했는데요, 자신의 일도 많은 분들이라서 성의 있게 해 주실 분들이 아니었어요."

"그거 내가 허면 안 되남?"

"아저씨면 저는 더 좋죠. 같은 천씨라서 자기 달라던 마을 분들도 오해하지 않겠고요. 그 대신 지내실 집은 직접 고치셔야 해요."

도윤은 그날로 봉산리에 내려왔다. 묘지기가 살 집은 봉산리와 조금 떨어져서 마을 사람들의 사생활 침해가 없겠기에 더 좋았다. 3, 4년은 비워 두었는지 몇 곳은 손을 봐야 생활할 수 있었다. 순덕을 위해 부엌을 돋고 벽을 터서 입식으로 개조하고 싱크대를 설치해 놓았다. 남은 한쪽은 도윤이 온돌방과 불 때는 아궁이를 좋아해서 그대로 살렸다. 우물 반대쪽엔 정화조를 묻고 윗방과 이어진 골방은 샤워실 겸 화장실로 변기와 욕조를 설치했다. 그동안 도배사로 모은 돈이 거의 다 들어갔다. 집을 다 고쳐 놓고 집들이할 때서야 순덕을 데려와 보여 주었다. 순덕도 대천 시내까지 버스를 타야 하는 불편은 있어도 같이 지낼 수 있어서 좋다고 했다. 바로 그 교통 불편이 딱 한 가지 단점이었다. 봉산리에서 지낸 지 얼마 안 되어 교통 불편함을 피부로 느꼈다. 도윤은 궁리 끝에 그 단점을 보완하는 방법으로 오토바이를 구했다. 먼 곳이나 대천 장을 갈 때는 시내버스를 이용하고 간단한 생활 필수품을 사거나 이발 등을 할 때는 오토바이를 타고 칠봉면까지 나가는 것이었다. 오토바이로 10분도 채 안 걸리는 거리니 큰 불편 없이 다닐 수 있었다. 헬멧을 순덕의 것까지 둘을 장만했다가 인겸이를 맡은 뒤 아기용을 하나 더 샀다. 셋이 함께 오토바이를 타고 칠봉면에 나갔다 올 땐 순덕이 무척 좋아했다. 농사처로 천씨네 종산 묘소 아래 오백 평을 조금씩 개간하며 넓혀 갔다. 본래 지목이 밭인데 묘지로 사용할 목적으로 오래도록 묵혀 두었던 탓에 불모지가 되었다. 장묘 문화가 납골당이나 수목장으로 바뀌면서 더 이상 천씨네 묘는 늘어나지 않았다. 도윤이 마음 놓고 밭으로 다시 일굴 수 있었던 이유다. 궁릉 밭이지만 오백 평이 도윤에겐 살림에 필요한 돈을 꼭꼭 마련해 주는 보물 터전이었다. 특용 작물을 생산하면 요긴하게 쓸 목돈이 되곤 했다. 도윤은 시류를 잘 타며 농사를 지어 가격 때문에 손해 보거나 망치는 일은 거의 없었다. 남들이 안 하는 것만 골라 재배하니 그때그때 제값을 충분히 받을 만큼 수효가 많았다.

논농사로 식량은 충분하고 농민에게만 정부가 주는 지원금인 직불금을 받아 제수용품 비용하면 좋았다. 생각할수록 양조장 아들이 고마웠다. 이젠 걱정 없을 것으로 생각되었다.

하늘은 도윤과 순덕에게 시샘이 많은 것 같았다. 정리해고 된 요섭이 그 아내와 이혼을 했다. 아내는 낳은 지 백일도 지나지 않은 아기 인겸이를 요섭에게 두고 홀연히 떠났다. 요섭은 계약직 일을 찾아 하느라고 아이를 돌볼 수가 없었다. 그래서 그 아이를 순덕이 맡아 기르게 되었다. 아기의 이름은 도윤이 지어 준 인겸으로 출생 신고가 되어 있었다. 요섭은 서류를 이혼 처리하지 않았다. 젖먹이 아기를 두고 떠나 버릴 만큼 비정한 엄마는 아니라고 했다. 아내에게 말 못 할 사정이 있을 것으로 생각하고 기다리겠다고 했다. 그러나 며느리는 이혼 서류와 함께 일방적인 이별 통고만 쪽지로 하고 사라졌다. 그 후로 아무 소식이 없다. 그래도 기다리는 요섭의 마음을 잘 아는 도윤은 요섭을 말리지 못했다. 순덕은 틈틈이 도윤의 농사일을 도우면서도 아기를 맡아 잘 돌보았다. 우유로 키우지만 젖살이 올라 오동통 귀여운 인겸이가 두 사람의 힘겨운 하루를 씻어 주고도 남았다. 순덕이는 아기의 미래를 위해 교육 보험도 들어 두었다. 모두 요섭이 아기를 데리러 오면 챙겨 줄 것들이었다. 그러나 그런 소박한 행복의 계획조차 날벼 락으로 깨질 줄은 상상도 못했다. 아기를 맡긴 지 한 달 후 에 아기를 데리러 온다던 요섭의 사망 소식이었다. 하청 받은 회사에서 의문 사체로 발견되었다는 거였다. 하청을 준 회사가 바로 요섭을 정리 해고한 B.YOUNG 회사였다.

장례식 내내 순덕은 혼절하기를 수차례, 결국 몸부림치 다 정신을 잃고 응급실로 보내졌다. 낳지 않은 아들임에도 진심으로 요섭을 자신의 아들로 여기고 사랑했음을 보여 주었다. 충격으로 혼이 나간 듯이 멍한 도윤은 동섭의 부 축으로 노동자 몇 사람과 요섭의 장례를 치렀다. 요섭의 아내는 끝끝내 나타나지 않았다. 도윤은 그런 며느리를 행 방불명으로 신고해 두었다.

갑작스런 요섭의 죽음에 의문이 많아서 사망 원인을 알 아보고자 사고 현장과 경찰서를 가 보았다. 경찰 조사엔 가스 질식사로 처리되어 있었다. 그 부서의 임직원이 아니 라서 순직 처리도 안 되고 그냥 본인 실수의 사고사로 되 어 있었다. 검시라도 제대로 해서 사망 원인을 확실히 밝 혀 주면 좋겠는데, 경찰은 의문사로 보지 않고 그냥 사고 사로 종결했다. 도윤은 나름대로 며칠을 다니며 현장 사람들에게 묻고 살펴보고 요섭과 친하다는 사람들을 만나며 조사해 보았다.

"실은 전날 B.YOUNG 회사의 담당 직원과 천요섭 씨가 심히 다투었습니다. 뭔가를 요섭 씨가 알고 그쪽에 그것을 따지며 바로 잡지 않으면 신고하고 세상에 알리겠다는 것 같았습니다. 그런데 왜 거기 가서 가스를 마신 건지…. 하청 일은 가스와 아무 관련 없는 일이거든요. 가스가 유출되는 폐유 처리 작업장 직원이 아침에 출근하니까, 천 씨가 쓰러져 있더래요. 평소에도 지각이야 안 하지만 자기가 맡은 일터도 아닌데, 가장 먼저 나와서 쓰러져 있었다는 것이 너무 이상합니다…. 이런 얘기 제가 말씀 드린 것은 절대 비밀입니다. 누가 물으면 이런 말씀 드린 적 없다고 할 것입니다. 애쓰고 다니시는 모습이 안 되셔서 귀띔이라도 해 드리는 것입니다."

같은 비정규직 동료가 전해 준 정보를 듣고 심증이 잡히기 시작했다. 반드시 어떻게 죽었는지는 알아내야겠다고 다짐했었다. 알아내어 나중에 손자가 자라면 제대로 말해 주어야겠다고 생각했다. 그러나 그 어디서도 물증을 마련할 방법도 길도 없어 막막했다. 사망 전날의 행적조차 알아보기 어려웠다. 병원으로 B.YOUNG 회사로 뛰어다니며 노력했으나 힘 부족이었다.

업무 방해로 신고가 들어왔다고 도윤을 말렸다. 분통이 터져 죽을 지경이었다. 하지만 공권력이 철저히 회사 편을 들어 질식 사고를 심장마비로 바꿔서 결정하는 데야 어쩌 겠는가?

B.YOUNG에서 요섭과 같은 부서에 있던 직원을 퇴근 후 만나기로 약속받았다.

그가 제시한 작은 식당에 약속 시간보다 20분 먼저 도 착했다. 이야기하기 좋은 구석 자리에서 기다렸다. 약속 시간보다 10분 늦게 나타난 그는 도윤이 살해당한 것 같 다고 했다. 그 전날까지 해내야 할 하청 일을 밤늦도록 마 치고 자신에게 찾아와 술 한잔하자고 했다는 것이었다. 전 도분 이사와 한바탕 다투었다는 말을 요섭에게 직접 들었 다고 했다.

"모처럼 천 대리님을 만나 2차까지 마시고 열두 시 넘어 서 헤어졌어요. 그런데 아침 일곱 시도 안 되었는데 일터 도 아닌 곳에 쓰러져 있었다니 도저히 믿어지지 않았어요. 술을 싫컷 마시고 며칠 쉬어야겠다고 했던 사람이 제일 먼 저 출근하다니 이상하지 않아요? 근데 소문이 B.YOUNG 회사의 전도분 이사가 청부 살인한 거라고 소문이 나 있어요. 전도분 이사가 거느리고 관리하는 자들이 보통 사람이 아니랍니다. 천 대리님이 무슨 비밀을 알고 있었는지도 모르죠."

도윤은 청부 살인이란 말이 나왔을 때부터 이미 확신했다. 이주동이 자신과의 원한 때문에 요섭이를 죽인 것이라는 확신이다. 진짜는 이요섭인데 천요섭인 줄 알고 자신의 아들을 자신이 죽인 것이었다. 도윤은 넋을 잃은 좀비인 듯이 식당을 걸어 나오다 서서 미친 듯이 자신의 머리를 쥐어뜯어 댔다.

"흐으아아아아아~!"

감정이 복받쳐서 어떻게 할 줄을 모르며 두 팔을 떨어대며 소리쳐 울었다. 지나가던 사람들이 모두 놀라 피해 가거나 서서 바라보는 이들이 있어도 도윤은 의식하지 못했다. 누군가 신고했는지 경찰차가 한 대 와서 도윤을 진정시키려 했다. 공원 의자에 앉아 도윤 스스로 감정을 억누르며 경찰을 손짓으로 돌려보냈다. 도윤은 머릿속이 매우 복잡해졌다.

"이 노릇을 어쩌면 좋단 말인가?"

생각할수록 이주동이 밉다. 죽이고 싶도록 밉다. 요섭이 자신의 아들인 줄 알면 어떻게 나올까? 사진을 들고 가도 믿지 않는 자가 이젠 영영 안 믿을 것이다.

　도윤은 요섭이 자신을 아비로 만나서 그리 된 것이라고 자책되었다. 천도윤이란 지독한 좌익 아비를 만나지 않았다면, 이주동 같은 돈 많은 아비 품에서 자랐다면, 직장에서 찍히지 않았을 것이고 정리 해고도 없었을 것이다. 또한 사회에서도 많은 대우를 받으며 힘들지 않았을 것이다. 빨갱이로 불리는 힘없고 소외된 아비를 둔 까닭에 연좌제에 걸려 좋은 일자리도 얻지 못하고, 평생을 고생하다가 겨우 기술 자격증의 힘으로 잡은 직장이었는데, 그렇게 무참히 잘리고 죽임을 당한 것이다. 죽어서도 죽은 원인조차 밝히지 못하는 참으로 가련한 목숨이다. 이러한 소외층에겐 협조해 줄 권력이란 민중의 힘 말고는 아무 곳도 없다. 그러나 그 민중마저도 우민이 되어 외면했다. 배신의 땅에선 돈 없으면 노예고 배경 없으면 죄인이었다. 오로지 돈과 권력만이 모든 것을 해결해 주는 사회가 된 것이다.

그들만의 세상

할아버지의 일기를 통해서 인겸이는 비로소 자신이 이주동 회장의 친손자임을 확인했다. 그 후 인겸이는 천도윤 할아버지를 위해 마음의 빗장을 단단히 채우게 되었다. 빗장을 채우면서도 그냥 넘길 수 없는 한 가지가 생겼다.

할아버지의 일기에서 모든 정황을 파악한 인겸이는 끓어오르는 의분을 참기 어려웠다. 천요섭의 죽음에 대한 진실 왜곡과 이주동 회장이 할아버지를 함부로 내친 짓만은 그냥 넘길 수 없다. 마침 회장을 만나기로 약속이 잡혔으니, 할아버지의 일기 중 이주동을 찾아갔던 이유가 기록된 부분과 천요섭의 백일 사진을 챙겨 품에 넣고 나섰다.

교문을 나오니 검은 차 두 대가 인겸이를 막아섰다. 가격이 몇 억대 간다는 외제 차다. 무슨 일인가 싶어서 어벙

하게 서 있었다. 말쑥한 사내 둘이 차에서 내린다. 위협을
느낀 인겸이는 학교로 들어가려고 돌아서는데 이미 교문
에도 두 명이 막아서 있다. 도망도 못 가고 오제도 장욱도
없으니 싸우다 죽자고 각오하며 싸울 준비를 했다. 그때
뒤 차의 뒷좌석 문 유리가 내려가더니 이주동 회장이 얼굴
을 내밀었다. 순간 인겸이는 머리끝까지 분기탱천하여 회
장을 노려봤다.

"야! 천인겸! 어여 예 타라. 내가 너헌티 뭘 으떻게 해야
좋을지 물을 게 있다."

잔잔한 목소리와 우울한 듯 부드러운 표정이 해칠 생각
은 아닌 것 같았다. 회장을 믿을 순 없지만 기분을 가라앉
히고 시키는 대로 일단 차에 탔다.

"네가 내 손자였다니… 세상에…내 핏줄도 몰라보
고…."

차에 타자마자 회장은 눈물을 질금거리며 혼자 중얼대
듯이 말하며 인겸이의 손등을 쓰다듬었다. 인겸이는 당혹
스러웠다. 일단 무슨 말인지 모르는 듯이 되물었다.

"누가 누구의 손자라고요? 무슨 말씀이신지?"

"내가 다 알어봤다. 니가 나헌티 그간 당헌 이야길 헤 줘
서 다 조사해 봤어. 경찰 조사두 또분이 그 나쁜 것이 니

가 내 손자라서 해치려구 헌거루 돼 있더라. 츰인 니가 내 손자란 걸 안 믿었다. 근디 지난번이 기찬이, 기만이 두 놈 야단치다가 걔덜이 헌 말이 거짓이 아닌 것두 같구, 또 사진두 내가 지녔던 거와 다른 거 같구, 멫 가지가 미심쩍어서 내가 유전자 검사를 의뢰했잖것니? 오늘 결과가 나왔는디 너랑 내가 친조손간일 확률이 구십구 쩜 구구구구구구구구뿌로라더라. 인겸아 내가 다 잘못했다. 내 아들 내 새끼를 몰르구 그 숭악헌 것이 해치도룩 놔두다니…. 천가헌티두 많이 미안허다 내가 다 갚진 뭇허지면 사는 날까장은 갚어 갈란다."

보였던 눈물은 간 곳 없이 이 회장은 기분이 살아나는 말투다. 인겸이는 어떻게 하면 차에서 빨리 내릴까 궁리하느라 머릿속이 복잡해졌다. 이야기하는 동안 차는 이미 학교로부터 멀리 나와 있었다. 이럴 때 사진을 꺼내 보여 봤자 이 회장의 핏줄 찾기만 북돋아 시간 낭비만 될 뿐이다. 우선 자리를 모면하고 싶었다.

"죄송해요. 오늘은 제가 약속이 있어서 급히 가 봐야 해요. 제가 되도록 빨리 찾아뵐게요."

"약속헌 디가 오딘디? 누구랑 했간 그러냐? 차 보내서 그 사람 델구 오면 되잖여."

"아유~! 그러시면 안 돼요. 바쁜 감독, 코치들께 어떻게 오라 가라 해요 제가 들어가 봐야 해요. 회장님 잠깐만 뵈려고 나서던 참인데 뵈었으니 한시라도 빨리 들어가 훈련해야죠."

"이 기사! 차 되돌려서 사래고등학곤지 거기루 가자."

"아이, 회장니임 오늘은 그냥 제가 가고 낼 찾아뵐게요."

"너 지켜 줄라구 그려. 못된 것덜이 널 해코지 헐라구 허는 걸 알구두 내가 널 그냥 두겠네? 오티기 하나밖에 읎는 내 새끼 세상 다 줘두 뭇 바꿀 내 새끼를 그 못된 것덜이 해코지 허게 그냥 둘 수 있어? 또분이 년 그게 아주 사악헌 승냥이였다니 생각만 헤두 소름이 돋구 이가 갈린다. 그년 아주 깜빵에서 늙어 뒈지도록 헐거여 내가."

"그보다 제 아버지 천요섭 사망 사고의 진실이나 회장님께서 확실히 밝혀 주세요."

"암! 그러야지! 당연히 그러구 말구! 내 아들인디…. 내가… 내 아들을 물러보구…. 천가가 나를 찾어 왔을 때라두… 이야기를 들었으야는디…. 내가 죽인겨, 내 새끼를… 내가."

이 회장은 인겸이 앞인 것을 잊었는지 소리 내어 옷깃이 젖도록 눈물을 흘렸다. 인겸이도 천도윤 할아버지의 한이 서린 일이라서 이 회장의 눈물에 숙연해졌다. 한참 만에 숨을 고르며 마음을 진정한 이 회장이 다시 입을 열었다.

"너 그거 있다고 헸지? 천가가 쓴 일기 말여 그거나 내게 좀 보여다오. 그걸 봐야 정황을 제대루 알구 증확헌 판단두 헐 수 있을 것 같어."

"알겠어요. 내일 챙겨서 가지고 회장실로 갈게요."

"아녀 넌 그냥 지둘러 내가 오마."

어느새 차는 사래고 정문 앞에 당도했다. 인겸이가 차에서 내리자 사내 둘이 같이 내려 인겸이 앞뒤로 서서 학교 안까지 따라왔다. 인겸인 모든 것이 부담스럽고 어색해서 죽을상이 되었다.

이른 새벽 운동으로 지쳐 있어서 아침을 먹고 잠시 쉬려는데 이주동 회장이 기사를 보내왔다.

"회장님께서 교문 앞에 대기하고 있으니 일기를 챙겨 나오라 하십니다."

훈련이 없는 기간이라서 훈련 핑계도 댈 수 없다. 일기장을 시기별로 챙겨서 보따리에 싸들고 나갔다. 이 회장은 기사에게 일기장을 차 트렁크에 넣어 두라 하고, 밝게 웃으며 자기 옆에 인겸이를 태웠다.

"인저라두 너를 찾아서 을마나 다행이냐? 나 어젯밤 이미 변호사랑 입회인 불러서 유언장두 다 써서 공증혀 놨다. 하루라두 빨리 혀야지 내가 온제 어찌될지두 물르잖어. 나 죽으면 내 모든 재산 너헌티 주라구. 니가 내 친손자라구. 다 적어서 공증혀 놨어."

"아뇨! 전 싫어요. 앞으로 무슨 이유를 내놓으셔도 절대 받아들이지 않을 것입니다. 저는 제 힘으로 살기를 원해요. 소박하게 저 하고 싶은 축구만 하며 자유롭게 살 것입니다. 우리 할아버지께선 제게, 행복의 조건 중 가장 중요한 것이 자신의 자유라고 가르치셨어요. 남의 간섭 없이 제 스스로 판단하고 선택하며 살아가는 자유로운 정신이 무엇보다 소중하다고 말씀하셨어요. 그런데 B.YOUNG이란 그룹의 막대한 지분을 소유하면, 지금까지의 자유로운 저를 지우고 B.YOUNG의 생리에 매여 그 안에 갇혀 살아야 해요. 자신도 없고 부담되고 싫어요."

인겸이는 단호했다. 말없이 빙글빙글 웃는 회장은 '네가 지금은 아무리 그래 봐야 결국 받아들이게 돼 있다. 시간문제니 서두르지 않고 기다려 주마' 하고 생각하는 것 같다.

"할아버지 일기는 제 재산 목록 1호예요. 꼭 읽으시고 잘 챙겨서 돌려 주세요. 꼭 읽으셔야만 제가 어떤 길로 가든지 왜 가는지 이해하실 겁니다."

"내가 그러마. 천가 그자가 전장터서 죽을 내 아들 살리구, 기르구, 또 나헌티 데려왔었는디 내가 못나서 받지 못했구먼. 이제 그거라두 읽어 보구 천가 마음을 알어봐야겄지. 암 암 그러구 말구, 그리구 천가 기일이 온젠지 내가 천가 묘소를 찾어봐야겄다."

혼잣말인듯 인겸이 들으라는 듯 허텅지거리를 하는 이 회장의 표정에 회한이 가득해 보인다. 인겸이는 단호하게 가릴 것이다. 자신은 철저하게 B.YOUNG과 아무 상관없는 존재로 살 생각이다. 전도분처럼 돈의 걸구로 살고 싶지 않다. 여태 아버지의 백일 사진이 두 장인 것을 아무에게도 말하지 않은 이유다.

경찰 조사로 그 조카라는 여성 전도분이 한 짓이 모두 밝혀졌다. 이주동 회장은 범행에 연관되지 않았다. 사건의 전말을 다 듣고 나니 전도분이 왜 그랬으며 어떻게 했는지 그 정황들이 드러났다. 천도윤 할아버지께서 전도분에게 천요섭에 대해 말씀을 안 했지만, 전도분은 할아버지를 만났던 날 이후로 천도윤의 뒷조사를 했다. 그렇게 B.YOUNG 그룹 하청 업체에서 일하는 천요섭을 찾아냈다. 그가 이주동 회장의 잃어버린 아들과 생년이 같은 것을 알고 몰래 유전자 검사를 했다. 이주동과 친부자간임을 확인한 전도분이 천요섭을 제거한 것이다. 이주동 회장이 죽으면 그 재산을 자신이 상속받을 것인데, 생면부지였던 친자에게 상속되는 것을 그대로 보고만 있을 전도분이 아니었다. 인겸이를 찾지 못하게 박문수까지 동원할 정도로 치밀한 그가 천요섭의 존재를 어설프게 했을 리 없다. 경찰까지 손아귀에 넣고 사고사로 처리했을 정도였다. 천요섭을 해고하면서 이주동에겐 철천지원수인 천도윤의 아들임을 말했을 것이고 이주동은 복수심으로 전도분이 하는 짓을 묵인했을 것이다. 전도분은 천요섭을 제거하고 안심했는데 최근에 쌍둥이 형제가 천요섭의 백일 사진이 또 한 장이 있다고 이야기하는 것을 듣고, 천요섭의 아들 천인겸의 존재를 알게 된 것이다. 같은 축구 선수로 쌍둥이들의 포지션 경쟁자라니 더더욱 눈엣가시로 여겼던 것이다. 어리고 세상 물정 모르는 인겸이라서 쉽게 제거될 줄 알고 사고사로 위장하려 했는데 계속해서 실패했던 것이다.

그 전도분만 보아도 막대한 금전이란, 만능과 행복만 거느린 것이 아니라 폭력과 재앙도 거느리고 있다는 것을 알 수 있다. 박문수가 괘씸하고 전도분이 밉지만 그것은 그들의 세계에서 사는 방식이고 인겸의 사는 방식은 다르다.

마치 공중에 나는 새와 물고기의 차이라고나 할까? 소박하게 맑은 물 깊은 곳에 자신의 행복을 찾아 사는 물고기가 공중의 새보다 불행하다고 할 수 없다. 새는 새로 사는 데 좋도록 진화되어 있고, 물고기는 물고기로 살기 좋도록 진화되어 있다. 물고기도 새도 서로의 자리를 바꿔 살 수 없는 것. 이미 자신은 천도윤의 물고기로 진화한 지 오래다. 태어나서 지금까지 천도윤 할아버지의 정신에 의해 양육되고 진화되어 왔다. 그 영역을 벗어나면 제대로 행복하게 살지 못한다. 그 영역을 구축하기 위해 누구와도 옹벽을 쌓아야 된다면 쌓을 것이다. 모든 것을 잊고 축구만 하고 싶다.

인겸이의 의지와 달리 이 회장과의 관계가 일파만파로 퍼져 세상이 다 아는 일이 되어 버렸다. 언론의 관심이 그대로 두지 않았다. 인겸이는 인터뷰 요청을 거절하느라고 진땀을 뺄 지경이다. 밖에 나다니는 것조차 두렵다. 테러 위협이 있을 때보다 더 긴장이 되어 다닌다. 손에 카메라를 들고 있는 사람만 봐도 놀란다.

전도분은 검찰로 넘겨져 구속 영장이 떨어지고 박문수를 소환한다는 소식이 있었다. 얼마 지나지 않아 박수린이 인겸에게 문자를 보내왔다. 오픈창이 아닌 일대일 대화창이었다.

"천인겸 선수 우리 오빠 박문수 용서해 주세요…. 오빠는 달게 벌 받겠다며 천인겸 선수에게 말하지 말라 했지만 오빠를 생각하는 저는 그럴 수 없어서 이렇게 문자로 말씀드립니다. 오빠는 지금까지 자신이 회장님의 친손자 역을 하는 것이 잘못인 줄 모르고 있었어요. 모두 전도분 이사가 시키는 대로 했으며 그 이사에게 속았습니다. 오빠뿐만 아니라 저를 포함한 가족 모두 속은 겁니다. 자기 외삼촌을 위해서 손자 역할을 좀 해 달라고…. 가족 없는 외삼촌이 잃어버린 아들이 있는데 그 아들이 돌아가신 우리 큰아버지라고 속여 달라했답니다. 아흔 살 넘어, 살아갈 날이 얼마 남지 않은 분이 6·25 때 죽은 아들을 찾는 것을 더 이상 보기 딱해서라며, 이 회장이 작고할 때까지 오빠가 손자 역만 잘해 주면 하고 싶은 축구 마음껏 하도록 모두 자신이 밀어주겠다고 약속했답니다. 친손자인 인겸 씨가 있는 것을 알고 인겸 씨를 테러하면서까지 우리 오빠를 악용했다는 말을 듣고 너무나 놀랐답니다. 오빠는 인겸 씨의 존재를 알았다면 절대로 응하지 않았을 거랍니다. 오빠가 급히 귀국할 것 같은데 제일 먼저 천인겸 선수를 만나고 싶답니다."

박문수를 이해할 수도 없고 이해하고 싶지도 않았다. 천사모 회장 박수린을 무시할 수 없었다. 인겸인 스스로를 팬 카페가 있는 공인으로 자부하고 있다. 싫어도 만나서 변명이라도 들어주어야 옳은 태도일 것이다. 간단히 수린에게 답장을 보냈다.

"내게 기자들이 붙어 있으니 도착하면 이내 경찰서로 가라고 전해요. 거기서 면회할게요."

인겸이는 의도적으로 며칠 동안 B.YOUNG에 가지 않았다. 가기 싫어도 이 회장을 만나 박문수 면회를 허락받아야 한다.

이 회장은 이제나 저제나 인겸이가 자신을 찾아오기를 기다리고 있었다.

"오떠냐 요즘은 너를 해코지 헐라는 것덜 읎지?"

"회장님이 해코지 안 하시는데 누가 있겠어요."

"에~이 또 그런다아! 내가 아니라니께에!"

"히히히 화내시는 거 보니까 옛날의 그 회장님 맞으시네. 요즘 저를 대하시는 회장님은 회장님 같지 않으셔요."

"자꾸 늙은이 놀리면 벌 받어. 그나저나 생각 즘 혜 봤냐?"

"뭐를 생각해요?"

"내가 허자는 대루 헐 생각."

"제 절대 변하지 않아요. 그보다 박문수, 아니지 이민철이 면회 좀 시켜 주세요."

"이민철은 무슨? 니가 걔를 뭐 헐라구 만나? 걔가 나랑 너를 속이구 니 자리를 차지헌 아주 숭~악헌! 나쁜 늠인디 만나서 뭣허게? 어림두 읎다!"

"그게 아녀요. 검찰 조사를 받으면 다 밝혀지겠지만 박문수는 지가 내 대신인 줄 전혀 몰랐어요. 그냥 회장님 아들은 전쟁 때 죽었고 회장님은 그 아들을 찾고 있다면서 전도분 이사께서 회장님 생전 동안만 가짜 손자 역할을 해 달라고 요청해 왔대요. 대신 축구 유학 보내 주고 모든 뒷바라지를 해 주겠다고요. 그 제안에 손자 노릇을 함으로서, 회장님 행복하게 해 드리는 일이라고 생각하니 나쁘지만은 않겠다고 생각되었나 봐요. 만약 속이고 있었다면 어떻게 제게 마음껏 먹으라고 고기를 사 주며 자기가 대기업 회장 손자라고 자랑했겠어요? 진짜인 줄 알았다면 자신이 가짜이니 심리적으로 껄끄러워서도 회피했겠죠. 문수는 회장님 손자가 되기 전부터 나에겐 아주 잘해 주던 동무예요. 돌봐 주는 가족이 없는 내겐, 박문수가 외로움을 달래 주는 몇몇 동무 중에도 가장 좋은 동무였어요. 반면에 전도분 이사께선 이미 저의 존재를 아셨던 것 같아요. 그래서 회장님이 아들 찾으시는 것을 중단시키려고 박문수를 이용했고, 재산 상속 문제로 저를 해치려고 했던 거지요. 그러니 박문수는 선처를 부탁드려요 회장님."

"으이구으이구~! 아주 그늠 변호사루 나섰네 변호사루! 으이구~!… 가서 담당 검사헌티 딴 소린 허지 말구 그늠 쌍판때기만 잠깐 보구 와!"

회장은 아주 인겸이를 완전한 손자로 여겨 편히 대하고 있다. 솔직히 인겸이도 갈수록 인간적인 친근감이 느껴진다. 그렇다고 마음 바뀐 건 절대 아니다.

조사실에 있는 박문수는 이미 파리한 모습이었다. 30분 휴식 시간에 인겸이가 들어갔다. 인겸이를 보자 고개를 숙이고 말이 없다. 인겸이도 막상 얼굴을 보니 할 말이 없다.

"내가 진짜인지 정말 몰랐어?"

"맹세코 몰랐다. 믿어다오. 알았으면 회장을 위해 알렸을 것이다. 그냥 전쟁 때 죽은 아들을 살아 있을 거로 믿고 애타게 찾는 노인네가 불쌍하더라. 전도분 이사의 말만 고대로 믿었지. 어쨌든 너에게 미안하다. 죽을죄 졌으니 처분만 기다릴게."

박문수는 인겸이와 마주칠 때도 땅만 보더니 얼굴을 한

번도 들지 않았고, 인겸이와 눈을 마주치는 것을 피했다. 어쩌면 울고 싶은 심정일 것이다.

"형, 나는 형을 믿어. 절대로 알고도 그럴 사람이 아니란 것을 내가 잘 알지. 모두 전도분의 말만 믿었겠지…. 이 회장께 잘 이야기해 놨으니까 너무 걱정하지 말고 기다려 봐. 필요하면 내가 탄원서라도 써서 넣어 줄게."

그때서야 박문수는 얼굴을 들고 인겸이의 눈을 똑바로 보며 말했다.

"아녀 그러지 마라. 나 그냥 법대로 죗값 달게 받을 거야. 내가 무슨 할 말이 있겠니?"

"너무 자책하지 마. 내가 형이었다 해도 충분히 그럴만 하니까. 힘내."

수린이가 면회온 것 같지만 인겸이는 그녀와 마주치지 않기 위해 뒷문으로 빠져나왔다. 박문수의 말을 조금도 의심치 않겠다. 또한 자신에게 스페인으로 들어와 같이 뛰자던 말들도 모두 진실임을 믿을 수 있어서 좋다. 이 회장의 손자답게 보이려면 그 정도는 과시할 수 있어야 실감도 나고 그럴 듯도 할 것이다. 같이 축구하고 싶은 인겸이에게 그 선심을 쓰고 싶었고, 더구나 경제적으로도 어려우니 도우려고 했을 것이다.

지하철역에서 열차를 기다리고 있는데 오제의 전화가 왔다.

"야, 니네 작은아버지라구 너 찾아왔길래 전화번호를 갈쳐 줬는디 괜히 갈쳐 준 거 같다. 오쩐다냐. 모르는 전화 오걸랑 받지 마라."

"아냐! 잘했어 고마워… 나? 지금 지하철… 한 30분 뒤에 들어갈 거다… 그래 이따 보자."

도라지 사건 뒤로 연락처마저 없었던 작은아버지가 웬일인가? 이번엔 또 무슨 트집을 잡아 괴롭히려는지? 만약 도라지 판 돈 때문이라면 그동안 알바해서 모아 둔 돈이라도 다 털어서 주고 말 것이다. 이참에 작은아버지와 맺힌 것도 다 풀고 좋게 지낼 수 있으면 좋겠다.

지하철을 타고 이동 중에 모르는 번호로부터 전화가 왔다. 작은아버지임을 직감할 수 있었다.

"인겸이냐? 나 작은아빠다. 그간 잘 지냈냐?"

목소리는 분명히 작은아버지인데, 지금까지 이처럼 부드럽게 대한 적이 없었다. 보이스 피싱이 목소리까지 모사해서 사기를 친다던데 혹시 그런 일 아닌가 싶다. 일단 전화를 잘 받자고 대답을 했다.

"예 작은아버지 그간 안녕하셨어요?"

"그래, 너 만나려면 지금 어디로 가야 하냐?"

"어디라뇨? 당연히 학교지요."

"프로 구단 캠프엔 못 간 거야?"

"계약하자더니 아직 소식이 없네요."

"나 학교로 갈게 조금 있다 보자아."

인겸이는 왜 작은아버지의 태도가 갑자기 변했을까 궁금했다. 어쨌든 만나보면 그 까닭을 알 수 있을 것이다.

감독에게 개인 행동이 많다고 꾸지람 들을 각오를 하고 있었다. 유소년 국가 대표 탈락 후 속상한 마음을 이해해 주는 것도 한계가 있을 듯, 곧 큰 꾸지람을 들을 것으로 예상했었다. 예상을 깨고 감독도 코치도 아무 말 안 하고 평소와 똑같다. 이상했다. 갑자기 인겸이를 '동물의 왕국'에서 사자 대하듯이 하는 분위기다. 왠지 불안하다. 꿈이라면 깰까 불안하고 현실이라면 뭔가 음모가 있어서 반전될까 불안하다.

"인겸아, 그간 잘 있었냐? 그동안 내가 너무 너에게 소원해서 미안하다."

"예 그간 안녕하셨어요? 성겸이 형은요?"

"지난주에 제대하고 복학 준비 중이다."

성겸이 형이 벌써 군대 제대를 하다니? 어느새 세월이

많이도 흘렀다. 여름 방학에 형과 개울에 가서 물고기도 잡고 수영도 했던 때가 얼마 전 같은데…. 또 겨울 방학 땐 고구마 구워 먹고, 구릉진 밭께 경사진 언덕에서 비닐 비료 포대로 눈썰매를 타며 놀았던 기억이 방금 찍은 사진 같은데… 그랬던 성겸이 형이 벌써 군대를 제대했다. 사촌 끼리 얼마 동안을 보지 못하고 지낸 것인가?

"야, 인겸아 너 친할아버지 찾았다며? 신문 봤다. 그거 봐라 너와 난 피 한 방울도 안 섞인 남이라 했잖니. 친할아 버지가 부자라서 다행이다. 어우, B.YOUNG 그룹 회장의 손자라? 그 것도 유일한 손자? 흠흠흠흐 참."

작은아버지의 느물느물 웃는 웃음이 파출소에서 정떨어 지게 했던 작은아버지의 기억을 되살려 주었다.

"다행일게 뭐 있어요? 나는 B.YOUNG 그룹 회장과 아 무 상관없이 살 건데요. 난 오로지 천 도 자 윤 자 님의 손 자 천인겸일 뿐입니다."

느물거리던 동섭은 웃겨 죽겠다는 표정으로 인겸이 얼 굴에 코를 들이댔다.

"하~! 하하하. 네가 정말 그러겠다. 조금 지나 봐라. 네 태도가 백팔씹또! 돌아설 테니, 그 자리는 황태자도 부럽 지 않은 자리인데 네가 포기할 리 있겠냐?"

"아뇨, 나는 천인겸 이름으로 축구할 것이고 축구로 그 이름을 날릴 것입니다. 나만의 힘으로 그렇게 성공하는 것이 내 꿈이고 그 꿈이 내게 참행복을 줄 유일한 길입니다."

"바보냐? B.YOUNG 그룹 가면 축구 못 하냐? 더 넓은 세상으로 진출해서 할 수 있고 미래가 보장되었는데 그 알량한 네 힘으로? 그래… 머 그래 봐라 그리 되나. 그럼 난 네가 B.YOUNG 그룹 회장의 손자라는 걸 확인했으니 내 볼일 보러 갈란다. 잘 지내시게 다음에 또 보세, B.YOUNG 그룹 회장 손자님."

천동섭은 신이 났는지 건들거리던 몸을 아예 어깨춤으로 바꾸며 학교를 빠져 나갔다. 인겸인 작은아버지의 행동이 못마땅하고 왠지 불안했다.

프로 팀과의 계약도 여태 소식이 없으니 물 건너 간 것 같다. 어떻든 운동을 게을리 할 수 없다. 몸 컨디션은 훈련 하루 하고 안 하고에 따라 민감하다. 그런데 자꾸 개인 훈련에 방해가 되는 일들이 너무 많다. 작심하고 훈련을 하려다 보니 할아버지의 마지막 일기를 다 읽지 못하고 있다. 하지만 할아버지의 삶과 정신을 충분히 이해하고 한편으론 감동도 받고, 한편으론 안타깝고, 어떤 부분에선 답답했다. 전체적으로 화도 나지만 할아버지 말씀대로 세상이 어찌 내 마음대로 돌아갈까? 수많은 세상 사람들이 어찌 모두 한마음이 될 수 있을까? 남에게 피해를 주면서 자신의 이익만 추구하는 일이 없으면 다툴 일도 없을 것이다. 서로를 인정하고 이해하려고 노력한다면 참 좋은 사회가 될 것이다. 인겸이는 언제부터 자신이 이러한 생각들을 하게 되었는지는 잘 모르겠다. 그러나 할아버지와 함께 지낼 때 할아버지로부터 듣거나 보고 자라며 얻었고 그후 일기를 보며 깊이 생각해 보는 습관이 굳어진 것 같다. 이것은 좋은 점이긴 하나 인겸에겐 큰 단점이기도 하다. 누가 무슨 말을 하는데 딴 생각할 때가 많기 때문이다. 그래서 멍 때리는 멍겸이라는 별명도 새로 생겼다.

샤워를 하고 잠자리에 들려는데 이 회장으로부터 전화가 왔다. 사람을 보낼 테니 나오라는 요구였다. 시간을 보니 저녁 9시가 넘었다.

채 10분도 못 되어 암청색 정장 차림의 젊은 남자가 왔다. 학교에 더 이상 사람을 보내지 말라고 방금 전화로도 말했는데, 무시하고 또 보낸 이 회장에게 인겸이는 화가 치밀었다. 당장 가서 정색하고 따지리라고 굳은 표정으로 남자를 따라나섰다. 회장이 기다리는 곳은 교문 앞이 아니었다. 울화가 가중되었다. 회장이 보낸 사람은 자신이 직접 몰고 온 차에 인겸이를 태웠다.

"저 기숙사 취침 시간이 10시인데 그 전에 들어와야 해서 멀리 못 가요!"

치민 화 때문에 불퉁스럽게 말했다.

"염려 마요. 회장님께서 학교에 다 조치해 놓으셨으니. 그리고 그리 멀지 않습니다."

인겸이가 화를 내는데도 상냥스럽고 부드럽게 말하는 사내는 성겸이 형 또래쯤 될 것 같았다. 애먼 그에게 화낸 것이 조금 미안해졌다. 목적지까지 입을 다물었다. 이 회장이 기다리는 곳은 큰 백화점 건물 2층에 있는 카페였다. 자리에 이 회장만 있는 것이 아니었다.

"어서 와라 인겸아 회장님이 내가 작은아버지 맞는지 확인하신다고 너를 부르셨어."

"이 사람이 천가 아들 맞냐?"

이 회장은 인겸이와 천동섭을 번갈아 보며 단도직입적으로 물었다. 그러잖아도 잔뜩 화난 인겸이 그 순간 참을 수 없을 만큼 작은아버지가 미웠다.

"천도윤 할아버지의 피는 단 한 방울도 받지 않은 그냥 호적만 아들인 사람입니다."

그 순간 당황한 천동섭은 얼떨떨한 표정이 되어 볼먹은

소리를 했다.

"너 왜 그러냐? 내가 왜 아버지 아들이 아니란 거여? 아무리 내가 너한테 잘못한 것이 많아도 그렇지 그런 거짓말 하면 되냐?"

"거짓말 아니니 할아버지 일기를 읽어 봐요. 작은아버진 할아버지와는 아무 관계도 아닐 때 결혼도 하지 않은 할머니가 잉태해서 낳으신 아들이니까요. 핏줄로는 할아버지와 아무 상관없더군요."

두 사람의 말을 듣던 이주동 회장이 벌떡 일어나면서 말했다.

"그렇다면 츤가 부인이 따루 낳갖구 온 아들이구 츤가완 아무 상관읎다는 예기구먼."

"아니요~! 저 천도윤 님 아들 맞아요. 그리고 설령 그 말이 맞다 해도 한 지붕 아래 한솥밥 먹고 함께 지낸 세월이 어딘데요? 우리 어머니가 요섭 형을 을마나 사랑해서 키우셨는데요."

"그동안 작은아버지가 그 잘난 핏줄을 따지며 아버지와 내게 한 일을 다 잊으셨어요? 할아버지께서 기르신 아버지를 형으로 인정 안 하시고 나를 조카로 인정 안 하셨잖아요."

"됐다. 구만 가자."

이 회장이 지팡이를 들며 찻값 계산용 카드를 카운터에 건네고 말했다.

"인겸이 너 이참에 나랑 여기 백화점 쇼핑 즘 허구 가라."

인겸이는 이 회장의 말을 듣는 숭 마는 숭하고 천동섭을 보았다. 천동섭은 충격으로 몸이 굳었는지 인겸이를 째려보고 마냥 서 있다.

"오늘 이 회장님 만나신 것은 실수하신 겁니다. 그만 돌아가시고 제가 따로 연락드릴 때까지 기다리셔요."

말은 그렇게 매몰차게 했어도 천동섭을 그냥 그대로 보낼 순 없었다. 아무리 미워도 자신에겐 유일한 작은아버지이기 때문이다.

"성겸이 형 연락처나 줘요."

"응 그래 네 전화 줘봐 내가 찍어 줄게."

천동섭은 성겸이의 전화번호를 순순히 알려 주었다.

"아! 뭣혀? 따러오라니께."

이 회장이 인겸이에게 소리쳤다. 아직도 이 회장에게 화가 안 풀렸지만 따라가지 않을 수 없었다. 이 회장을 쫓아 백화점으로 올라갔다. 매우 부담스러운 쇼핑이다. 이 회장

손자로 들어가지 않겠다고 큰소리는 치면서 지금 모든 행동은 이미 들어가고 있는 자신이다. 이 회장은 노련하게 서둘지 않고 한 가지씩 거부하지 못할 만큼씩 인겸이를 끌어들이고 있다. 인겸이도 그것을 감지하나 어떻게 할 도리가 없다. 이 회장이 섭섭해 하더라도 지금 당장 뿌리치고 나가야 한다. 그런데 마음과 다르게 발은 자꾸 안으로 들어가고 있다.

"야 인겸아 너랑 나랑 요거 한 개씩 허자. 요것만 허면 내가 암것두 바라지 않으마."

이 회장은 의외로 귀금속 코너에서 멈추더니 반지를 가리켰다. 인겸인 빨리 거절할 궁리를 했다.

"아잇, 회장님 제 혼삿길 막으시려고요? 제가 커플링을 하고 있으면 누가 회장님하고 저만의 커플링으로 보겠어요? 애인이나 부인이 있는 조숙한 학생으로 보죠."

"잉? 이! 그런겨? 그렇담 요건 오떠냐?"

이번엔 112.5그램짜리 굵직한 순금 체인이다. 남성미 넘치게 보이려는 사내들이 목에 잘 거는 것이다. 보는 것만으로도 끔찍하게 싫다.

"그렇게 큰 거 하고 다니면 돈 많다고 표내는 거고 납치당해서 제 명에 못 살아요."

"야, 그런 걱정일랑 백화점 쓰레기통이다가 처박어 삔져라. 여기 너 지키라구 이냥 경호원두 붙였는디 뭔 걱정이냐?"

지금까지 말없이 따라다니고 있던 인겸이를 데려온 사내다. 운전사 겸 경호원이라고? 인겸인 어이없고 기가 막혔다.

"너 지난번이 괴한덜이 너를 습격했는디두 잘두 막어냈더라. 그런 너헌티 여기 무술 유단자 경호 전문가를 붙였는디 누가 함부루 니덜을 건드리냐? 건드렸다간 삐두 못 추릴 건디."

이 회장은 이미 금 체인을 자신의 목에 걸어 보며 신이 났다.

"회장님 잠깐만요. 제가 아무리 생각해도 안 되겠어요. 저 이만 가 볼게요."

인겸이는 그 자리에서 돌아서서 내달렸다. 경호를 맡은 사내가 쫓아왔다.

"인겸 씨! 내가 할 말 있으니 잠깐만 기다려 봐요!"

백화점 밖까지 쫓아 나오며 소리치는 사내는 또 무슨 할 말이기에 거기까지 따라 나오며 숨넘어가는 소리로 불러 대는지? 인겸이는 멈추어 돌아설 수밖에 없었다.

"뭐요?"

"저기, 나 취직 못 해서 3년씩이나 전전긍긍하다가 이제 겨우 일자리 얻었는데 천인겸 씨가 이 회장님과 멀어지면 또 실직자 신세라서… 제발 부탁입니다. 나를 봐서라도 이 회장님 요구대로 해 주시면 안 되겠어요? 인겸 씨 제발 부탁드립니다."

인겸이는 아연실색했다. 몸부림치면 칠수록 그물처럼 옥죄어드는 상황이 너무 싫었다.

"알았어요. 그렇담 어쩔 수 없지요. 그래도 오늘은 안 되겠어요. 내가 전화 올릴 테니 회장님이나 모셔다 드리세요. 아, 그리고 내일 오셔야 하면 차 두고 오세요."

일단 사내를 보내 놓고 혼자 생각해 보았다. 자신의 마음이 이리도 약했던가? 사내의 청도 거절하지 못하다니…. 이래가지고 어떻게 이 회장을 떼어 낼 수 있을까? 나약한 자신이 싫었다.

"으아아아아~! 으흐~ 으."

목청껏 소리쳐 본들 아무 소용없다는 것이 인겸이 처한 현실이었다. 휴대폰에서 이 회장 전화번호를 찾아 샌드를 눌렀다.

"저 며칠간 훈련 캠프에 들어갑니다. 다녀와서 뵈러 갈게요. 경호원은 고마워요. 마음에 드니 그 사람 그냥 채용해 주세요. 캠프 동안엔 경호원 필요 없으니 회장님이 데리고 계셔요."

전화를 끊고 나니 더 화가 치밀어 미칠 지경이다. 사고 치는 아이들이 이런 기분이라서 일을 터트리나 생각되었다. 하지만 이번 훈련 캠프 끝낼 때까지만이다. 그때는 이 회장과 절연을 선언하게 될 거라고 다짐하고 또 다짐했다. 잠자리 이불 속에서 한 번 더 다짐했다.

캠프장으로 떠나기 전 사청 아저씨가 찾아오셨다. 작은아버지 이야기를 듣고 일부러 올라온 거였다.

"인겸아 내가 얘기 듣구 급히 너 만나러 온겨, 너 친할아버지 찾었는디 니가 그 손자 안 헌다 했다구? 왜 그런 잘못된 맘을 갖는겨? 천륜을 거실르면 쓰간? 도윤 성님이 들었다면 너헌티 뭐라 허겠냐? 냥중이 후회허지 말구 시방 닥친 순리대루 살어라. 잉?"

사청 아저씨까지 동원하는 작은아버지 천동섭이 밉다. 자신이 B.YOUNG을 들어가든 안 들어 가든 작은아버지와는 아무 상관없다는 것을 깨닫게 해 주고 싶다.

"아저씨 저는 제 힘으로 꿈을 이루고 싶어요. 꿈이래봤자 마음껏 축구를 하며 살 수 있어야 하고, 누구의 간섭도

받지 않고 자유롭게 제 뜻을 펼치는 것이지요. B.YOUNG
은 제가 없어도 아니, 없어야만 다 잘 돌아갈 것이고, 제가
들어가려면 공부도 많이 해야 하는데 그만큼 제 인생을 소
모하는 일이라서 싫어요. 돈요? 돈은 제가 필요한 만큼 제
가 벌면 돼요. 돈보다 제 행복이 중요해요. 진작 아저씨께
말씀드리지 않아서 죄송해요."

"잉 그려 그런 맘이라면 나두 더는 헐 말 읎다. 인겸이
너를 믿어야지. 암 그래야지."

인겸이는 자신을 이해해 주는 사청 아저씨께 고맙고도 미
안했다.

"주선이는 잘 있어요?"

"잉? 주선이? 이 좋은 회사에 취직해서 잘 댕겨. 그러잖어
두 너 보구 싶은디 신참이라 너무 바빠서 지금은 짬을 뭇 낸
다."

"제가 한번 만나러 갈게요. 졸업할 때쯤이면 시간 낼 수
있을 겁니다."

"그러렴, 내가 주선이 쉬는 날 알어봐 갖구 문자루 보내
줄게."

세상 어른들이 모두 사청 아저씨 같다면 인겸이와 같은
청소년들이 얼마나 좋을까? 당장 인겸이에게 주어진 문제

는 이 회장과 작은아버지다. 이 회장과는 관계 정리를 해야 할 크나큰 과제가 남았고, 작은아버지께도 당분간 만나지 못할 각오로 냉정한 악역을 해야 한다.

아침 훈련에 임하려고 준비 중인데 전화기가 숨이 곧 넘어갈 듯이 진동한다. 경찰서였다.

"천인겸 학생입니까?… 차 사고 당시 학생을 구해 준 여성이 위급한데 학생을 찾나 봐요…. 강동 가톨릭 병원 3호 특실 지선화 씨입니다. 중환자실을 오락가락하니 언제 또 중환자실에 들지 모른답니다. 중환자실에 들면 면회가 어려우니 서둘러 가야 할 겁니다."

B.YOUNG 일에다 정신을 쏟느라고 자신을 구해 준 여성을 까마득히 잊고 있었다. '지선화'란 이름이 어딘지 어렴풋이 들어본 이름인데 누구였는지 떠오르지 않는다. 다시 또 외출해야 하니 감독과 코치의 눈치가 보였다. 의외로 감독, 코치 모두 쾌히 승낙해 주었다.

교정을 나서자 경호를 맡았다는 사내가 차를 대기하고 있었다. 차를 두고 오라했는데 이 회장의 명령을 거역할 수 없었나보다.

"형 서로 이름이나 알아야지요. 난 천인겸이에요."

차를 타고 가면서 인겸이 진작부터 생각해 두었던 말을

사내에게 했다

"아, 나요? 나 기병이요. 나기병."

이름을 듣는 순간 말 탄 기병이 떠오른다.

"말 놓고 편히 말씀해요. 형 나보다 한참 형이신데."

"회장님께 허락 받아야 그럴 수 있을 텐데…."

"에이 별 걱정 다 하세요. 제가 책임질게요. 저는 신분 따위 따지는 사람을 젤 싫어해요."

"그럼 같이 말 놓구 하지. 그래야 더 친근감 있고 나도 부담이 적고…."

"좋아 이제부터 기병이 형은 내 형이다."

이러저러 이야기를 주고받는 동안 강동 가톨릭 병원 주차장이었다. 서둘러 3호 특실로 들어갔다. 다행이 여성은 정신을 차리고 있었다. 인겸이를 본 순간 여성은 커다란 두 눈에 눈물이 가득 차더니, 이내 양 볼에 흘러내린다. 입술을 바르르 떨며 인겸이에게 팔을 뻗었다. 인겸인 생명의 은인인 여성의 손을 잡고 무슨 말부터 해야 할지 몰라 어벙하니 서 있었다. 그때 귀를 의심하는 말을 여성이 뱉었다.

"내 아들 이렇게 무사하니 됐구나."

"예? 뭐라고요?"

소리 죽여 울던 여성은 복받치는 감정을 억제할 수 없는 지 소리 내어 울었다. 그때서야 자신의 주민 등록 등본에 있던 지선화란 이름이 기억났다.

"어흐흐으… 미안해… 아들아… 흐허엉… 엄마가 잘못했다… 허엉어흐흐."

그때 간호사가 달려와서 여성을 다독이며 뉘었다.

"지선화 님 이러시면 큰일납니다. 진정하세요. 저기, 여기 계시면 안 됩니다. 나가 주세요."

간호사는 인겸이를 밖으로 내보내려고 했다.

"그, 그냥 두세요… 이십 년 만에… 만난… 내… 아들 입…"

여성은 몹시 힘겨워 하며 매우 가느다란 목소리로 말했다. 얼떨떨한 표정으로 서 있는 인겸이는 만감이 얽혀 복잡하고 혼란스러웠다. 여성이 안정을 찾는 것이 우선이었다. 간호사는 인겸이가 보호자인 것을 확인하고 지선화에 대해 대강 설명했다.

교통사고로 다쳐서 들어온 여성은 알고 보니 췌장암 환자였다. 수술하려했으나 이미 생명의 막바지 단계라 할 만큼 암세포가 온몸으로 전이되어 어렵고 언제 죽을지도 모르는 상태였다.

인겸이는 아무 말 없이 지선화 곁에 앉아서 기다렸다. 나기병도 병실 안으로 불러들여 같이 앉아 있도록 했다.

한참 뒤에 겨우 안정을 찾은 여성은, 베개 밑에서 쪽지 하나를 꺼내어 인겸이에게 건넸다. 그동안 미리 인겸이에게 써 놓은 편지였다. 편지는 자신이 처했던 사정을 차분히 설명한 내용이었다.

나는 베트남 국적인 인도 여성을 어머니로 둔 한국인 2세야. 아버지를 만나러 한국에 왔다가 이미 아버지가 사망했기에 베트남에 이내 돌아가지 못했다. 인테리어 도배사 도우미로 일을 하며 돌아갈 준비를 하고 있었다. B.YOUNG 호텔 내실을 리모델링하는 곳에서 사랑하는 남편 천요섭을 만났다. 나이 차이는 많았지만 매너 좋고 성실한 요섭에게 끌렸고 결혼하게 되었다. 결혼하자 이내 행운이 따랐는지, 남편이 누구나 들어가고 싶어 하는 기업에 중요한 엔지니어로 채용되었다. 또한, 세상에서 가장 귀한 아기가 생겨 우리는 더더욱 행복했다. 그렇게 평생을 행복하게 살 수 있을 줄 알았다. 그러나 아기를 출산하고 백일도 채 못 되어 베트남에서 비보가 날아왔다. 갑작스러운 화재로 온 가족을 모두 잃고 어머니 혼자 거동을 할 수 없는 상태라는 소식이었다. 나는 일단 어머니의 상태를 보고 요섭과 상의할 생각으로 서둘러 베트남으로 향했다. 며칠 동안만 다녀오려고 아기도 두고 갔다. 소식과 달리 어머니는 외상은 없는데 유독 가스 질식으로 뇌에 손상을 입어 거의 식물인간이 되어 있고, 바로 밑의 동생이 어머니를 살리려다 자신이 불길에 휩싸이는 참상을 겪었다. 동생의 얼굴은 끔찍하게 일그러졌고 발가락들이 모두 눌어붙어 보행 장애까지 심한 상태였다. 어머니 혼자라면 한국에 모시려고 했었다. 그러나 동생까지 남편에게 짐 지우는 것이라서 싫었다. 당장 두 사람 치료비도 밀려 있어서 무작정 병원에 방치할 수도 없었다. 고민 끝에 남편이 새 삶을 살 수 있도록 시급히 이혼하고, 아기가 걸리지만 두 사람의 병수발을 하려면 데려갈 형편이 못 되었다. 요섭은 끝내 이혼해 주지 않았다. 베트남에 돌아가겠다고 동생과 약속한 날짜가 다가왔다. 할 수 없이 남편이 선택하도록 변호사를 통해 이혼 서류와 함께 쪽지 한 장 써 놓고 한국을 떠났다. 아기를 두고 간 것이 최대의 실수였다. 아가야 우리 아기 인겸아, 지금까지도 너를 두고 간 것을 후회한다. 남편 천요섭 씨가 돌아가신 소식을 듣고 이내 너를 데리러 오고 싶었지만, 두 사람 간병비와 치료비로 진 빚 때문에 오고가는 여비를 마련할 경제 사정이 아니었다. 입원 치료비도 감당이 어려워서 어머니를 집에 모시고 몇 해 더 돌보았는데 끝내 회복하지 못하시고 돌아가셨다. 동생도 집에서 통원 치료를 해 왔는데, 어느 날 신세를 비관하여 스스로 목숨을 끊었다. 나는 내 아기가 보고 싶어서 서둘러 정리하고 한국에 돌아왔다. 그땐 이미 아기가 초등학교 2학년이 되어 있더구나. 우리 아기의 할머니와 할아버지 두 분께서 나를 용납해 주시지 않았다. 그때라도 어떻게든 용서를 빌고 그 집에 들어가 내 아기의 엄마가 되었어야 했는데, 도리어 '빨갱이'란 말을 들었는데 그런 말 듣는 집안에서 애를 키우는 것보다 내가 혼자 키우는 것이 낫다'고 주장했다. 그런 내게 할머니, 할아버지께서 아기를 주실 리 없었지. 아기를 처음 떼어 놓은 것만큼이나 그때가 후회된다. 할아버지, 할머니가 받아 주시지 않은 이유가 한 가지 더 있는데, 나 때문에 우리 아기의 아빠가 돌아가셨다고 생각하시기 때문이었다. 할아버지와 할머니 입장에서 그렇게 생각하실 만하다. 어떻게든지 돈을 벌어서 베트남에 남긴 빚도 갚고 우리 아들을 도우려고 정신없이 살아왔다. 할머니께서 사망하셨을 땐 내가 많이 어려운 때라서 나타날 수 없었다. 생활의 안정을 찾았을 때쯤에 할아버지께서도 돌아가셨지만, 핏덩이를 떼어 놓고 갈 땐 언제고, 다 자라니까 나타난 어미라서 떳떳하지 못했다. 무슨 낯으로 아들을 대할지 차마 아들 앞에 설 용기가 안 났다. 미안하다. 내 아들, 못난 엄마를 용서하지 마라. 할아버지께서 손자를 아주 잘 키우셨더구나. 세상에 혼자 남은 거나 다름없는 아들이, 어엿하게 하고 싶은 축구를 하며 살아가는 모습이

참으로 대견했다. 내 아들, 멋지게 자란 내 아들, 못난 어미는 아들이 무사하니 아무런 미련도 한도 없다. 이젠 다치지 말고 축구 선수로 이름도 날리며 잘 지내고 행복해라.

엄마 없어도 엄마 있는 아이들을 절대 부러워하지 않겠다고 마음을 꼭꼭 동여맸기에, 그 엄마가 나타나도 아무렇지도 않을 줄 알았는데, 왜 이리 억울하고 갑자기 서러워질까? 인겸이는 혼자 있고 싶어서 병실에서 뛰쳐나왔다. 병원 뒤쪽으로 달려가 주차장 구석에 쪼그려 앉아 참았던 울음을 낮은 소리로 쏟아냈다.

지선화는 밤새 앓다가 날이 밝기 전에 인겸이 앞에서 운명했다. 사망 진단이 떨어지고 이튿날 화장터로 갔다. 그렇게 간단히 장례를 치르는 동안 복도 지지리 없는 자신임을 깨달았다. 어머니를 처음 만나고 이튿날 어머니 장례를 치르는 사람은 세상에 또 없을 것이다. 누구든지 자신과 연계된 사람은 모두 불행한 것만 같다. 한강 하류 바다 가까운 곳에 유해를 뿌림으로 장례를 마쳤다. 나기병이 끝까지 함께해 주었다. 이 회장은 물론, 아무에게도 알리지 말라는 인겸이의 요청대로 해 주어서 더 고마웠다. 쉬라고 3일 휴가를 주었다.

학교에서 인겸이를 기다리는 사람이 있었다. 장례식 때 화장터까지 따라와서 기도해 준, 지선화가 신자였던 천주교회 신부다.

"에스더께서 내게 맡기며 부탁하셨어요. 자신의 장례식 끝나거든 꼭 이것을 천인겸 학생에게 전해 달라고. 베트남에 남긴 빚이 많았대요. 그것 갚느라고…."

에스더는 지선화의 세례명이었다. 신부가 전해 준 것은 인겸이 이름으로 된 통장과 도장, 비밀번호가 적힌 쪽지였다. 통장 잔액이 4,300만 원이었다. 아홉 해 동안 다달이 조금씩 저축해서 다시 적금으로 돌려 모은 통장이었다. 그러고 보니 천사모에 제일 많이 입금한 안정숙이란 사람도 지선화의 대행이었고, 축구화를 보내 준 사람도 지선화였다는 것을 깨달았다. 그 때마다 그만큼의 액수가 통장에서 빠져나갔다.

"자신의 몸이 망가지는 것도 모르고…."

인겸인 어머니가 더 원망스럽고 미웠다. 울화가 치밀어 미칠 것 같았다.

"엄마가 필요했지이! 이따위 돈이 뭐야아! 흐이, 나는 엄마가 필요했다고오! 허엉흐흐어엉!"

미친 듯이 소리치다가 철들고 처음으로 아이처럼 펑펑

울어 댔다. 장욱과 오제가 달려왔지만 달랠 수 없었다.

첫사랑을 만난 죄

도윤이 요섭의 일로 마음을 못 잡고 헤매는 동안 순덕의 건강은 완전히 무너져갔다. B.YOUNG 직원을 만나고 돌아오니 순덕의 표정이 심상찮았다.

"왜 그래유? 몸 안 좋다 하시더니 어디 안 좋아유?"

"요즘 속이 불편해 가지구서래 자꾸 구역질이 나서요 병원 갔서래…."

말을 잇지 못하는 순덕을 보는 도윤은 심각하다는 것을 감지하고 가슴이 덜컥했다.

"큰 병원 가라구 하담유?"

고개를 주억거리는 순덕의 눈에 눈물이 어렸다.

"위암 말기래요."

잠긴 소리로 겨우 말하며 눈물을 흘렸다. 얼른 순덕을

끌어안은 도윤은 눈앞이 캄캄했다.

"갑시다. 가유 큰 병원 아니라 오디라두 가야지. 내가 당신 꼭 살릴껴."

자리에서 벌떡 일어나는 도윤의 팔을 순덕이 잡아당겼다.

"지금이 몇 신데 어드레 가요? 가도 낼 아침에…"

그러고 보니 밤 열한 시가 넘었다. 생각해 보니 그동안 관절염으로 고생해 온 순덕을 제대로 보살피지 못한 도윤은, 순덕에게만은 크나큰 죄인임을 새삼 깨닫고 울컥 눈물을 보였다. 집회 현장 참여와 단체 활동을 하는 동안 가장 중요한 순덕의 건강을 챙기지 못했다. 요섭을 잃고 마음고생이 심한 순덕을 제대로 위로해 주지 못했다. 처음으로 그런 자신이 답답하고 싫었다. 후회막급한 인생이라고 패배 의식이 먹구름처럼 몰려와 자신을 뒤덮었다. 도윤은 혼자 소리 없이 오열을 했다. 이게 뭔가? 가족 다 잃고 새로운 가족 꾸렸으면 그거라도 지킬 수 있어야 하는데, 그거마저 다 잃어가다니? 자책에 자책하며 아침을 맞이하고 순덕과 함께 일찍 나섰다. 따지고 보면 자신이 투쟁에 나서도록 만든 원흉들의 책임이다. 그러나 그 원흉들만 탓하는 것도 지쳐 간다.

서울로 올라와 열흘간 묵으며 위암 전문인 큰 병원을 찾아 검진했다. 검사 결과는, 이미 수술이 어려울 만큼 암이 전이되어 췌장까지 완전 덮었고, 수술해도 반 년밖에 살지 못한다고 했다. 순덕이 수술을 거부했다.

하는 수 없이 동네 병원으로 옮겨 진통제로 견디고 있었다. 망망대해에 닻도 돛도 없이 표류하고 있는 신세와 같았다. 무엇이라도 잡고 싶은 심정으로 순덕이 그동안 다녔던 교회에 나갔다. 순덕은 도윤이 수감된 동안 유성에서부터 교회를 다니며 신앙에 의지하고 살았던 것이다. 칠봉으로 이사한 뒤로는 칠봉교회에 나갔다. 그 교회 목사와 신도들은 날마다 순덕을 위해 기도해 주었다. 전 교인이 순덕의 완쾌를 위한 특별 예배를 하고, 날마다 새벽기도 시간에 순덕만을 위한 기도 시간을 가졌다. 보여 주기 위해 환자를 힘들게 하는 가식적인 기도 따위는 하지 않았다. 그 진심을 느낀 도윤으로선 눈물겹도록 고마운 이들이었다. 목사와 성도들의 기도가 순덕의 병에 효험이 있든 없든, 순덕을 위로하고 투병에 힘이 되어 주는 것이 확실했다.

도윤까지 병실을 지키고 있으려니 자동적으로 어린 인겸이도 딸려 와 있었다. 유치원을 병원에서 다녀야 했던 인겸이다. 칠봉교회의 목사가 잠시 맡아 주었지만 며칠 못 되어 병원으로 돌아왔다. 할 수 없이 목사의 소개로 병원에서 가까운 신도의 집 방 한 칸을 빌렸다. 도윤과 인겸이 병원을 오가며 사용할 임시 거처로 사용했다. 도윤은 기독교를 자신의 종교로 받아들이지는 못했다. 가식적이지 않고 신실한 믿음이 생기지 않아서였다.

순덕은 항암에 좋다는 버섯 달인 물도 넘기지 못하고 다 토해 냈다. 마냥 속수무책으로 기적 같은 신의 가호나 바랄 뿐이었다.

순덕이 많이 아프다는 소리에 동섭이 가족들을 데리고 내려 왔다. 성겸이가 부쩍 커서 벌써 1학년이었다. 그동안 어찌 그리도 무심한지, 명절 때조차 아이를 데려오지 않고 혼자만 다녀갔던 동섭이다. 도윤은 성겸이를 안아 보지만 너무 소원했던 탓인지 인겸이만큼 조손간의 정이 느껴지지 않는다. 순덕도 마찬가지인 것 같은 눈치다. 성겸이를 쓰다듬는 것을 본 인겸이가 순덕의 무릎 위로 올라갔다. 순덕이 얼른 들어 무릎에 고쳐 앉히자 동섭의 눈살이 치켜 올라갔다. 순덕이 아픈 몸으로 네 살배기 인겸이를 안는 모습에 동섭이 발끈했다.

"어머니! 편찮으신데 애 챙길 정신이 있어요? 그 애새낀

고아원에다 맡기고 편히 사시지 이게 뭐하시는 거여요?”

“애 듣겄다!”

자신의 무릎에 앉힌 인겸의 귀를 막으며 순덕이 동섭에게 한 소리가 고작 그거였다.

“들으면 대수요? 다 저놈의 새끼 키우시느라고 등골 빠지신 것 아녀요!”

도윤이 듣다가 참을 수 없어서 한마디 했다.

“너는 모처럼 엄니 뵈러 와 갖구 허는 게 고작 투정허구 야단칠 말배끼 읎냐?”

동섭이도 지지 않고 그동안 도윤에게 쌓인 감정을 대꾸에 얹었다.

“다 아버지 때문에 어머니가 이 고생허시는 거여요!”

동섭의 말이 방향은 틀어졌지만 부인할 수 없어서 도윤은 입을 닫았다. 도윤이 요섭을 다른 데서 나온 것도 아니니 자신과 피 한 방울 섞이지 않았다는 뜻이다. 핏줄도 아닌 완전 남의 자식을 키우는 것이 동섭에겐 큰 피해 의식을 심어 주었다. 그러잖아도 사상범인 자신으로 인해 그 아들로서 어디고 취직이 안 되는 피해자였다. 그래서 대학도 포기한 것이었다. 장돌뱅이로 전전긍긍하다가 이제 겨우 일산에 자리잡았다. 그런 동섭이 피해 의식을 갖지 않을 수 없었던 것이다. 도윤은 그런 동섭이가 짠했다. 모두 자신이 못난 탓이라고 자책했다.

어린 인겸이는 신통하게도 순덕의 해골 같은 몰골이 무섭지 않았는지, 끝까지 순덕을 잘 따랐다.

"할머니 유치원 다녀오는 동안 아픈 거 빨리 나라고 안 아주고 기도해 줄게. 하나님 우리 할머니 오늘부터는 하나도 안 아프시게 치료해 주세요."

그땐 이미 순덕은 아이에게 웃어 줄 여유가 없었다. 마냥 아이의 손을 잡고 바라볼 뿐이었다. 도윤이 인겸이를 떼어 보내지 않았으면 유치원 차를 놓칠 뻔했다.

순덕은 석 달 반을 진통제로 버티다가 도윤이 지켜보는 앞에서, 도윤의 손을 잡고 그 생명의 불을 영영 재우고 말았다. 불쌍한 순덕의 손을 차마 놓아 줄 수가 없어서 붙잡고 대성통곡했다. 신도 착한 사람을 자기 곁에 두고 싶어서 일찍 데려간다더니 잘 보살펴 주지 못하는 도윤에게서 순덕을 데려간 거라 여겨졌다.

고 정순덕 권사의 장례식을 기독교식으로 치렀다. 고생해 준 칠봉교회 목사와 성도들이 매우 고마웠다. 도윤은 장례식을 마치고 동섭을 불러 부의금 남은 것을 나눠 주었다. 그에게 조문한 이들의 몫이었다.

"니가 인겸이 삼촌여. 니가 보살펴 주구 삼촌 노릇 점 혜라. 부탁헌다. 세상 피를 나누면 을마나 나누는 거구 을마나 가는 것이냐? 부모의 피를 받은 형제끼리두 피가 똑같진 않다. 세월 흐르메 달라지는 게 피구 몇 대만 가면 남이나 다를 바 읎어지는 게 족보구 피여. 그늠의 피가 뭐그리 중요허다냐? 서루 한지붕 밑이서 한솥밥 먹으메 같은 물 마시구 같이 뒷처리허먼 내 형제구 자매지. 지 핏줄만 챙기구 사랑허는 짓은 뭇난 짐슬들두 다 허는 거여. 만물의 영쟁이란 사람인디 달러두 뭔가 달르야잖냐? 서루가 정두 나누구 의지두 허메 사는 게 사람답게 사는 거여."

도윤이 동섭에게 신신당부했지만 동섭의 표정은 여전히 시큰둥하다. 그래도 스스로 생각해 보면 차츰 나아질 것을 기대하고 입을 닫았다.

세월이 갈수록 요섭이 그립고 그 죽음이 억울했다. 그 아들 인겸이가 자랄수록 더더욱 요섭이 그리웠다. 이제 도윤에게 주어진 몫은 순덕이 남겨 놓은 동섭이와 그 아이들이고 인겸이다. 동섭인 아비인 자신에게 충고할 만큼 이 사회에 잘 적응했으니, 더 이상 걱정 안 해도 될 대상이다.

문제는 인겸이다. 어린 인겸이가 마지막으로 도윤에게 맡겨진 몫이다. 보편적 가치관으로는 이주동의 핏줄이니 이주동에게 맡겨야 옳다고 여길 것이다. 도윤은 생각이 다르다. 이주동의 재산이나 바란다면 인겸이를 내놓겠지만, 그 재산 따위엔 아무런 관심도 없으니 내 줄 이유가 없다. 돈은 하루아침에 사라질 수 있어도 사람의 정은 제대로 맺으면 죽어서도 지워지지 않는 것이다. 이주동은 원수의 아들이라고 요섭을 죽였지만, 자신은 원수의 아들이든 손자든 연관하지 않고 가족으로 살아왔고 또 앞으로도 살아갈 것이다. 그런 것들이 이주동과 자신이 다르다고 자부한다. 인겸이와 이주동과의 관계를 영원히 묻으리라 다짐한다.

어느덧 인겸이가 고등학생이 되었다. 하지만 아직 세상 물정을 모르는 철부지다. 철부지이기에 할아비의 사정을 조금도 따지지 않고 기어코 고등학교 축구부에 들어갔다. 그 기를 꺾을 수 없어서 보내긴 했는데 녀석에게 들어갈 만만찮을 돈이 걱정이다. 눈에 보일 듯이 쑥쑥 자라는 나이니 축구화나 운동복을 포함, 필요한 모든 장비들을 수시로 바꿔 주어야 할 것이다. 복장도 유니폼 하나만이 아니다. 계절마다 다른 트레이닝복부터 유니폼과 단체복인 재킷과 겨울용 파카까지, 모두 단체로 마련해야 하니 저렴한 거로 따로 사거나 값을 깎을 수도 없는 것이다. 선수단 전체가 모두 똑같이 회비를 내야 하고 먹는 것까지 똑같이 내야 할 것이다. 고등학교 3년간 두드러지게 잘해서 프로 팀에라도 들어간다면 그래도 한시름 놓겠으나 그러지 못하면 또 대학 팀에라도 연장해야 할 것이다. 대출이라도 알아봐야 하는데, 명의로 된 땅 뙈기 하나 없는 자신에게 대출이 가능할지도 걱정이다.

구릉 밭 머리에 6년 산으로 키워 온 도라지가 돈이 될 듯하다. 그것만 잘되면 한 1년은 녀석이 부족함을 느끼지 못할 만큼 잘 해 줄 수 있다. 그러나 아껴 주면서 부족함도 느껴 보게 하리라. 그것도 교육이기 때문이다.

농협은행 칠봉면 지소 대출계는 비교적 한가했다. 하기야 한낮 은행의 대출계에 앉아 얼굴 팔기를 좋아할 사람은 없을 것이다. 좁은 면 소재지에서 뜨내기 아니면 모두가 알음알음인데, 은행 대출이란 누구나 그리 자랑스러운 일이 아니기 때문일 것이다. 도윤도 사람들이 가장 많이 드나드는 오전 열 시경을 피한다고 오후 세 시에 나온 것이다.

"담보헐 것 읎으시니께 연대 보증인이라두 세우셔야 가능혜유."

혹시나 했지만 역시 어려운 일이었다. 차라리 묻지나 말 것을, 그렇다고 사채 쓸 수는 없고 늙은 몸으로 배 타러 갈

수도 없고, 난감한 현실이었다. 순덕도 요섭도 없으니 상의할 사람도 없고 마지국에게 이야기하면 가능하지만, 한두 푼도 아니고 이내 갚지도 못할 돈을 기러기 아빠인 마지국에게 꿀 수는 없다. 그도 조기 유학 간 딸에게 돈 보내느라 허리가 휘길 활이 무색할 지경일 것이다.

농협을 황망히 나와 망연자실하니 서 있다가 오토바이를 주유소에 맡겨 두었다. 주유소는 24시간 영업 중이니 오토바이를 맡겨도 찾는 시간이 구애받지 않아 부담이 없다. 더구나 주유소 옆 건물에 복덕방이라고 불리는 공인중개사가 있고 그 옆에 오토바이 가게가 있다. 공인중개사도 아는 얼굴들이 드나드는 곳이라서 오토바이를 맡겨 놓아도 어색하지 않다. 읍내를 가는 날이면 칠봉면까지 오토바이를 타고 나와 늘 장소 신세를 진다. 봉산리까지도 시내버스가 있긴 하나 하루에 네 번뿐이라서 들어갈 땐 자칫하면 차를 놓친다. 차를 못 타는 날은 칠봉면에서 두 시간 이상 걸어 들어가야 한다. 그러나 오토바이가 칠봉면에 있으면 시간엔 구애받지 않는다. 칠봉면은 타 지역으로 오가는 시외버스까지 거쳐 지나는 곳이기에 차가 많다.

이내 들어오는 시내버스를 타고 대천 시내로 향했다. 양조장에서 같이 일했던 명태보를 찾아가 어디 선돈 잡고 일할 곳이라도 있는지, 알아볼 겸 대출 보증을 부탁해 볼 생각이었다. 언젠가 명태보를 만났을 때 자신은 해안가 냉동 공장에서 일한다고 했다. 여름에도 겨울옷을 입고 일한다는 냉동 공장이니 찾아가면 만날 수 있을 것이다. 버스에서 내리자마자 냉동 공장에 명태보란 사람이 일하는지 전화를 해 보았다.

"명 씨는 시내 볼일 있다고 나갔소."

시내 나왔다니 찾아보기로 했다. 명태보가 제일 갈 만한 곳은 예전에 그의 친구가 하는 이발소다. 도윤도 단골이었다. 농협은행 보령 지점 뒷골목에 있는 이발소는 아주 허름하니 퇴폐업소 분위기가 난다. 문을 열고 들어가니 삼십 년 전이나 지금이나 규모와 내부 구조는 변한 것이 없다. 전면 거울 앞에 놓인 이발용 의자가 세 개 중 한 개만 비어 있다. 의자에 누운 한 사람은 면도 중이었고, 한 사람은 면도를 하기 위해 따뜻한 물수건으로 피부를 불리는 중이었다. 면도를 전담하는 면도사가 날씬한 젊은 여성에서 늙고 뚱뚱한 여성으로 바뀌어 있다. 이발사도 명태보와 친한 옛날 이발사와 흡사하나 그가 아니었다. 나이를 많이 올려 봐야 동섭이 또래쯤 되는 것 같다. 도윤은 이발 중인 두 사람의 얼굴을 살폈다. 둘 다 누워 있어서 거울엔 턱만 보여 누군지 파악이 어렵다.

"누구 찾으세요?"

뚱뚱한 면도사가 친절하게 묻는다.

"명태보란 사람 여기 안 왔남유? 내 또랜디."

"명 기사님 조금 전에 오셨다가 요기 농협에 잠깐 다녀오신다고 가셨어요."

이발사가 면도날을 피대에 갈면서 말해 주었다. 도윤은 그냥 이발소를 나와 농협으로 향했다.

농협 앞에서 명태보와 만났다. 반가운 악수를 나누며 인사하기도 바쁘게 본론을 꺼냈다.

"명 형께 부탁 드릴 게 있어서유…."

"나헌티?… 뭐? 천 씨 부탁이라면 왠만허먼 들어 드리야지."

일단 반겨 주고 살갑게 응해 주는 그가 고마웠다.

"우리 오랜만인디 오디 가서 탁배기라두 한잔해유."

도윤은 진심으로 2년 만에 만난 그가 반가워서 한잔하고 싶다. 더구나 돈 이야기를 하려는데 오랜만인 그에게 술 힘을 빌리지 않고는 꺼내기가 어색하기만 하다.

"허어? 어려운 부탁인개빈디? 마껄리루 불쏘시개 헐라는거 본께."

"에이 안 들어 주셔두 되니께 따지지 마시구 가셔유."

"마껄리루 불지피구 펄펄 끓이면 오티기 안 들어 줘? 아무턴 가자구."

막걸리 놓고 니나노 타령이더라고 한번 자리잡고 앉아 분위기를 돋우니, 온갖 세상 근심거리가 사라졌다.

도윤은 이번 대출을 받으려 해 보니 자신의 주변에 사람이 너무 없다는 것을 깨달았다. 무조건 자신의 편이 되어 줄 사람이 없었다. 더더구나 자신을 믿고 금전적으로 도와줄 사람은 전혀 없었다. 명태보 역시 금전적으로 도움 받을 만한 사람은 아니었다. 도움을 받을 목적이었으나 그 목적을 접어 두고 명태보와 돈독해지는 편한 술자리를 원했다. 고독한 자신의 인생이 덧없어서 서글퍼지는 마음을 달래고자 함이었다.

막걸릿집 텔레비전에선 이산가족 상봉 장면이 나오고 있다. 전두환 집권 시절 정치용으로 대대적 방송을 해 댄 소규모 국내 이산가족 만남이 있었다. 그 후 20년이 지난 대대적인 남북 이산가족 만남이다. 도윤은 북에 있는 하경의 얼굴이 떠올라 막걸리를 들이켰다. 민주학당 시절 그 꿈 많고 참 행복했던 청춘의 기간이 정치 체제를 위한 전쟁으로 희생되었다. 이승만을 앞세운 미군정이 자신과 같은 많은 젊은이들의 행복을 앗아간 주범이다. 지금도 남과 북의 평화 통일에 가장 큰 방해국이 미국이다. 겉으론 한반도 평화를 위해 자신들이 주둔하는 것으로 알리지만, 실제로는 아시아 태평양 주도권 장악과 더불어 한반도 통일을 훼방하며 감시하고 있는 것이다. 미, 중, 러, 일 사대 강국 중 한반도 평화 통일을 진실로 바라는 나라는 없다. 투견장의 견주들이 자신의 개가 싸우지 않고 친해지는 것을 바라지 않듯이 미, 중, 러, 일 중 어느 나라도 한반도 평화 통일을 반갑게 여길 나라는 없다.

"아니? 이 사람, 뭔 부탁인지 말 안 헐꺼여? 말허야 나두 들어줄지 못 해 줄지 말을 헐 것 아녀? 아까버텀 대이꾸 술만 들이키구 왜 뭇 허는겨? 뭐 그리 어려운 부탁이간디?"

명태보가 답답하고 불쾌했던지 술기운에 성질을 조금 섞어 열을 냈다.

"실은 형 본께 옛날 생각두 나구 혜서 또 같이 일헐 자리 읎나 허다가, 에이 아니다 했슈. 명 형께 그런 부탁보다두, 사람 간의 정이 그리워서 명 형과 더 깊이 새겨 볼라구 술 한잔허자구 헌 거유. 온 세상이 흔하디 흔혀터진 게 사람인디 내 주변인 사람이 읎더라구유. 딱 하나 이 세상 그중

귀헌 존재 고향 후배가 있는디, 그자마저 잃을깨비 아끼려구, 그 후배 같은 선배두 한 분 맹길구 싶어서, 명 형 찾어온 거유. 명 형 우리 잘 맺읍시다. 형님으루 깍듯이 모실게."

"아니 이 사램 벌써 취했나 오늘 왜 너무 섭헌 소리허구 있댜? 난 발써부텀 천 씨를 흠모허구 맘으루 애인보담 가깝다구 생각혀 왔는디, 인저 와서 새기자니? 뭔 소가 창허는 소리랴?"

"아이씽 뻥치시네. 증말 그리두 흠모허구 가깝게 여겼음 아직두 천 씨가 뭐유 천 씨가! 도윤이란 이름두 있는디! 도윤."

"그랴, 시방버텀 도윤이라구 불러 줄게. 발써부텀 그리 부르구 싶었지. 허긴 내두 자네가 양조장서 잡혀간 디루는 자네허구 거리를 두려구 했었지. 근디 그건 그렇구 일자리 찾는다구?… 옛날이나 젊었으니께 우덜을 채용혔지. 시방은 우덜 같은 늙은이를 환영헐 띠두 읆어. 배야 타자면 타는디 통 사정혀야 허구 월급두 후불제거나 조업 성과를 따져 지급허는 자리배끼 읆어. 그나저나 배 탔을 때부텀 여태까장 벌써 몇 년인가? 근디두 자네랑 단둘이 술 한잔 제대루 뭇 했잖여. 내가 술을 뭇 혀서 안 했간? 거리 둘라구 그랬던건디, 요즘 생각헤 본께 자네 겉은 사람덜 오티기 살어왔는지 용허단 생각이네. 빨,… 자네 같은 사람허구 어울리다 혹, 보도 연맹처럼 끌려가 죽을깨비 겁먹구 가차이 헐 수 없었던겨."

"그래유. 잘 알쥬. 이승만이 그렸구, 그 세력을 발판으루 다 계보헌 박정희가 그랬구, 전두환 군부가 그랬쥬. 여차 허먼 잡어다 국가 보안법으루 사형 집행까장 헤 가메 우리 덜 입을 틀어막어 왔지유. 그러니 누구던지 무서워서 눈치 보는 게 당연허지유."

"그래서 말인디, 도윤이 자네가 속으론 대단허다구 생각 되더라니께? 근디 자네 증말루 북이서 온 간첩허구 내통 헌겨?"

"간첩은 무슨? 애인이유 내 애인, 첫사랑, 지금두 생각 만 허먼 가슴이 먹먹헤지메 몹시 그리운 첫사랑. 그 첫사 랑이 나를 찾어온거구, 나는 그가 오먼 사상이던 우리 민 족이니께 이 땅을 맘껏 넘어 댕겨야 헐 권리가 있다구 생 각했슈. 그래서 아주 잠깐, 그가 바쁘다구 한 십 분이나 봤 나? 그러구 황급히 돌어가길래 그냥 보내 준 것배끼 읎슈, 편지라구 준 내용이 암껏두 아니라서 잿간서 태워 버리는 나를 잡어다가 머? 암껏두 아니먼 왜 불태웠냐구? 나랑 같

이 사는 여자가 보면 오해헐깨비 태웠다구 헤두 국선 변호
인두 읎이, 20년 씩이나 때리구 사형 안 헌게 다행이라나?
태보 형, 고매유 그런 빨갱이인 나랑 만나 줘서."

"솔직히 시방이니께 이러지 예전 같았으면 어렵지. 근디
이래뵈두 나 김대중 대통령 지지자여, 나두 빨갱이 된겨.
사실 빨갱이란말두 빨강 해를 그린 욱일긴가 그 일장기를
차구 댕긴 친일파덜이 빨갱이 원존디 그 친일파덜이 지들
걸 이짝이다 덮어 쩐진 거여."

취해서인지 명태보의 본심인지 도윤과 배짱이 맞고 생
각이 같다고, 땅거미가 이슥해질 때까지 막걸리를 따랐다.

도윤은 끝내 명태보에게 대출 이야기는 꺼내지도 않았
다. 그냥 그와 더 가까워진 사이가 된 것만 막걸리 두 되로
산 셈이었다.

대천시에서 시내버스를 타고 칠봉면 사무소 앞에서 내
린 도윤은 취기에 조금은 비틀거리며 오토바이를 맡긴 주
유소로 향했다.

오토바이는 역시 아무 이상 없이 잘 있었다. 그런데 공
인중개사에 무슨 일이 있는지 불빛이 새어 나오고 사내들
소리가 들린다. 평소 같으면 문을 닫고 불이 꺼져 있을 시
간이다. 떠드는 것도 아닌 수군거리는 소리라서 도윤의 귀

를 자극한다. 무슨 일인가 싶은데 불빛이 새어 나오는 쪽 창문이 살짝 열려 있다. 밖에서 보지 못하도록 닫았던 창문을 담배를 피우기 위해 열어 놓은 것 같다. 호기심에 그 문틈으로 슬쩍 안을 들여다보았다. 스탠드 불 아래다 벌린 판은 한눈에 보아도 완전한 도박판이었다. 판돈에 10만 원짜리 자기앞수표가 묶음으로 나와 있다. 돈이 들었을 것으로 추정되는 검은 공공칠가방까지 보였다.

도윤은 그것을 보자 화가 치밀었다. 국가 부도로 수많은 기업들이 아직까지 자금난에 고생하고 있고, 금 모으기까지 했는데 몇몇 인간들은 돈 가지고 장난질을 하고 있다. 그렇다고 차마 지서에 고발하자니, 좁은 지역에서 누가 고발했는지 다 알려질 것이고, 자신의 등에 붉은 딱지를 붙여 놓은 저들이 어떻게 나올지 그 뒷감당에 자신 없다.

차라리 조롱해 주며 즐기자는 생각이었다. 막걸리에 젖은 취기도 한몫했다.

"얼~ 래? 요샌 복덕방두 노름방으루 바꾸구 스물네 시간 영업허네 봬?"

말이 끝나기도 전에 모두 화들짝 놀라서 판돈과 화투가 뒤집어져 튀고 섞이고 난리다.

"거참 왜 걸어 치우메 난리랴? 국가 부도루다 돈이 동나서 마땅헌 일자리두 읎다는디 오천만의 일자리 창출루다 무한대 직종이구먼."

대부분 나이가 칠십 앞뒤로 보이는 늙은이들로 모두 아름아름한 칠봉면 사람들이다. 그중에 비교적 젊은 오십대 두 사람과 도윤 또래로 보이는 한 사람이 처음 보는 얼굴이었다.

"아이 씨팔 당신 뭐여? 짭샌줄 알었잖여! 낄라먼 들오던가!"

칠봉면에서 거칠기로 두 번째라면 서럽다 할 만큼 개다리 깡패로 소문난 자가 나섰다.

"장기, 바둑판이나 씨름판이라면 선수루 나갈 수 있어두 노름판은 선수가 못 되네."

"아이 그럼 그냥 조용히 짜그러지던가! 왜 출싹대메 훼방질이여?"

도윤은 헬멧의 끈을 매고 오토바이 시동을 걸며 창문에 대고 한마디 더 했다.

"경찰 짭새만 무서 말구, 원정 댕기는 프로꾼 손장난을 더 조심혀 이것들아! 난 갈 텐게 내 걱정일랑 화투판이다 깔구. 그러구 거기, 너는 즘 먹는 것 즘 가려 먹어라. 동무 돈이던 이웃 돈이던 아무거나 화투쳐 먹구서 지저분허구

259

까시 돈친 말만 뱉지 말구!"

"아잇! 씨팔! 저잇 빨갱이 새끼가 뒤질라구 환장해서 빽쓰나?"

그가 빽 소리지르며 벌떡 일어나자 도윤은 얼른 액셀을 당겼다. 한마디 더 던지며 쌩하니 복덕방에서 떨어져 나오기까지 중얼거린다.

"멜룽이다! 확 신고헐라다 참는 줄두 몰르구…. 너는 돈 다 잃구 쪼올딱 망해라 임마."

오토바이 배기통이 바쁘도록 봉산리까지 액셀을 당겼다.

천도윤의 일기 쓰기는 거기까지가 끝이었다. 3일 후 또 칠봉면에서 오토바이를 타고 귀가하다 덤프트럭과 충돌, 현장에서 사망했기 때문이다. 사고 현장 검증은 쌍방으로 떨어졌으나 석연치 않은 검증이라 했다. 차가 뒤에서 받은 것 같다는 말들이 있었으나 그뿐이었다.

그 뒤, 천도윤에 대한 소문이 조금 이어졌지만 누구도 관심두지 않았다. 그날 복덕방에서 천도윤의 뒤통수에 대고 노름꾼들끼리 주고받던 말을 누군가가 흘렸다. 소문은 시내버스 안에서 노파들의 입이 인겸이에게 전해주었다.

도라지 값 때문에 파출소에 가던 날이었다.

"지물포 사내 있잖여 개다리 깡패 말여. 놀음혀갖구 다 들어먹구서 쫄딱 망했다더면 오디서 굴러온 노름 사기꾼 덜헌티 당헌거랴."

"노름 사기꾼덜 누가 신고혀서 다 잽혀 들어갔다던디?"

"주도헌 사기꾼 늠은 돈 챙겨 갖구 이미 도망쳤더랴."

"신고는 누가 혔댜?"

"경찰이 안 갈쳐줘서 물른댜."

"소문은 봉산 사는 천 씨가 했다더만 그는 이미 교통사고루 죽은 뒤잖여."

노파들이 수다하고 상상력도 좋다 싶었지만 할아버지에 관한 이야기인 것 같아 솔깃하게 듣고 있었다.

"봉산 천 씨두 그것들이 쥑인 거라던디? 빨갱이라구 죽이자구 허더라나?"

"이잉 그럴 수두 있어. 그 도망친 늠이 사람 죽이구 도망 댕기는 현상 수배범이라더면."

"무슨? 천 씨는 담뿌랑 부닥친 사고루 죽었는디?"

"아 그야 노름꾼인게 돈 한 움큼 주먼서 받어 버리구 보험 처리혀! 그랬겄지."

인겸이는 노파들의 이야기와 같이 할아버지의 사고에

대해 의문이 많다면 다시 조사해야 할 일이라고 생각되었다. 그렇지만 자신의 일조차도 버거운 고등학생이 무엇을 어찌 하랴? 작은아버지라도 한뜻으로 모아지면 모를까, 작은아버진 분명히 헛소문으로 여길 것이다. 인겸이로선 심증일 뿐이니 현실화하기엔 너무 멀고 희박한 일이다. 할아버지 일기에 나오듯이 크리스트를 못 박은 유대인들을 전부를 잡아 벌할 수 없듯이 세상을 폭력으로 유린한 자들의 죗값은 하늘이 처단할 일이다. 억울한 자의 진실은 역사가 찾아 준다 했다.

그림자를 벗는 꽃

인겸이가 이 회장과 만나기로 약속한 날이다. 이 회장과의 관계를 확실히 정리하려면 어떻게 해야 할지 모르겠다. 고민하면 할수록 점점 더 얽혀 드는 것 같다. 중대 결심을 하고 실행하지 않고서는 이주동 회장과 영영 붙어 있어야 할 것이다.

로비부터 비서실까지 인겸을 대하는 분위기가 완전히 달라졌다. 비서실장부터 비서실 직원들이 모두 일어나 인겸에게 공손히 인사한다. 이러한 분위기부터가 인겸에겐 까끄라기 덕석이다. 마음속에선 '갑자기 왜들 이러세요? 느끼하니까 그냥 평소대로 하셔요' 하며 쏴붙이고 싶지만 그것부터가 티 내는 짓이라서 모른 척하고 회장실 문을 열었다.

이 회장은 회전의자를 빙글 돌려 등받이만 보이게 했다.

"안녕하세요. 회장님 저 왔어요."

회장은 돌아앉은 채 말이 없다. 조금 기다리다가 소리를 조금 높여서 다시 말했다.

"회장님 저 왔어요."

회장은 못 들은 척 꼼짝도 안 했다. 한 번 더 불러서 똑같으면 회장실을 나가야겠다고 생각하고 큰 소리로 불렀다.

"회장님!"

"….."

"저 그냥 갈게요."

삐진 것처럼 돌아서려는데 갑자기 의자를 앞으로 휙 돌리며 소리쳤다.

"너! 언제까장 나를 회장이라구 부를래애!"

"으힉! 깜짝이야!…. 아이고~! 노인네가 기운도 좋으셔라. 다 무너지겠네요! 애고 간장이야."

회장이 질러 댄 소리가 마치 갑자기 높고 크게 울리는 클랙슨 같았다.

"그 할아버지 소릴 그렇기두 허기 싫은 게냐?"

듣고 보니 조금은 미안해진다. 그러나 이대로 마음이 약해지면 이 회장과의 절연은커녕 그의 영역에 녹아 들고 말 것이다. 인겸이는 냉정하자고 단단히 마음을 다졌다.

"하기 싫은 것이 아니라 할 수 없어요. 제 정신과 몸을 키워 주신 천 도 자 윤 자 할아버지를 대신할 할아버지는 세상 어디에도 없어요. 대단히 죄송하지만 회장님께서 저를 포기해 주시면 좋겠어요."

"뭐? 뭐가 어째? 정신과 몸을 키워? 정신 같은 소리허구 자빠졌네. 그놈의 빨갱이 정신이 뭐이 그리 대애단 허다구 정신 타령이여? 그놈의 정신 지킬라면 몸만 고달프지 밥이 나와 돈이 나와? 그리구, 니 몸, 그 속이 든 내 피는 여벌이여? 피 안 받구 니가 태날 수나 있냐? 임마! 그 몸 읋이는 정신두 읋어 임마! 그까잇 놈의 정신이 뭬 그리 중요허다구 그거 때미 친할아배인 나를 못 받어 준다구? 이 패륜의 자식아!"

아흔 살 노구의 어디에서 힘이 나오는지 온통 회사가 쩌렁쩌렁하다. 마치 산중 호랑이의 포효 같다. 그래도 그 서슬에 기죽고 끌려가면 안 되니 더 냉정해야 했다.

"피요? 회장님의 피에 회장 사모님의 피도 받았으니 50%는 회장님 피가 아니죠? 바로 그 50%의 피가 아버지였는데 그 50%에 어머니 피를 받았으니 25%가 회장님의 피겠군요. 거기서 또 대를 이어 가면 얼마 뒤 피는 의미 없겠네요. 하지만, 정신은 몸을 벗으면 그 사람의 영혼이 되지요. 즉 몸은 그 정신이 잠시 빌려 입고 있던 옷에 불과하지만, 정신은 그 사람의 혼과 더불어 하나가 되며 그 이름으로 영원히 존재하는 것입니다.”

인겸이가 말하는 동안 이주동 회장은 어이없는지 입을 벌린 채 말없이 듣고만 있다. 인겸이는 내친 김에 덧붙여 부연했다.

“회장님과 같은 분은 백 년밖에 못 가는 핏줄과 몸을 위해 평생을 바쳐 사셨고, 잘못된 정치 집단과 권력자들은, 그 백 년도 못 가는 몸과 피의 안위와 영달만을 위해, 남의 생명과 인권을 함부로 유린했습니다. 그 반면에 천도윤 할아버지와 같은 분들은 몸도 청춘도 모두 유린당하면서도 그 정신을 지켜 냈습니다. 저는 그 할아버지의 정신으로 자랐고요. 그와 같이 저도 제 정신과 영혼의 자유를 위해 살렵니다. 막강한 돈 위에 올라가 사람 위에 군림하고 사는 것이 제겐 불편합니다. 돈맛을 누리느라고 정신을 팽개치는 건 좀비 인생이라 해야 할 것입니다.”

이쯤 되자 이주동 회장도 참을 수 없었는지 이맛살을 우그러뜨리며 반론을 시작했다.

“참말루 듣자듣자 허니께 내 귀가 토악질허겠네. 그놈의 정신이라구 혜 봤자 공산당 이데올로기루다 뻐얼겋게 세뇌된 흉악무도헌 정신 바가지를, 뭐? 허참! 한 천 년은 도닦은 고고한 정신처름 여기구 자빠졌네. 그리구 뭐? 권력자들이 짓밟아? 공산당 늠들이 지주라구 때려잡구 친일했다구 척살허구, 그것두 한마을서 가족처름 살던 이웃헌티 인민재판으루 재판허게 강요혜 가지구 사람을 쥑인 정신이 그리두 대애단 허다는 게냐?… 그래, 같이 나누구 평등허게 살자는 건 나두 찬성헐 만허다. 근디 그렇게 모두 잡아 죽이메 혀야겄냐? 지주들 중인 그 조상덜이 나라다 공을 세워 갖구 부상으루 받은 땅을 소유한 종가가 대부분이였는디 죄다 악헌 죄인으루 취급허구 갑자기 한꺼번이 강제루 빼앗구 쥑이면 그걸 누가 참구 있겄냐? 새 정책을 허더래두 국민을 설득허메, 땅을 많이 가지면 그만큼 불익되도룩이 법을 새루 마련허메 순리루다 츤츤히 해 나갔다면, 전쟁 날 일두 읎었을 거다."

인겸이는 이 회장의 논리의 모순을 인정할 수 없어서 다시 파고들었다.

"과연 그런 정책을 펼친다고 당시 기득권인 양반들이 가만히 있었을까요? 또 일제 권력에 빌붙어먹던 친일파 세력들이 가만히 있었을까요? 공산당이 순리대로 안 해서 제주에서 4·3 사건과 여순 사건까지 수만 명의 양민을 학살을 했다고요? 공산당이 그래서 보도 연맹 가입자들을 죄가 있든 없든 무차별 학살했다고요? 공산당이 그래서 권력 체제에 방해되면 공산당으로 몰아 죽였다고요? 그래서 전향 안 한다고 일생을 감옥에 가두었다고요? 말을 바로하자면 그 당시 공산당이 순리대로 안 한 것이 아니라 부당한 권력에 협조를 안 했던 것이죠. 신탁 통치, 외세 군대 권력, 친일파 권력, 군사 쿠데타 독재 권력, 그런 부당한 권력. 아무튼 나는 그런 짓을 아무렇지 않게 여기고, 잔악무도한 권력들과 내내 함께해 온 이 나라 경제 기업인들, 외람되지만, 회장님께서도 그 경제인 중 한 사람이시니, 그런 회장님의 손자는 절대로 싫습니다. 안 할 거니까 그리 아세요."

단호하게 잘라 말하면 이주동 회장이 아니꼽살스럽다고 맘대로 하라 할 줄 알았다.

"형! 니가 내 손자 맞디? 천륜인디? 아닌란다구 아닐 수 있남? 오디 안 헐라면 안 헤 봐! 내가 너 잡어다 가둬서라두 허게 맹길 거다 내가."

노인네가 강짜를 놓으면 져 줄 거로 계산하고 하는 말인 것을 인겸이 모를 리 없다. 인겸이도 여기서 질 수 없어서 반박을 이었다.

"제가 누구에게 정신이 자랐는데 가둔다고 되요? 장장 20년 비전향수 손자예요. 중간인 아버지도 없이 직접 사랑받고 가르침받고 성품에 습관까지 듬뿍듬뿍 전수받으며 자란 천가네 천인겸입니다. 아무리 그래보셔야 소용없어요."

이 회장은 약이 올라서 입과 코를 씰룩거리며 눈꼬리가 아래로 쳐진다.

"그럼 너 니 몸 속의 그 이십오 뿌로라는 내 피 다 내놔! 그 이십오 뿌로 내피는 츤허디 츤헌 천가 피허군 급이 달른 거니께 당장 내놔!"

유치하게 초딩 수준으로 말하는 이 회장을 보자 이쯤이라고 준비해 온 것을 꺼내 놓았다.

"좋아요. 회장님 식으로 계산해서 회장님 지분 25% 몫으로, 대면할 땐 할아버지로 불러 드릴 텐데요, 그러려면 꼭 들어주셔야 할 몇 가지 조건이 있어요."

"조건? 뭐? 무슨 조건? 말혀 봐 내가 다 들어줄텨."

이내 부드러운 목소리로 바꾼 회장은 언제 소리쳤냐는 듯이 온화한 표정이다. 인겸이가 적어 온 쪽지를 품에서 꺼내 읽었다.

"이주동 회장님과 천인겸 사이를 할아버지와 손자 사이로 인정하고 대면할 때마다 할아버지로 부르는 조건, 첫째, 천인겸의 삶은 본인이 선택한대로 살도록 어떤 이유로든 방해하지 않고 자유를 준다. 둘째, B.YOUNG 그룹과 그 경영진에 천인겸을 절대 넣지 않는다. 셋째, 이주동 회장께서 지닌 재산 일체를 천인겸에게 상속하지 않는다. 네."

"잠깐! 야! 무슨…."

"일단 다 들어보시고 의견을 말씀하세요. 넷째, 이주동 회장님의 모든 재산은 이주동 회장 사망 후, 이주동 기념 사업 재단 기금으로서 어려운 학생들 돕는 데 사용하기로 유언장을 다시 쓴다. 다섯째, 박문수를 용서하시고 박문수도 여전히 손자처럼 대해 준다. 이상 조건을 이행하지 않을 시 두 사람의 조손간의 인연은 끊겨 완전 남이 된다. 반드시 이주동 회장과 천인겸이 대면할 때만 할아버지와 손자임을 알 수 있는 호칭을 한다. 위와 같은 사항을 계약 체결하고 서로 이행한다."

들고 있는 줄 알았던 이 회장이 도로 의자를 돌리고 있다.

"안 들으시면 어떻게 해요. 할아버지라고 부르지 말까

요? 회장님?"

천천히 의자를 돌리는 이 회장은 손수건으로 눈물을 닦고 있었다.

"못된 것 같으니라구. 이 늙은이를 얼굴 뜨겁게 맹길어서 좋냐?"

"마음 상하셨다면 죄송해요 그렇지만 저로선 어쩔 수 없어요."

눈물 흘릴 정도로 상처 받았나 싶어서 조금 당황되었다. 직수굿이 눈치를 보았다.

"아니다. 천가가 손자 녀석을 아주 후울륭허게 길러 놨다. 나는 니가 내 재산이나 탐내는 늠이면 오쩌나 허구 속으룬 걱정 즘 했다. 고맙다 내 손자… 근디 말여 니 번째 조항부턴 영 마뜩찮다. 며칠 전 니가 내게 준 천가의 일기를 다 읽어 보구 생각헌 건디, 이주동 기념 재단이 아니구, 천가가 너를 키웠으니께 천가 이름으루 도윤 기념 재단으루 헐란다. 천가처름 억울헌 삶을 살거나 누명 쓰구 사회에서 소외당헌 사람덜 돕는 재단 말여."

"애써 번 돈을 내놓으시는 회장님의 공은 어떻게 하고요?"

"나두 죽을 고비를 멫 번씩 넘기구 별짓으루다 고생 많이 허메 돈을 벌었지. 그렇지면 천가처럼 억울헌 옥살이루 청춘을 빼앗기진 안 헷잖어. 직접, 간접적으루 가해자인 나를 거기에 껴늘 순 읎구. 난 그냥 가해자 죄 갚는 셈으루 다 설립자인 것만으루두 큰 영광이다. 음… 그리구 박문수는 니가 나헌티 허는 거 봐서 헐란다."

"그럼 지금부터 회장님은 저와 대면할 때마다 저의 할아버지십니다. 할아버지."

인겸이는 그 자리에서 넙죽 절을 했다.

"잉 그려 이젠 너는 내 손자여. 나는 니 할아버지구…."

밀고 당기며 끈끈하게 나오는 이 회장을 단번에 떼어 내긴 어렵게 생겼다. 이 회장이 깨끗이 포기하게 할 묘안을 내지 못하면 가시방석에 앉은 신세를 면키 어렵겠다.

"참! 그 기념으루다 우리 이거 걸자."

이 회장은 주머니에서 비닐봉지에 든 112.5g 황금 체인 두 개를 꺼냈다. 주동과 인겸이를 상징하는 J&I란 이니셜을 세련되게 새겨 넣은 목걸이였다. 인겸이는 속으로 질색하며 '아! 벌써 시작이구나'라고 짜증이 나지만 꾹 참았다.

이 회장이 목걸이를 걸어 줄 때 인겸이는 자신의 목에 목줄이 매이는 것 같아 답답하고 싫었다. 이 회장이 자신도 걸어 달라고 목을 내밀었다. 인겸이는 목걸이를 걸어 주며 어찌해야 이 회장의 영역을 벗어날 수 있을지 궁리를 해 보았다. 어차피 모두 수포로 돌아간 축구 선수의 꿈을 접고 군대에 자원 입대할까? 최두진 공장장처럼 귀농하는 것은 어떨까?

"자 인전 같이 가 보자."

회장은 옷걸이에 걸렸던 여름용 재킷을 입고 지팡이를 들더니 앞장섰다.

"어디를 가실 건데요?"

갈 곳이 어디였든 이 회장과 함께라면 인겸이는 내키지 않았다.

"너랑 나랑 가 볼 디가 있지. 아무 말 말구 같이 가 봐."

불편해도 당장 떨칠 순 없어서 회장을 따라가 엘리베이터를 탔다. 지하 3층을 누르는 것을 보니 주차장이다. 30층을 내려가는 동안이 몹시 지루했다. 엘리베이터 문이 열리자 인겸이는 깜짝 놀랐다. 거기에 작은아버지가 기다리고 있었다.

"작은아버지! 아니 그렇게 말씀드렸는데 또 오셨어요?"

"아,아 내가 불렀으니께 암 말 말어라."

이 회장이 말리지 않았다면 당장 가라고 소리칠 뻔했다. 작은아버지를 본 순간 자신의 목줄이 더 조이는 것 같은 느낌이었다.

이 회장은 운전사에게 자동차 키를 받아서 동섭에게 건넨다.

"그대가 아는 길이니께 운전허시게."

작은아버지는 차 키를 받으며 싱글벙글한다. 못마땅해서 표정이 굳은 인겸이 따위는 아랑곳없다.

"인겸아 니 작은아버지 이 사람 오늘부텀 내 사는 집 관리사루다 채용헌다. 니 말대루 난 인저 회사는 은퇴허구 경영진헌티 맽길껴. 구십되더락 했으니 많이 했다."

인겸이의 환심을 사서라도 자기 안에 두려는 이 회장의 의도가 보인다. 당장 뛰쳐나가고 싶은 충동을 애써 누른 인겸이는 포획틀 안에 갇힌 야생 동물처럼 무겁고 불편한 이 회장의 영역을 빠져나지 못해 발광이라도 할 것 같다. 천도윤 할아버지의 권유이기도 하고 또 그 정신을 이어 갈 수 있는 귀농이 좋을 것 같다. 그 길만이 이주동 회장으로부터 확실히 벗어날 수 있는 길이라는 생각이다. 그러기 위해선 당장 학업도 중단하고 젊은이의 귀농을 환영해 주는 고을을 찾아가자고 속으로 다짐했다. 그 시작으로 우선 최두진 아저씨를 만나 조언을 들을 것이다.

차는 도심을 나가서 수도권 밖 서해안 고속 도로를 두

시간이나 달렸다. 칠봉 나들목에서 나와 봉산리로 들어갔다. 이 회장은 인겸이를 데리고 천도윤의 묘를 찾아온 것이었다.

사청 아저씨가 작은아버지의 부탁을 받고 이미 묘소에 나와 기다리고 있었다. 상석 앞에 미리 자리를 깔아 놓고 약식의 제물을 상석 위에 준비해 놓았다. 이 회장은 준비해 온 꽃다발을 제물 앞에 올려 놓고 절을 했다. 이 회장의 행동이 진심이든 아니든 인겸이 결심대로 결행하려는 마음에 아무런 부담이 안 되었다.

"천가야, 미안허구 고맙다. 나두 자네 만나러 갈 날이 을마 안 남었잖여. 자네가 내 손자를 잘 길러 준 덕으루 내가 보람 있게 떠날 수 있었어. 자네 나헌티 한이 많겠지먼 내가 자네 곁으루 가면 그때 풀게나. 대신 쟤들 잘되게 돕는거나 함께허세."

작은아버지와 인겸이까지 절하고 묘소를 둘러보는데, 상석 밑에 보랏빛 산부추꽃이 피어 있다. 전에 꺾어다 꽂아 두었다가 한겨울 지나고 몇 달 되었어도 시들지 않았던 기억이 났다. 자신의 그림자도 벗어던지는 스파클라 형태를 닮은 꽃이란 생각을 했었다. 꺾어도 시들지 않던 산부추꽃, 그림자를 벗는 꽃, 그것이 곧 천도윤 할아버지 같은 비전향 장기수들의 정신이란 생각이 들었다. 꺾어도 시들지 않는 정신, 자신의 정신에 오점이 묻을까 그림자마저 벗어던지는 꽃, 그 정신을 인정하지 않고 구박하는 사회에서 일생을 보냈던 꽃, 꽃들, 끝끝내 자신의 주체를 지켜 낸 꽃들, 그 꽃들의 명복을 빌며….

<끝>

『그림자를 벗는 꽃』을 낳기까지

　너무도 오래 품어 온 해산解産이다. 너무도 멀고 겨운 고비를 넘어온 여정이었다. 2012년 가을이었다. 보령 농민회의 김영석 회장과 함께 20년 만기 출소 비전향 장기수 김상윤 선생의 묘소에 찾아가서였다. 자신이 과연 반공 교육으로 세뇌된 세대가 맞나 싶게, 비전향 장기수에 대한 새로운 생각들이 편집증처럼 연거푸 떠올랐다. 청춘을 빼앗긴 이들의 삶의 의미가 어떤 것인지? 통념적인 판단을 떠나 다른 각도에서 본다면, 지조와 절개의 상징이 될 수도 있는 삶이겠기에, 그냥 묻어 두는 건 글을 쓰는 자로서 직무유기職務遺棄란 생각이 들었다. 하지만 무식하고 경험도 없는 자의 의욕만 앞선 무모한 시작이었다. 처음엔 단편으로 써내려 한 것부터 어설펐다. 단편으로 함축해서 말하기엔 이슈가 너무 큰 주제였다.

　기술 부족한 자가 연장 탓하듯이 글재주 없는 자가 장소 탓한다고, 소설 아닌 대설을 쓸 것처럼 필처筆處를 찾아 창작촌에 입촌했다. 2013년 9월 담양군의 [글을 낳는 집]을 시작으로, 2016년 9월 증평읍의 [21세기문학관], 2017년 3월 서울의 [연희문학창작촌], 그해 9월 다시 담양의[글을 낳는 집], 2019년 3월 횡성의 주천강가 [예버덩문학의집], 그해 7월 다시 [연희문학창작촌]에 단기 입주를 했다. 그리고 다시 5권 분량의 원고를 3권짜리로 줄이는 작업을 했다. 잘라 낼 때마다 살을 도려내는 듯 아파서 새로 쓰는 것보다 어려웠다.

처음 시작한 무렵부터 중간중간 돌발 사정으로 몇 번이나 포기하려고 했었다. 그럴 때마다 심신이 알 수 없는 아픔에 시달려 다시 시도할 수밖에 없었다.

소설 발상 후 10년 만에 책을 내게 되었다. 이제 신병의 아픔으로부터 벗어날 수 있게 된 것만으로도 만족할 것이다. 과한 욕심이겠지만, 이 『그림자를 벗는 꽃』이 분단된 한반도가 평화롭게 하나 되는데 조금이라도 영양營養이 될 수 있기를 바란다. 이런 평화에 대한 바람을 거창하고 식상하다고 흔히들 말한다. 그러나 평화와 환경은 인류가 존재하는 한 영원한 이슈이기에 언제 어디서 얼마를 말해도 식상할 수 없다고 생각한다. 아울러, 이젠 어떠한 사람이든, 비전향 장기수처럼 억울하게 인권 유린을 당하는 일이 없는 세상이기를 바란다. 그래야만 완전한 민주주의가 될 것이다.

비전향 장기수이신 고 김상윤 선생님의 일생과 이 『그림자를 벗는 꽃』의 내용은 전혀 다르다는 것을 밝혀 둔다. 내용 중 픽션 fiction이 95% 이상이다. 그냥 선생님의 묘소에서 발상만 했을 뿐이다. 그러했음에도, 선생님을 비롯한 비전향 장기수 선생님들께 누를 끼친 짓은 아닐까? 걱정되고 송구함을 부인할 수 없다. 진정 존경하는 마음으로 썼다는 것만은 솔직하고 떳떳하게 말씀드릴 수 있다.

죽음 앞에서도 전향하지 않은, 꺾어도 시들지 않는 정신, 자신의 정신에 오점이 묻을까 그림자마저 벗어던지는 꽃, 그 꽃들의 명복을 빌며 이제야 손을 털고 안도한다.

그동안 많은 것을 배려, 산파 역을 해 주신 「글을 낳는 집」 김규성 형님과 「21세기 문학관」 김상철 회장님, 「예버덩 문학의 집」 조명 선생님, 「연희문학창작촌」 임직원들께 감사 드린다. 난산難産을 애태우며 기다려 주신 아내 서순희 작가께도 감사드린다. 마지막으로 책을 펴내느라 고생하신 '작은숲'의 강봉구 대표님과 편집 직원들께 감사 드린다.

작품 해설

금붙이 같은 생명체

김종광 소설가

1

아주 오래전, 안학수 작가의 중편 소설을 본 적이 있다. 동아일보 신춘문예 최종심까지 올랐지만 아깝게 낙선한 작품이었다. 놀랐다. 진정 경이로운 충청도 내포 방언 구사였다. 밑바닥 농민의 삶이 적나라하고 찰졌다. 당연히 그 소설이 빛을 보고, 그 소설을 출발점으로 핍진한 21세기 농촌 소설을 써 주리라 믿었다.

기이한 일이었다. 작가는 첫 번째 동시집을 내고 좋은 평가를 받고 있었다. 순정한 동심으로 어린이가 읽을 수 있는 맑고 깨끗한 시를 쓰는 분이, 어떻게 이런 웬만한 어른도 감당하기 힘든 걸쭉한 소설을 썼지? 종교까지 계신 분이.

작가는 여러 가지 까닭으로 동시에 천착할 수밖에 없었다. 작가가 7, 8년 간격으로 쏘아 올린 빛나는 별 같은 동시집들 제목을 적어본다. 『박하사탕 한 봉지』^(계몽사, 1997), 『낙지네 개흙 잔치』^{(창비,} 2004), 『부슬비 내리던 장날』^(문학동네, 2010), 『아주 특별한 손님』^{(문지아} 이들, 2018).

여러분이 이구동성으로 찬사한 바와 같이, 시골 아이들의 생생한 행동거지가 온갖 정감을 자아내는 탁월한 성취들이다. 단연코 소설과는 머나먼 세계였다.

작가가 소설 욕망을 버리거나 접은 것은 아니었다. 몇 편의 성인 소설을 썼지만, 극소수만 읽었고 세상에 발표되지 못했다.

『하늘까지 75센티미터』^(아시아, 2011)는 '5년간 혼신의 힘을 기울여 집필한 소설'이었다. '신체적 장애로 인해 마음에까지 상처를 받은 한 소년이 그 상처를 극복하고 마침내 자신의 꿈을 이루어 가는 과정'을 아프게 기록한 '작가 자신의 이야기'였다.

작가 자신의 유년, 청소년 시절을 한 땀 한 땀 바느질하듯 새겨 놓았다. 읽는 내내 눈시울이 촉촉해지고 가슴이 먹먹해지는 훌륭한 성장 소설이자 교양 소설이다.

개인적으로 좀 아쉬웠다. 중편 소설을 가득 채웠던 현란한 입심과 시골 인생들의 활기 넘치는 인생이 보이지 않았다. 걸쭉함으로 쓴 소설이 아니라, 동시 같은 순정으로 쓴 소설이었다.

어쩔 수 없다. 청소년 소설 시장이 요구하는 눈높이에 맞추자면 포기해야 할 것이 많다. 특히 농담 같은 것들. 그러니까 작가의 소설 심이 깃들지 않은 건전한 청소년 소설이었다.

기다렸다. 언젠가 소설을 내놓을 것이다. 극소수만 보고 놀라워했던 그 멋진 해학을 만천하에 보여 줄 것이다. 드디어 나온 작가의 두 번째 소설책이 바로 『그림자를 벗는 꽃』이다.

적잖이 당황했다. 필시 두 번째 소설책도 자전적인 이야기일 것이라 짐작했다. 작가의 인생은 소위 '소설 백 권으로 써도 다 못 쓸 파란곡절의 삶'이었다. 상처의 집합 같은 인생이었다. 『하늘까지 75센티미터』에 그려진 이야기는 맛보기였다.

금은방 사장님 때의 고군분투, 서순희 작가와의 결혼 생활, 우연한 문학 입문과 치열한 습작, 고 이문구 선생님을 모시던 기쁨, 등단과 서주교 시절, 금은방을 정리한 이후 가시밭길의 전업 작가 생활, 별별 작가들과의 동고동락, 집필 공간 순례, 활발한 사회 활동.

평생에 무한한 사건, 사고, 만남, 인연, 즐거움, 우울, 슬픔이 있었다. 작가의 인생 자체가 소설이라고 해도 좋았다. 아무 해, 아무 때나 잘라 보여 줘도 보통 작가는 상상하기도 버거운 이야기일 테다.

뜻밖에도 이 세 권짜리 장편 소설은 자전적인 이야기가 아니다. 전혀 아니다. 필자처럼 당연히 안학수 작가의 자서전 같은 소설일 것이라고 지레짐작했을 독자들에게 확실히 밝혀 둔다. 이 소설은 '개인적인 체험' 같은 자전 소설이 아니다. 완전 픽션이다.

2

두 주인공이 나온다. 두 주연은 할아버지(천도윤)와 손자(천인겸) 사이다. 그래서 공유하는 사연, 사건도 다수지만, 기본적으 로 두 가지 이야기가 교차한다. 손자가 자기 생활하면서, 틈틈이 할아버지가 남긴 일기를 읽는 짜임이다.

손자의 이야기와 할아버지의 이야기가 번갈아 나온다. 두 개의 이야기가 따로 있다고 보는 게 편하다. 역사 인물 천도윤의 이야기부터 읽든, 축구 선수 천인겸의 이야기부터 읽든 상관없지만, 아예 따로 읽는 게 더 재미날 수도 있겠다.

천도윤(1932~2014)의 묘비명에는 '신념의 강자 천도윤'은 '조국 통일을 위해 강철 같은 의지로 활동하셨다'라고 적혔지만, 그의 삶은 한국 현대사를 은유하는 파란만장이다.

1권의 도윤 이야기는 역사 청소년 소설이다. 가난하지만 정의롭고 용감한 소년 도윤은 일제 강점기에 신산한 어린 시절을 보냈다. 해방 공간기에 민주학당에서 배우고 익히며 세상에 눈떠간다. 하경이를 사모하고 사랑한다. 건전하지 않다. 청소년 출판 시장의 검열을 의식하지 않았다. 개성적인 시선과 현란한 입담을 자랑한다.

2권의 도윤 이야기는 전쟁 소설이다. 도윤의 아버지는 보도 연맹원으로 끌려가 살해당한다. 도윤은 인민군으로 징집된다. 낙동강 전투, 삼팔선 고지전, 그 모든 전투에서 살아남고, 거제 포로수용소에서도 살아남는다.

3권은 도윤 이야기는 약전이라고 보는 게 좋겠다. 석방되어 제대로 된 삶을 꾸리는 듯했지만 고정 간첩으로 몰려 체포된다. 20년 형을 받고 5년 복역한다. 석방되어 이제야말로 사람답게 사는 듯했지만 다시 체포되어 수십 년간 비전향 장기수로 복역하게 된다. 마침내 자유의 몸이 되어 묘지기 농사꾼으로 살아간다.

최대한 간략하게 줄거리를 적은 것만으로도 엄청난, 대하 소설급 이야기를 꾹꾹 눌러 담았다. 역사 강의 교안 같은 데가 있고, 유명한 소설들의 데자뷔 같은 구석도 있다. 하지만 천도윤의 처절한 인생 역정은 모든 약점을 덮을 만큼 핍진하다.

1, 2, 3권의 축구 선수 천인겸의 이야기는 21세기 청소년 소설이다. 코로나 이전 시대 고등학생 축구 선수의 성장기다. 실지로 축구 선수인 고등학생에게 듣는 이야기인 양 생생하다. 칭찬받는 여러 청소년 소설에 견주어 손색이 없는 스토리텔링이다. 축구를 한 번도 할 수 없었던, 게다가 나이까지 든 분이, 어떻게 이토록, 요즘 축구 청소년을 자세히 쓸 수가 있지!

3권이 다소 복잡하게 읽히는 것은 1권, 2권에서 따로따로 흐르던 이야기들이 결합하기 때문이다. 강과 강이 하나가 되려다 보니 파열음이 장난 아니다. 어떻게 보면 영화, 드라마 스토리 못지않게 다이나믹하다. 1, 2권이 진지해서 영 부담스러운 독자는 3권부터 읽어도 좋을 듯하다.

3

작가는 원래 이처럼 장대한 이야기를 계획했던 게 아니다.

우연히 고등학생 때 축구 선수였던 청년을 만났다. 그와 이야기하던 중에 불현듯 축구 선수 인겸이 다가왔다. 작가는 부단한 독서와 공부로 잡학다식하다. 축구를 할 수 없는 몸이지만 축구에 대한 지식은 누구 못지않았다. 축구 지식과 청소년에 대한 애정이 버무려진 인겸의 이야기는 가지를 치며 뻗어 나갔다.

비전향 장기수의 이야기도 공교로이 다가왔다. 노인의 무덤을 참배하게 되었다. 그때 기이한 광경을 보게 되었다. 해방 공간기·한국 전쟁기에 대한 공부가 깊었고 들은 사연도 많았던 작가는, 공부와 사연들을 엮은 하나의 이야기를 문득 구상하게 되었다. 해방 공간기·한국 전쟁기에 억울하게 죽어 간 분들과 비극적인 삶을 살아야 했던 이들에게 바치는 헌화가 같은 이야기.

두 소설을 거의 같은 때에 시작했다. 처음엔 따로따로 썼던 것인지 처음부터 함께 썼던 것인지 헷갈린다. 두 소설은 합쳐졌다가 갈라졌다가 다시 합쳐졌다. 소설 쓰기는 여러 번 중단되었다. 사실 소설 쓰기에 전념할 수가 없는 환경이었다.

우선 경제적으로 안정적이지 못했다. 금은방 할 때도 경제적으로 여유롭지 않았던 생활은, 금은방을 정리하고 전업 작가 생활을 하면서 더욱 곤란해졌다. 말이 전업 작가지, 소설 써서 돈 벌기도 어려운 세상에 동시를 써서 돈 번다는 것은 말도 안 되는 일이었다. 최소한의 생활을 위해 잡다한 일을 해야만 했다.

또한 오로지 자신의 글쓰기만 생각하는 고고한 사람도 아니었다. 충남과 보령 고을의 핵심 문학인으로서, 한국작가회의 소속 회원으로서, 장애 문학인의 대표 작가로서, 적극적으로 정치, 사회, 문화 운동에 참여했다. 말석이라도 그를 원하는 행사·일정이 있다면 그 어디든 달려갔다.

또한 병마에 시달렸다. 작가 자신도 자주 병치레할 수밖에 없었지만 가족들도 자주 아팠다. 끝내 아버지와 어머니는 돌아가셨다.

이래저래 무시로 소설을 중단할 수밖에 없었다. 하지만 이 소설을 버릴 수 없었다. 그만두기엔 이미 많이 썼다. 어느 정도 겨를을 확보하면, 경제적으로 숨 쉴 여유가 생기면, 다시 소설을 붙잡았다. 이야기는 끝날 생각을 하지 않고 계속 이어졌다. 끝내고 싶었지만 끝나지 않았다.

축구 선수 이야기보다 비전향 장기수 이야기가 버거웠다. 소설은 무슨 괴물처럼 한국 현대사를 응축하는 기념비 같은 작품이 되겠다는 야심까지 드러냈다.

여러 문학 집필 공간에 머물렀다. 그 공간들의 취지에 가장 어울리는 작가였다. 입주 작가들을 모아 놓고 집필 성적을 매긴다면 언제나 수위에 있을 것이다. 작가는 가는 곳마다 집필 공간을 감사히, 소중히 여겼고 솔선수범했다. 지금 이곳에서 쓰지 못한다면 쓰지 못한다는 각오로!

기어이 초고를 완성했는데, 5천 매에 육박했다. 알려진 소설가들도 책 내는 일은 녹록지 않다. 하물며 동시 작가로 알려진 이가 쓴 '건전하지 않은 청소년 소설'인 것도 모조리 무지하게 긴 장편이니 출간이 쉬울 리가 없었다. 오랜 퇴고가 불가피했다. 쓸 때는 사명감도 있고 쓰는 즐거움이라도 있었지만, 나이를 먹어 가니 더욱 자주 아팠고, 집중력은 떨어져 갔고, 퇴고의 시간은 더욱 괴롭고 힘들었다. 그러나 포기하지 않았다.

기어이, 초고 집필 6년, 퇴고 5년, 근 11년의 대장정 끝에 세 권으로(총 2,500매 가량) 나오게 된 것이 바로 『그림자를 벗는 꽃』이다.

누가 원고료를 주는 것도 아닌데, 아동 문학 작가가 동시나 쓰지 왜 소설까지 쓰느냐고 눈총받으면서, 온갖 병마와 별별 잡사에 시달리면서, 오로지 사명감 하나로 완성한 역작이다.

4

무엇보다도 이 소설은 오랜 기간 정성을 기울인 문장들이 눈부시다. 그렇게 오랜 세월 고쳤으니 안 좋을 수가 없다. 이 소설의 장대한 이야기를 따라가며 읽는 것이 벅찰 수 있다. 그렇지만 굳이 줄거리에 집착하면서 읽지 않아도 된다. 아무 데나 펼쳐 문장을 음미하는 즐거움이 쏠쏠하다.

훌륭한 소설이 대개 그러하듯이, 안타깝지만 이 소설도 널리 읽히기는 어려울 것이다.

이 소설의 서술문은 대체로 간결하지만 긴 생각을 압축한 것이 시 구절 못지않다. 작가는 천생 시인이었다. 시는 음미 훈련이 부족하면 이해하기 어렵다. 작가가 공들여 수놓은 토착어마저도 '중세 국어'로 오해받을 수 있다.

이 소설의 최대 볼거리는 디테일세부 묘사이다. 너무 자세한 문장들이 연잇는다. 간결체인데도 만연체로 보일 만큼 문단이 빽빽하다. 5천 매에서 절반을 줄이는 과정에서 도저히 지울 수가 없었던 문장들이다. 막상 읽어 보면 박진감이 있지만, 답답해 보이는 건 어쩔 수 없다.

그리고 방언의 경이로움. 필자는 어쭙잖게도 충청도 방언 구사를 잘 하는 것으로 알려져 있는데, 이 소설을 읽는다면 진짜 '만랩' 방언 장인은 따로 있었다는 데 동의할 테다. 이 소설은 충청도 내포 방언의 경이다. 사투리 자랑하려고 쓴 게 아니라, 캐릭터들이 사투리를 쓰는 사람이라 쓴 것인데 실감 나고 맛깔 난다. 그렇지만 방언이 낯선 독자에겐 외국어 소설일 수 있다.

읽히지 않지만 존재한다는 자체가 감사한 책들이 있다. 이 소설도 그 특별한 목록에 오를 테다.

이 소설은 거대한 수레바퀴에 맞서 싸우는 사마귀 같다. 무조건 짧고 헐렁헐렁하고 생선 가시 같은 무미건조한 문장이 읽히는 시대다. 특히 청소년 소설은 문장도 그렇고 이야기도 그렇고 한없이 가벼워지고 끝없이 말라 간다. 웹 소설이 되려고 안달이다.

그래서 이 소설은 '갑툭튀'처럼 신선하다. 그냥 소설도 세 권짜리가 나오면 놀라운 2020년대에 청소년 소설이 세 권짜리라고? 이 풍부하게 얽히고설킨 이야기, 이 깊이 있는 문장, 실화임?

5

작가의 첫 소설 『하늘까지 75센티미터』 에필로그에 이런 문장이 있다.

"금붙이는 불에 달궈지고 모루에 두들겨지고 깎이고 다듬어져야만 제대로 빛이 나고, 어떤 생명체든 누구든 세상에 태어날 땐 자기에게 주어진 역할이 있다."

지나고 보니 자기 정체성의 각인이었던 그 문장은, 두 번째 소설에 대한 출사표이기도 했다.

『그림자를 벗는 꽃』은 '불에 달궈지고 모루에 두들겨지고 깎이고 다듬어져 제대로 빛이 나'는 '금붙이' 같은 소설이다. 해방 공간 때의 활달했던 청소년과 21세기 축구하는 청소년의 이야기를 통해 '어떤 생명체든 누구든 세상에 태어날 땐' '역할'이 있다는 것을 헌걸차게 증명한다.

이 소설 자체가 '금붙이' 같은 '생명체'다. 이 소설에게 '주어진 역할'이 있을 테다. 믿을 수 없을 만큼 지대한 공력이 투자되었고, 기필코 출간된 불굴의 역작에 경의를 표한다. 이 소설이 '주어진 역할'을 활발히 수행하기를 비손한다.

김종광金鍾光

1971년 충남 보령 출생. 98년 「문학동네」 단편 소설 등단. 2000년 「중앙일보」 신춘문예 희곡 당선. 신동엽창작상, 이호철통일로문학상특별상을 수상했다. 소설집으로 『경찰서여, 안녕』 『모내기 블루스』 『낙서문학사』 『처음의 아해들』 『놀러 가자고요』 『성공한 사람』이 있고, 장편 소설로 『야살쟁이록』 『똥개 행진곡』 『조선통신사』 산문집으로 『웃어라, 내 얼굴』 등이 있다.